Verliebt in bester Gesellschaft

Verliebt in bester Gesellschaft

Maggie Uhmann

Maggie Uhmann
E-Mail: maggie@uhmann.at
c/o Atimis GmbH
Talpagasse 1a, A-1230 Wien
AT - Österreich

Lektorat: Katharina Wittlage / lektorat-lieblingswort.de
Korrektorat: Sara Münster / www.pergamentundfederkiel.de/
Cover-/Umschlaggestaltung: Buchgewand Coverdesign |
www.buch-gewand.de
unter Verwendung von Motiven von
stock.adobe.com: Tally 18, Margo, ryanking999, Tati. Dsgn,
mtmmarek
depositphotos.com: Dr.PAS, Fourleaflovers

Die Deutsche Nationalbibliothek verzeichnet diese Publikation in der Deutschen Nationalbibliografie; detaillierte bibliografische Daten sind im Internet über dnb.dnb.de abrufbar.

Verlag: BoD • Books on Demand GmbH, In de Tarpen 42, 22848 Norderstedt
Druck: Libri Plureos GmbH, Friedensallee 273, 22763 Hamburg
ISBN: 978-3-7597-3748-9

Inhaltsverzeichnis

Prolog: In einem Internat am Bodensee, 2008

Grazia

»Gloria?«, flüsterte ich und lauschte in die Finsternis, die wie eine dunkle Höhle vor mir lag. Vom anderen Ende des Zimmers war ein gleichmäßiges, leises Fauchen zu hören. Kälte kroch von meinen nackten Fußsohlen hinauf und ich zwang mich dazu, einen Schritt vor den anderen zu setzen. Zitternd schlang ich meine Arme um meinen Körper. »Gloria?«

Da vernahm ich das Knarzen eines Lattenrosts. Der goldgelbe Lichtkegel einer Taschenlampe zeichnete einen runden Kreis gleich einem Tennisball auf den Boden und wies mir den Weg. Erleichtert tapste ich auf die vertraute Silhouette von Estelle zu, der Zimmergenossin und besten Freundin meiner Schwester Gloria. Wortlos rückte sie zur Seite und ich schlüpfte in ihr Bett. Dann ließ sie ihre Decke und ihren Arm über mich gleiten und ich schmiegte mich mit meinem Rücken an ihren warmen, weichen Körper. Der vertraute Geruch ihres Apfelshampoos hüllte mich ein und ich fühlte mich fast wie bei meiner Mama. Das war schön, aber es machte mich auch traurig. An einem schlimmen Tag wie diesem vermisste ich meine Eltern und Babou, meine Katze, ganz besonders.

»Kannst du nicht schlafen?«, fragte Estelle leise.

»Ich will nach Hause«, flüsterte ich in die Finsternis, die meine Bitte verschluckte. Estelle streichelte schweigend meine Schulter.

»Aber du hattest dich doch so gefreut, endlich auch auf unsere Schule gehen zu dürfen«, hauchte sie nach einer Weile. Tatsächlich hatte ich dem Internat seit zwei Jahren entgegengefiebert, seitdem Gloria hier war. Auch Papa war mit elf Jahren auf dasselbe deutsche Gymnasium gegangen. Ich liebte den Kunstunterricht und dass wir jede Woche eine Galerie oder ein Museum besuchten. Aber gehörte ich wirklich hierher? Ich schniefte so lautlos wie möglich. Mein Hals war zugeschnürt, als würde ein Stück Zwirn eng an meiner Kehle anliegen.

»Weine ruhig, *Chérie*«, wisperte Estelle. Ihr liebevoller Tonfall bewirkte, dass sich tatsächlich eine Träne löste und über meine Wange kullerte. Und dann noch eine. Meine Maman war so weit weg! Und Gloria schlief. Aber Estelle war da und hörte mir zu. Das war schön. Und auch mit ihr konnte ich mich in meiner Muttersprache, Französisch, unterhalten.

»Heute habe ich in der Deutschstunde ein Referat über Waldtiere halten müssen. Jedes Mal, wenn ich das Wort *Eichhörnchen* gesagt habe, haben Sabine und ihre Freundinnen gelacht.« Sofort sah ich ihr hämisches Grinsen aus der letzten Bankreihe wieder vor mir. Das EI, das CH, das H und das Ö waren Laute, die meine Kehle verstopften und einfach nicht aus mir herauswollten. Außerdem gab es im Französischen nur männliche und weibliche Wörter. Aber im Deutschen war ein Eichhörnchen sächlich, warum auch immer. Allerdings nur in der Einzahl. Während meines Vortrags hatte ich die Fälle und Zahlformen permanent durcheinandergebracht. »Ach, Estelle! Ich glaube, ich bin tatsächlich dumm und unfähig.«

»Was, wer behauptet denn so etwas?«, rief Estelle so laut, dass Gloria in ihrem Tiefschlaf aufschnaubte und sich auf die andere Seite wälzte.

»Sabine. Und sie hat mich gefragt, wann ich wieder in mein Land zurückgehe. Sie meinte, ich wäre nur deshalb am Internat aufgenommen worden, weil mein Nachname *Rochefort* sei und meine Eltern extraviel Geld bezahlt hätten«, gab ich die Worte des Mädchens wieder und versuchte, ein Schluchzen zu unterdrücken. Es gelang mir nicht. Ihre Aussage hatte sich wie ein Stift in mein Herz gebohrt, der herumgedreht wurde, wenn ich darüber sprach. Hatten meine Eltern tatsächlich interveniert, damit meine Bewerbung akzeptiert wurde? »Ich würde das Gymnasium niemals schaffen, behauptete sie.« Hatte Sabine recht und ich war nicht intelligent genug? Ich fühlte mich hilflos, traurig und mutterseelenallein.

»Ich hasse mich selbst. Warum bin ich nur so dumm?«, fragte ich in die Finsternis und die Spitze drehte einen weiteren Kreis.

»*Chérie!*«, rief Estelle und rüttelte an meiner Schulter. Unsere sonst so sanftmütige Freundin war richtig aufgebracht über meine Worte. »Glaub diesem bösen Mädchen kein Wort, hörst du? Du bist sehr schlau und talentiert. Du hattest doch in deiner letzten Mathearbeit sogar eine Zwei! Und ich kenne niemanden, der so wunderbar zeichnen kann wie du.« Sie strich mir sanft über meinen Hinterkopf. Die Berührung streichelte auch mein überschweres Herz.

»Ich werde dir helfen und jeden Tag mit dir Deutsch lernen, genauso wie ich es die ersten Monate mit Gloria gemacht habe. Viele der ausländischen Kinder haben am Anfang ihre Probleme mit den *Eichhörnchen,* den *Doppelhaushälften* und mit den *Rühreiern.*« Estelle kicherte leise und auch ich lächelte. Ihre Fröhlichkeit war ansteckend und bewirkte, dass ich mich ein wenig leichter fühlte.

»Das würdest du wirklich für mich machen?«, flüsterte ich und mein Puls beschleunigte sich vor Freude. Eventuell könnte ich es mit ihrer Hilfe und ganz viel Fleiß wirklich schaffen? Gloria hatte es auch geschafft.

»Mach dir keine Sorgen. Du wirst schon sehen, dass du es lernst«, sagte Estelle voller Zuversicht, die sich auf mich übertrug. Ich spürte, wie sie mir einen Kuss auf mein Haar drückte. Genau wie Mama, wenn sie mir zu Hause eine gute Nacht wünschte.

»*Merci*«, sagte ich leise.

Danach schwiegen wir und ganz langsam wurden meine Augenlider schwer. Doch bevor ich endgültig einschlummerte, fasste ich den Entschluss, nicht klein beizugeben, sondern um meinen Platz zu kämpfen. Mit der Hilfe von Estelle und Gloria würde ich es Sabine und ihren Freundinnen schon zeigen

Kapitel 1: Sechzehn Jahre später am Firmensitz der Société Rochefort, Champagne, Frankreich, 2024

Grazia

Bunte Säulen, symmetrische Tortendiagramme und zackige Linien leuchteten uns auf dem überdimensionalen Display entgegen, das die halbe Wand des Besprechungszimmers einnahm. Gerade hatte ich den Abteilungsleitern die monatlichen Kennzahlen des Management-Dashboards präsentiert.

»Was ist mit dem Pinot-Chardonnay-Champagner?«, fragte Frédéric und natürlich entging mir sein lauernder Blick nicht. Der Balken des genannten Produkts war in einer Farbe dargestellt, die an frisches Blut erinnerte. Die Blicke aller Manager lagen auf mir.

»Wegen eines Nachfragerückgangs in Japan ist der Umsatz um acht Prozent eingebrochen«, antwortete ich postwendend und richtete meinen Kopf gerade. Mit meinem Pferdeschwanz, in den ich mein braunes Haar geflochten hatte, sah ich vermutlich angriffslustig wie eine Amazone aus. »Es gab hohe Lagerbestände aus Vormonaten, die zuerst aufgebraucht wurden.« Ätsch, Frédéric. Mich lockst du nicht aus der Reserve.

»Und ich dachte, du hättest schon wieder einen kleinen Zahlendreher eingebaut«, sagte mein Cousin und lachte selbstgefällig. Er tat nichts lieber, als auf Fehlern herumzureiten, die mir irgendwann einmal unterlaufen waren, und sie mir vorzugsweise bei wichtigen Präsentationen unter die Nase zu reiben, so wie heute. Aber an meinem heutigen Vortrag war nichts auszusetzen, denn ich hatte die Kennzahlen in einer Nachtschicht gefühlte hundertmal kontrolliert. In Gedanken wünschte ich Frédéric einen langen Aufenthalt in besagtem Land, am liebsten einen niemals endenden.

Nachdem das Meeting fertig war, ging ich in mein Büro und sank erschöpft auf meinen Stuhl. Gedankenverloren ließ ich meinen Zeigefinger über das Swarovski-Steinchen gleiten, das auf meinem blassrosafarbenen Daumennagel wie eine winzige Träne glitzerte. Als würden sogar meine Finger Frédéric zum Heulen finden. Dabei hatte sich die Idee meines Vaters, ins Familienunternehmen einzusteigen, so gut angehört. Er hatte sie mir unterbreitet, nachdem ich nach meinem Studium nicht genau gewusst hatte, was ich machen wollte. Doch vom ersten Tag an wollte Frédéric mich wieder loswerden. Und das, obwohl wir beide Rocheforts waren. Zuerst war ich sehr irritiert, als er mich in chauvinistischer Manier vor unseren Mitarbeitern aufforderte, Kaffee zu holen. Oder mir zehn Minuten vor einer Vorstandssitzung mitteilte, dass ich die Präsentation zu halten hatte. Aber es war dumm für ihn, dass er damit genau das Gegenteil erreichte. Nach acht Jahren im Internat konnte ich Mobbing jeder Art blind parieren und im Abhalten von Präsentationen war ich perfekt geschult. Dass er mich loswerden wollte, weil er mich als Konkurrentin wahrnahm, wurde zu meinem Ansporn, erst recht zu bleiben. Ich würde nicht klein beigeben, sondern um meinen Platz kämpfen. Und ihn irgendwann überflügeln, auch wenn es furchtbar anstrengend war.

Da läutete mein Handy. Super, ein Videoanruf von meiner Schwester. Seitdem sie bei ihrem Freund in Schottland lebte, telefonierten wir oft auf diese Art.

»*Salut*, Gloria!«, rief ich. Irgendwie sah sie heute anders aus als sonst. »Bist du etwa ungeschminkt?« Als erfolgreiche Beauty-Influencerin, die sie war, war das ein ungewohnter Anblick. Auch ihr langes dunkelblondes Haar war nicht wie sonst in lockige Beachwaves gelegt, sondern hing platt an den Seiten herunter.

»Ich bin im Krankenhaus. Sieh mal.« Das Bild wackelte von ihrem Gesicht weg und ein Gipsbein tauchte auf, das von ihren Zehen bis hinauf zu ihrer Hüfte zu reichen schien. Autsch.

»High Heels, Whisky und schottische Volkstänze vertragen sich nicht. Besonders zu vorgerückter Stunde«, erklärte sie kichernd. Ich konnte sie direkt vor mir sehen, wie sie auf Stöckelschuhen vor Männern mit Dudelsack, Kilt und martialisch behaarten Beinen umknickte. Meine Schwester war eine Naturgewalt. Extrovertiert, temperamentvoll und laut. Manchmal könnte ich darauf schwören, dass eine von uns beiden nach der Geburt mit der richtigen Schwester vertauscht worden war, so unterschiedlich waren wir beide. Trotzdem liebten wir uns über alles und verstanden uns super.

»Ich hoffe, du hast keine schlimmen Schmerzen?«, fragte ich.

»Ach, die sind halb so wild. Was mir aber wirklich wehtut, ist, dass ich Estelle jetzt nicht helfen kann. Die neue Ausstellung auf der Burg Ehrenfelsen soll in wenigen Wochen eröffnet werden. Und sie haben noch immer keine neue Mitarbeiterin gefunden, die Estelle ersetzen wird«, antwortete sie.

Unsere Freundin lebte mit ihrem Verlobten Lars, ihrem Bruder Matthias und dessen Frau Annette in Kärnten auf der permanent renovierungsbedürftigen, jahrhundertealten Burg der Familie. Außerdem bewirtschafteten sie einen Campingplatz mit Streichelzoo sowie einen Wald und es gab einen kleinen Souvenirladen. Und nun erwartete sie ihr erstes Kind, aber neue Mitarbeiter waren kaum zu finden. Deshalb hatte Gloria geplant gehabt, Estelle vor Ort zu unterstützen. Oh. Jetzt fiel der Groschen bei mir.

»Du erwartest doch nicht, dass ich für dich einspringe?«, fragte ich.

»Nun ja, wäre das denn so schlimm? Estelle braucht unsere Hilfe, aber sie würde niemals direkt darum bitten«, sagte Gloria und ihr herzerweichender Blick stand dem eines drei Tage alten Rauhaardackels in nichts nach. Arme Estelle. Sofort hatte ich ein schlechtes Gewissen, denn seit unserer Zeit im Internat war sie wie eine zweite Schwester für mich. Sie hatte mit mir gepaukt, mich getröstet und mich aufgebaut, als es mir schlecht ging. Und jetzt brauchte sie meine Hilfe. Ich rieb mir die Stirn.

»Außerdem wärst du eine perfekte Kuratorin für die Ausstellung. Immerhin hast du Kunstgeschichte studiert«, fügte Gloria hinzu.

»Ja, aber nur als Hobby. Mein Hauptfach war Internationales Management«, betonte ich. »Ich würde wirklich gern, aber ich kann nicht so einfach von hier weg.«

»Aber warum denn nicht? Immerhin ist Papa im Vorstand von Rochefort. Er würde es sofort erlauben«, bohrte Gloria nach.

»Ich will aber auf keinen Fall eine bevorzugte Behandlung«, antwortete ich wie aus der Pistole geschossen. »Ich schufte genauso hart wie alle anderen.« Und noch härter. Denn ich hatte vor, irgendwann unser Familienunternehmen zu leiten. Als Assistentin des Vorstands versuchte ich nun seit einem Jahr, mit dem Team Schritt zu halten. Aber es war nicht einfach. Langwierige Verhandlungen mit Einkäufern, Deckungsbeitragsanalysen und heikle Präsentationen vor dem Board gehörten seitdem zu meinem Alltag. Das Hamsterrad drehte sich schnell und an jedem Monatsende stand nur die eine große Frage: Wie hoch war der Gewinn?

Ich stand auf, ging zur Bürotür und schloss sie. »Manche lauern nur darauf, dass ich einen Fehler mache…«

»Wie beim *Rochefort Sparkling Special?*«, unterbrach mich Gloria und lachte schallend. Daran hatte ich jetzt zwar gar nicht gedacht, aber sie hatte recht. Bei diesem Event, bei dem jedes Jahr die Top-Champagnersorten verkostet wurden, war ich in ein riesiges Fettnäpfchen getreten. Irgendein Witzbold hatte einen billigen Discountersekt unter die Qualitätsflaschen geschummelt. *Das Bouquet eröffnet mit weißen Blüten… am Gaumen ein Hauch von weißem Pfirsich… insgesamt überraschend jugendlich und lebendig …* hatte mein blumiges Urteil über die Niete gelautet, die mir so herrlich gut geschmeckt hatte. So peinlich!

»Wahrscheinlich hatte Frédéric seine Finger im Spiel«, sagte ich in Erinnerung an sein süffisantes Grinsen. »Ich muss mich noch mehr anstrengen und beweisen, dass ich es draufhabe. Du siehst also, dass ich keinesfalls mehrere Wochen in Österreich verbringen kann, so leid es mir tut.«

Gloria atmete geräuschvoll aus und schüttelte den Kopf. »Dann hoffen wir mal, dass sich bald eine neue Mitarbeiterin findet, die Estelle entlastet.« Offensichtlich hatte sie es aufgegeben, mich überreden zu wollen. »Was gibt es sonst Neues bei dir? Bist du endlich bei diesem heißen Kostenrechner einen Schritt weitergekommen?«

»Er heißt Edouard. Bisher waren wir nur gemeinsam Kaffee trinken«, antwortete ich. Mein Arbeitskollege war kultiviert, attraktiv und lebte wie ich für die Arbeit. Ich mochte ihn. Mit meinen bald achtundzwanzig Jahren sehnte ich mich danach, den richtigen Partner zu finden. »Wir verstehen uns super und führen viele interessante Gespräche.«

Trotz des kleinen Displays sah ich deutlich, dass Gloria die Augen verdrehte. »*Mon dieu* … merkst du eigentlich, wie langweilig sich das anhört?«, rief meine Schwester und schüttelte ihr Handy, dass das Bild nur so wackelte. Zum Glück konnte sie meine Schultern nicht packen. Doch Edouard war toll. Er war klug, witzig und sensibel. Und ich konnte mich außergewöhnlich gut über viele Dinge mit ihm unterhalten. Nicht nur über die Arbeit, sondern über alles, angefangen bei meinem Steckenpferd Geschichte bis hin zu Umweltschutz-Themen. Und sogar über Kunst, Haarpflege und Fingernagel-Design. Das gab mir andererseits auch zu denken. Fehlte nur noch, dass wir uns demnächst über Männer austauschten, die wir gut fanden.

»Er hat irgendwas an sich, das mich anzieht«, beharrte ich, denn vielleicht waren meine Bedenken bezüglich Edouards sexueller Orientierung ja unbegründet und wir verliebten uns demnächst ineinander.

»Hoffentlich gefällt dir nicht bloß die Tatsache, dass er dir nicht wie die anderen hinterherläuft«, überlegte Gloria tiefenpsychologisch. Tatsächlich mangelte es mir ja nicht an Verehrern, ganz im Gegenteil. Aber ich hatte schreckliche Angst davor, dass die Männer, die mir den Hof machten, sich mehr für mein Geld oder den Status unserer Familie interessierten als für mich. Wenn sie anfingen, sich ständig nach unserem berühmten Familiensitz, dem Château Rochefort, oder nach unserer Jacht an der Cote d'Azur zu erkundigen und vom Firmenimperium schwärmten, schrillten bei mir die Alarmglocken. War ich nicht mehr als die Besitztümer meiner Familie?

Ich seufzte. »Die Typen, die selbst reich sind und aus der besten Gesellschaft kommen, sind ja auch nichts für mich. Sie sind oft so langweilig! Meistens haben sie nicht einmal einen Beruf, dafür aber mindestens einen Porsche. Und sind nur mit sich selbst beschäftigt.« Es kam mir wie Verschwendung meiner Lebenszeit vor, mich mit so einem oberflächlichen Angeber zu treffen.

»Den Mann, den du suchst, gibt es in der ganzen Champagne nicht. Vielleicht solltest du dich auch im Ausland umsehen, so wie ich«, sagte Gloria, die sich in einen schottischen Grafen verliebt hatte. Ich lächelte nur müde. Verlangte ich denn wirklich so viel von einem Partner? Er sollte für irgendetwas brennen, das in seinen Augen wichtig war. Zum Beispiel für einen Beruf, aber im Prinzip war es mir egal, wofür. Männer mit eigenen Ideen und Visionen fand ich ungemein anziehend und sexy. Sie hatten dieses gewisse Etwas, eine besondere Energie, und strahlten pure Leidenschaft aus. Gern könnte er auch ein Weltverbesserer, Klimaschützer oder sonstiger Idealist sein.

Hauptsache, er schwamm nicht nur mit dem Strom und jagte nicht nur dem Geld hinterher. Der Mann meiner Träume sollte *mich* lieben, weil ich ganz einfach nur Grazia war, und nicht eine Rochefort. Er sollte mich und andere Menschen mit Respekt behandeln, aber nicht wie ein rohes Ei. Dementsprechend sollte er selbstbewusst sein, aber nicht arrogant. Was das Aussehen anbelangte, hatte ich keine bestimmten Vorstellungen. Außer, dass er mir gefallen sollte. Jedenfalls erfüllte Edouard alle meine Vorstellungen, bis auf die grundlegende: Es gab keine leidenschaftliche Anziehung zwischen uns.

In diesem Moment ploppte das Chatfenster auf meinem Bildschirm vor mir auf und zog meine Aufmerksamkeit auf sich. Die Arbeit meldete sich zurück. »Grazia, ich muss jetzt weitermachen«, sagte ich, bereits in die Nachricht meiner Kollegin Françoise vertieft. Wir warfen uns Küsse über das Display zu und dann begann ich, die eingegangene Anfrage aus der Marketingabteilung zu beantworten.

Allerdings ging mir Estelle nicht aus dem Kopf. Wie ich wusste, waren die knappen Finanzen der Familie immer ein Thema. Die Instandhaltung der alten Burg verschlang jedes Jahr ein Vermögen. Estelle, ihr Bruder Matthias und dessen Frau Annette arbeiteten mit einer Handvoll Leuten stets hart daran, das Geld für die Erhaltung der Anlage hereinzubekommen. Jetzt, wo der Herbst begann, war noch dazu die stärkste Besucherzeit auf der Burg Ehrenfelsen. Dass Estelle schwanger war, machte die Lage bestimmt noch schwieriger und es tat mir furchtbar leid, dass sie diese wunderbare Zeit, in der sie ihr erstes Kind erwartete, wegen ihrer vielen Arbeit nicht unbeschwert genießen konnte. Wenn die stolzen Ehrenfelsens es zulassen würden, könnten wir mit Geld unter die Arme greifen, aber das hatten sie in der Vergangenheit auch schon immer abgelehnt. Sie würden eher den Campingplatz am wunderschönen Ehrenfelsener See verkaufen, als unser Geld anzunehmen. Dass das je passieren könnte, war eine ganz schreckliche Vorstellung. Der See gehörte doch zu ihnen wie der Rochefort Champagner zu unserer Familie. Durch diese Grübeleien kam ich mit meiner Arbeit nur langsam voran und es war schon fast acht Uhr abends, bis ich schließlich nach Hause aufbrach.

***

In dieser Nacht hatte ich einen verrückten Traum von Frédéric, der in unserem Schloss Jagd auf ein Eichhörnchen machte. Der niedliche Nager suchte vergeblich nach Estelle, denn nur sie konnte das kleine Fellknäuel beschützen. Doch mein Cousin spürte es auf und sperrte es in ein Tabellenkalkulationsprogramm ein, wo es hinter den fett formatierten Zellen wie zwischen Gitterstäben hervorlugte.

Verschwitzt und müde wachte ich früh am Morgen noch vor dem Klingeln des Weckers auf. O mein Gott, was war das für ein schwachsinniger Traum gewesen. Obwohl ich mich unausgeschlafen fühlte, stand ich gleich auf und fuhr ins Büro. Der frühe Vogel fängt den Wurm. Gerade als ich meinen Computer eingeschaltet hatte, läutete mein Telefon. Nanu, schon wieder ein Videoanruf von Gloria?

Das blasse Gesicht meiner Schwester schaute mir im Display entgegen. »Grazia, es ist etwas Schlimmes passiert. Estelle ist im Krankenhaus!«, rief sie anstatt einer Begrüßung. O nein! Mein Herz wurde von einer Sekunde

21

auf die andere tonnenschwer und ich rutschte tief in meinen Bürostuhl.

»Ist etwas mit dem Baby?«, flüsterte ich. Mein Puls raste. *Bitte, bitte, liebes Universum, mach, dass es dem kleinen Wurm gut geht!*

»Im Moment ist alles unter Kontrolle. Sie hatte vorzeitige Wehen und muss voraussichtlich bis zur Geburt strikte Bettruhe halten«, antwortete Gloria und ich atmete erleichtert aus. Gott sei Dank! Allerdings war der geplante Termin erst in knapp drei Monaten. »Es war wie ein Warnschuss, dass sie sich nun wirklich schonen muss.«

Sofort musste ich daran denken, was jetzt wohl auf der Burg Ehrenfelsen los war. Wie ich von meinen Besuchen wusste, ging es da im Normalbetrieb schon ziemlich chaotisch zu. Estelles plötzlicher Ausfall musste eine riesige Lücke aufgerissen haben. Wahrscheinlich machte sie sich jetzt Sorgen darüber, wie der Rest der Familie ohne sie die ganze Arbeit stemmte. Das war bestimmt schlecht für sie und das Baby. Mein Herz klopfte heftig und in meinem Hals hatte sich ein Kloß gebildet. Damals im Internat war Estelle mein Rettungsanker gewesen. Sie hatte mir die Hand gehalten, wenn ich nachts nicht einschlafen konnte. Monatelang hatte sie in ihrer Freizeit mit mir Deutsch gepaukt, mir Mut zugesprochen und mich zum Lachen gebracht. Und wer war jetzt für sie da, wo sie so dringend Hilfe brauchte? Alle Bedenken wegen Frédéric und der Arbeit waren in diesem Moment zweitrangig. Ich hatte viele Bekannte, aber nur wenige Menschen waren echte Freunde oder Freundinnen für mich. Und Estelle war eine davon.

»Ich mach es!«, rief ich und richtete mich auf. »Ich werde Estelle anrufen und anbieten, sofort nach Kärnten zu fliegen und zu helfen.«

Gloria tupfte sich mit dem Handrücken über die auch heute ungeschminkten Augen. »Danke, Schwesterherz. Sobald ich wieder aufrecht auf zwei Beinen gehen kann, komme ich und löse dich ab.«

»Alles klar, aber werde du erst mal gesund!«, antwortete ich.

Nachdem ich mich von Gloria verabschiedet hatte, lehnte ich mich ungläubig in meinem Bürostuhl zurück. Wegen meiner eigenen Courage war mir ein wenig schwindelig. Wie schnell sich Prioritäten verschieben konnten. Aber Estelle war eben ein ganz besonderer Mensch. Ich wusste, dass sie mich unabhängig von meinem Background liebte und genauso mochte, wie ich war. Und durch sie hatte ich gelernt, mich in schwierigen Lebenslagen durchzubeißen und nicht aufzugeben. Jetzt konnte ich mich endlich revanchieren. Was war nun als Nächstes zu tun? Estelle anrufen, einen Flug buchen und mit Vater über meinen Sonderurlaub sprechen.

***

Nicht einmal eine Stunde später hatte ich alles mit Estelle geklärt, die vor Freude ihre Tränen nicht zurückgehalten hatte. Nun klopfte ich an die schwere Eichentür am Büro meines Vaters. Gleich darauf drückte ich den eleganten Messinggriff herunter und öffnete die Tür einen Spalt. »*Bonjour, Papa,* hast du einen Moment Zeit für mich?«, fragte ich, den Kopf in den Türspalt steckend. Am Ende des riesigen Zimmers sah ich Vater an seinem wuchtigen Schreibtisch sitzen.

»*Salut, Chérie*«, antwortete er und ließ das Papier sinken, das er gerade gelesen hatte. Mir entging nicht, dass seine Augen, um die sich in den letzten Jahren einige Fältchen gebildet hatten, bei meinem Eintreten zu leuchten begonnen hatten. »Für dich habe ich doch immer Zeit.«

Ich trat ein und schloss schmunzelnd die Tür hinter mir. »Papa, du sollst mich im Büro doch nicht *Chérie* nennen«, sagte ich zärtlich-tadelnd, weil ich keine Sonderbehandlung in der Firma haben wollte. Und die Begrüßung als *Chérie,* also Liebling, war eben alles andere als ein neutraler Empfang. Andererseits war es total rührend, wie offen er überall zeigte, dass ich ihm viel bedeutete und auch dass er stolz auf mich war. Egal, was für Fehler mir unterliefen. Da wurde es mir immer warm ums Herz, denn das war Liebe.

Ich setzte mich meinem Vater gegenüber auf einen Bürostuhl. Es war mir ziemlich unangenehm, dass ich heute tatsächlich um eine Bevorzugung, nämlich mehrere Wochen Sonderurlaub, bitten musste.

Er wusste bereits, dass Gloria sich das Bein gebrochen hatte, und ich brachte ihn bezüglich Estelle auf den neuesten Stand. Die Rocheforts waren mit Familie Ehrenfelsen eng verbunden. Charlotte, die Cousine meines Vaters, hatte sich vor vielen Jahrzehnten in August Ehrenfelsen verliebt und war zu ihm nach Kärnten gegangen. Sie waren die Eltern von Estelle und Matthias.

»Familie und treue Freunde sind das Allerwertvollste im Leben. Mach dir keine Gedanken um mich und die Firma, nimm dir die Zeit, die du brauchst. Frédéric wird mir bestimmt beistehen«, fügte er hinzu und schaute gedankenverloren aus dem Fenster. Wumms. Ich biss mir auf die Unterlippe. Genau das hatte ich befürchtet, es war aber jetzt nicht zu ändern. Es blieb mir nichts anderes übrig, als meinem Kontrahenten kampflos das Feld zu überlassen. Zumindest für einen Monat, bis Gloria wieder fit war. Danach würde ich wieder Vollgas geben.

»Danke, Papa!«, sagte ich und stand auf. Auch Vater erhob sich und ich ging um den Schreibtisch herum, um ihn zum Abschied zu umarmen. Dann verließ ich sein Büro.

Kapitel 2: Dugel von Dittmer, Kärnten

Bernd

»Das ist kein Mangel. Das muss so akzeptiert werden … Von mir aus schreiben Sie es ins Protokoll … Wiederhören.« Der Generalunternehmer Sebastian Steiner pfefferte sein Handy auf die Tischplatte und schüttelte den Kopf.

»Sorry, Bernd. Jetzt bin ich ganz bei dir.« Sein Tonfall sprang von gereizt auf scheißfreundlich um. Er wandte sich mir zu, der ich auf der anderen Seite eines kleinen runden Besprechungstisches saß. »Danke, dass du gekommen bist. Ich möchte dir einen ziemlich großen Auftrag anbieten.« Er rieb sich mit seiner Rechten über sein glatt rasiertes Doppelkinn. »Es geht um die Burg Ehrenfelsen, östlich von Klagenfurt, die kennst du doch? Dort haben wir einen baufälligen Turm bereits fast fertig renoviert und ich brauche jemanden für die elektrischen Leitungen.«

»Klar, ich lebe ganz in der Nähe«, antwortete ich. Allerdings war ich schon lange nicht mehr dort oben gewesen. Estelle Ehrenfelsen kannte ich flüchtig, weil ihre Stieftochter in der Kinderfußballmannschaft mitspielte, deren Trainer ich war.

»Na, umso besser. Ich brauche einen echten Profi, der alles neu verlegt. Aber ich will dir nichts vormachen: Dieses alte Gemäuer ist ziemlich widerspenstig und keine Standardaufgabe. Außerdem sind wir in Zeitverzug. Das Projekt muss rechtzeitig fertig werden.« Sebastian war Generalunternehmer bei Bauvorhaben und beschäftigte sonst meistens günstigere Subunternehmer, als ich einer war. Allerdings waren diese normalerweise auch weniger erfahren als ich. Momentan herrschte großer Mangel an guten, professionellen Handwerkern. Ich hatte den Ruf, absolut zuverlässig und schnell zu arbeiten.

»Allerdings müsstest du sehr bald loslegen. Nämlich schon nächste Woche. Ich würde dich ungefähr vier Wochen benötigen. Es geht um eine ganze Stange Geld. Und ich kann dir die zwei Azubis beistellen, mit denen du schon mal gearbeitet hast.« Er nannte mir einen Betrag, bei dem mein Puls sich beschleunigte. Damit könnte ich meinen Schuldenberg mit einem Schlag ganz schön reduzieren. Allerdings war mir klar, dass es das nicht umsonst gab, und gerade Sebastian war mit allen Wassern gewaschen. Ich musste auf der Hut sein.

»Wo ist der Haken?«, fragte ich.

»Der Termin muss unbedingt eingehalten werden«, sagte er.

»Was heißt das konkret? Pönalklausel bei Zeitverzug?«, mutmaßte ich.

Der Bauunternehmer nickte. Hatte ich`s mir doch gedacht. Aber da ich in der Branche erfahren war und genug Lehrgeld gezahlt hatte, war auch ich sehr vorsichtig.

»Du kennst ja meine Bedingungen«, konterte ich.

»Ja, ich weiß. Du arbeitest nur gegen Vorauskasse und hast unverschämt hohe Preise. Du weißt hoffentlich, dass du der Einzige bist, bei dem ich mich darauf einlasse?«, fragte Sebastian und lehnte sich in seinem ledernen Bürostuhl zurück. »Was sagst du?«

Ich scrollte bereits auf meinem Mobiltelefon durch meinen Terminplan. Die anderen kleineren Aufträge, die ich bereits zugesagt hatte, könnte ich bestimmt verschieben oder an den Wochenenden erledigen.

»Ich seh's mir gern mal an«, antwortete ich. Auf der Burg wartete bestimmt keine einfache Aufgabe auf mich. Aber das schreckte mich nicht ab.

»Super. Dann hast du am Montag um neun Uhr einen Termin auf der Burg Ehrenfelsen. Du kannst vor Ort mit der Kuratorin alles besprechen und danach machen wir unseren Vertrag fix.«

»Eine Kuratorin?«, fragte ich. Das war doch jemand, der mit Kunst zu tun hatte?

»Ja, weil im Turm eine Ausstellung eröffnet werden soll. Der Burgherr nervt mich ständig wegen der fest geplanten Vernissage, deren Termin unbedingt gehalten werden muss«, erklärte er.

Da klingelte sein Handy. »Wenn man vom Teufel spricht«, sagte er und zeigte mir sein Display. Auf dem stand der Name *Matthias Ehrenfelsen.* Dann nahm er das Gespräch an.

Nach kurzem Zuhören verzog Sebastian seine Mundwinkel zu einem listigen Grinsen.

»Beim letzten Gewitter ist der Strom ausgefallen, ehrlich? Nein, das kann nichts mit unseren Arbeiten zu tun haben. Ja, morgen Abend könnte es schon wieder regnen … Der Herbstball? Hm … das ist aber wirklich blöd … Obwohl, so ein Tänzchen bei Kerzenschein kann auch ganz schön romantisch sein, oder?« Haha. Sebastian zwinkerte mir verschwörerisch zu. »Ja, das wäre möglich. Mein Mitarbeiter wird rechtzeitig mit dem Gerät auf der Burg sein und es anschließen. Ja, er kann zur Sicherheit dableiben … Allerdings muss ich die Miete des Notstromaggregates plus eine ganze Wochenendpauschale verrechnen …

Na, weil das nicht in unserem Vertrag steht ... Okay, alles klar. Ein Frack? Kein Problem. Wiederhören.«

Mein Chef legte das Mobiltelefon zur Seite und rieb sich die Hände. »Du hast es gehört? Wenn du dir einen fetten Bonus verdienen willst, habe ich Samstagabend einen Zusatzauftrag für dich.«

Obwohl ich es hasste, mich als Pinguin zu verkleiden, musste ich keine Sekunde lang überlegen. Das zusätzliche Einkommen konnte ich verdammt gut brauchen.

***

Am Samstagabend um halb sieben rollte ich mit dem weißen Transporter, das Notstromaggregat auf einem Anhänger mitführend, langsam über den Innenhof der Burg Ehrenfelsen. Deren massive graue Mauern ragten vor mir in die Höhe. Dieser Anblick mochte auf andere Menschen vielleicht romantisch wirken, aber mir jagten mittelalterliche Schlösser immer einen kalten Schauer über den Rücken, vor allem abends und in der Nacht. Auch sonst freute mich die Aussicht auf den Ball überhaupt nicht und ich überlegte, wie lang es wohl dauern würde. Jedenfalls musste ich bis zum bitteren Ende bleiben, denn es könnte ja regnen, obwohl es im Moment nicht danach aussah. Nur wenn es einen Stromausfall gab, würde das Aggregat zum Einsatz kommen. Nachdem ich ausgestiegen war, fuhr ich mir mit den Händen noch einmal durch mein braunes Haar, das in nächster Zeit mal wieder geschnitten werden könnte. So. Styling erledigt. Es war ein milder Septemberabend, aber es wurde bereits dunkel. Ich sah mich um. Wo war der Mitarbeiter der Burg? Am Eingang zum Festsaal standen schon einige festlich gekleidete Besucher. Jetzt war ich doch froh, dass ich mich überwunden und meinen

Hochzeitsanzug aus dem hintersten Winkel im Schrank geholt hatte. Das war mir echt nicht leichtgefallen. Aber so erfüllte ich den Dresscode und fiel unter den anderen Pinguinen nicht weiter auf. Leider war ich beim Rausgehen meinen Eltern direkt in die Arme gelaufen. Meiner Mutter waren bei meinem Anblick prompt die Tränen gekommen, worauf mir selbst zum Heulen zumute gewesen war. *»Du schaust aus wia da Bätscheloar«*, hatte mein Vater schließlich gescherzt und Mama hatte sich die Augen getrocknet und doch wieder gelacht. *»Die Richtige kimmt no«*, meinte sie und drückte mir einen Kuss auf die Wange. Hoffentlich nicht, denn ich würde sie enttäuschen müssen. Meine Ex-Frau Sandra hatte schon alle meine Rosen bekommen.

»Hallo, sind Sie der Elektriker?« Eine blonde junge Frau riss mich aus meinen Grübeleien. Sie trug ein elegantes, dunkelblaues Abendkleid und befand sich in Begleitung eines gut aussehenden Mannes mit braunem Haar und Dreitagebart.

»Genau der bin ich, guten Abend. Mein Name ist Bernd Lassnig und hier habe ich das Aggregat.« Ich deutete auf den Anhänger hinter mir. Das Pärchen wechselte einen erleichterten Blick und stellte sich als Annette und Matthias Ehrenfelsen vor. Aha, die Burgherren persönlich.

»Gott sei Dank sind Sie hier«, sagte die junge Frau mit bayrischem Akzent und lächelte mich glücklich an.

»Das Anschließen geht ganz schnell, ich muss mit dem Kabel nur zu Ihrem Hauptverteiler«, erklärte ich.

»Sehr gut, ich zeige Ihnen den Weg. Kann ich Ihnen damit helfen?«, fragte Matthias Ehrenfelsen. Tatsächlich ging das Abrollen zu zweit leichter und ich war positiv überrascht, dass er keine Sorge hatte, sich schmutzig zu machen. Obwohl da eigentlich keine Gefahr war, denn meine Utensilien und Werkzeuge waren niemals dreckstarrend. Wir zogen die Leitung in weniger als einer Minute durch einen Nebeneingang ins Innere der Burg, wo ich das Gerät mit einem Umschalter am Hauptverteiler anschloss. Dabei erkannte ich auf den ersten Blick, wie vorsintflutlich die Elektroinstallation war. Aber für den Notfall waren wir jetzt gerüstet und ich könnte binnen dreißig Sekunden die alternative Stromversorgung anstellen und den Abend retten.

»Super, das ging ja schnell. Dann zeige ich Ihnen jetzt den Ballsaal und Ihren Sitzplatz. Ehrlich gesagt bin ich doppelt froh, dass Sie zum Dinner bleiben, denn aufgrund einiger Absagen haben wir Herrenmangel. Und Sie scheinen der perfekte Lückenfüller zu sein«, sagte Annette Ehrenfelsen ein wenig kryptisch und schmunzelte wissend.

»Ich nehme das mal als Kompliment?«, fragte ich unsicher.

»Genau so war es gemeint«, antwortete sie, ohne ihre Bemerkung weiter zu erklären. Hoffentlich hielt sie mich nicht auch für den Bachelor oder so.

Während Matthias Ehrenfelsen auf dem Burghof blieb, um Gäste zu begrüßen, folgte ich seiner Frau zum breiten Eingang des Festsaals. Drinnen sah ich kreisrunde Tische mit blütenweißen Tüchern, kristallenen Gläsern und üppigen Gestecken aus gemischten Herbstblumen. Außerdem war eine Bühne aufgebaut, auf der die Instrumente eines Orchesters schon bereitstanden. Der Anblick aktivierte alle meine Fluchtreflexe. So eine feine Gesellschaft war nicht mein Fall, aber es gab kein Entrinnen. An der Wand neben der Tür befand sich eine Tafel mit einem Sitzplan, an der wir ohne anzuhalten vorbeigingen. Einige Herren in feinen Anzügen und aufgetakelte Damen in Cocktailkleidern hatten schon Platz genommen. Schon lustig, dass alle sich so mondän gaben, wo doch jeder wusste, dass die meisten Adeligen heutzutage verarmt waren. Die Burg Ehrenfelsen hatte auch schon bessere Zeiten erlebt, so veraltet wirkte alles. Worüber sich die Gäste heute Abend wohl unterhielten? Vielleicht über Meghan und Harry? Ich interessierte mich für viele Dinge, aber am meisten war ich von Technik fasziniert und mochte Fußball.

Wir schlängelten uns an den Tischen vorbei, die für jeweils sechs Gäste eingedeckt waren. Edles Porzellangeschirr und blütenweiße Stoffservietten weckten augenblicklich die Sehnsucht nach meinem 3-D-Drucker, der einsam und verlassen in meiner Kellerwohnung stand.

Annette Ehrenfelsen lotste mich an einen Tisch, an dem schon drei Damen und ein Herr saßen. »Hier bringe ich euch noch einen netten jungen Mann«, sagte die Burgherrin.

Im selben Moment klirrte es hinter uns. Ein volles Tablett mit Sektflöten war zu Boden gegangen. »Entschuldigung, da brauchen wir ganz schnell Schaufel und Besen!«, rief Annette und eilte davon.

»Guten Abend«, murmelte ich, während ich mich hinsetzte und wohlerzogen lächelte. Die Dame links von mir kniff ihre Augen zusammen und musterte mich. Ihr weißes Haar war in auffällig kantigen Koteletten geschnitten, die ihr ein futuristisches Aussehen verliehen. Unwillkürlich musste ich an den Planeten Vulkan denken. Dann wandte sie sich an ihre Tischnachbarin. »Er ist ihm wie aus dem Gesicht geschnitten, findest du nicht?«

»Ja, wie sein eineiiger Zwilling«, bestätigte die andere Dame und kniff ihre Augen angestrengt hinter einer dicken Hornbrille zusammen.

»Wir sind mit Ihrem Vater bekannt«, erklärte sie.

In diesem Moment trat ein Kellner mit einem Tablett mit Sektgläsern an unseren Tisch, die er mit einer kleinen Verbeugung anbot.

»Ist das Champagner?«, wollte Mrs. Spock in einem Tonfall wissen, als ginge es um Leben oder Tod. Als der junge Mann verneinte, ließ sie ihr Handgelenk rotieren wie die ehemalige Queen, wenn sie aus der Kutsche ihren Untertanen gehuldigt hatte. Allerdings in umgekehrter Richtung wie die frühere Monarchin. »Weg mit dieser Plörre und her mit dem richtigen Kribbelwasser. Aber ein bisschen dalli, dalli, wir sind am Verdursten.«

Dalli, dalli? Wir lebten doch nicht neunzehnhundertirgendwas. Und so ein affektiertes Gehabe konnte ich schon gar nicht leiden. Als ob jemand den Unterschied zwischen Sekt und Champagner schmecken könnte, der ja nur das Anbaugebiet in einer bestimmten Gegend in Frankreich bezeichnete.

»Vielen Dank, ich hätte gern ein Glas Plörre«, sagte ich, angestachelt von der Arroganz meiner Sitznachbarin und nahm dankend eine der langstieligen Sektflöten vom Kellner entgegen. Er machte sich mit einer Verbeugung und dem fast vollen Tablett wieder davon.

»Zum Wohl.« Ich prostete meiner Tischnachbarin zu, die meine Geste mit einem angesäuerten Blick quittierte.

Danach stellte ich mein Glas neben dem Namensschild vor mir ab. Mit verschnörkeltem Schriftzug stand darauf in goldenen Lettern: *Dugel von Dittmer*. Aha. Für diesen war ich also heute Abend der Lückenfüller.

Und auf dem Schildchen meiner Tischnachbarin linker Hand las ich: *Sofia Freifrau von Sack*.

»Wie geht es Ihrem Vater?«, wollte sie wissen. Ob ihr Humor mit ihrem lustigen Namen mithalten konnte?

»Gut«, antwortete ich. Normalerweise war ich zwar keiner, der andere veräppelte. Aber in ihrem Fall würde ich eine Ausnahme machen.

»Das freut mich«, antwortete sie. »Wir hatten uns schon so große Sorgen gemacht. Wird er denn nächste Woche wieder zu den Mozartkonzerten nach Salzburg kommen?« Sie sah mich mit hochgezogenen Augenbrauen an.

»Das kann ich mir nicht vorstellen«, antwortete ich. »Mama und er fliegen doch in der Nachsaison immer nach Mallorca.«

»Wie bitte?« Sie klimperte schockiert mit ihren Augendeckeln.

»Mit den Nachbarn«, antwortete ich. »Das ist bereits Tradition, das machen sie doch schon seit über zwanzig Jahren.«

Sie schaute einen Moment lang irritiert. »Sind Sie nicht Friedrich von Dittmers ältester Sohn?«, fragte sie spitz.

»Nein, ich bin Heinz Lassnigs einziger«, antwortete ich. »Ich bin heute Abend für Herrn von Dittmer eingesprungen.«

»Aha«, antwortete sie und schnappte nach Luft.

Da spürte ich ein Vibrieren in der Innentasche meines Sakkos. Dankbar für die Gesprächsunterbrechung zog ich mein Handy heraus. Die Tracking-App zeigte an, dass Rufus von seinem Abendspaziergang nach Hause gekommen war. Mit der Kamera, die ich installiert hatte, konnte ich die Aktivitäten meines Katers live rund um die Uhr verfolgen. Gerade hatte er sich auf der Couch eingerollt.

»Heureka!«, rief Freifrau von Sack jetzt. Der Kellner war wieder mit einem Tablett voller Sektflöten eingetroffen, das meiner Meinung nach genauso aussah wie jenes, mit dem er zuvor abgedampft war. Um das Gespräch mit meiner Tischnachbarin nicht fortsetzen zu müssen, tat ich, als wäre ich mit meinem Mobiltelefon mit wichtigen Dingen beschäftigt. Wenn ich das bereits gedämpfte Licht noch weiter herunterdimmen würde, dann könnte Rufus bestimmt noch besser schlafen. Eine Tätigkeit, die den Großteil seines Tages einnahm. Gerade als ich begann, die entsprechenden Einstellungen auf der Smarthome-Steuerung vorzunehmen, spürte ich eine sanfte Berührung wie ein Kitzeln von rechts und mein Sektglas flog um. *Kling.*

»*Mon dieu! Pardon!*«, hörte ich eine weibliche Stimme. Prickelnde Flüssigkeit ergoss sich über das Display des Handys.

»Oh, F***! Shit, Shit, Shit!«, rief ich. Panik erfasste mich. Mein Mobiltelefon war sehr teuer gewesen. Außerdem war es viel mehr für mich als nur ein Kommunikationsmittel. Es war mein unerlässliches Arbeitsgerät, mit ihm wickelte ich meine gesamten Finanzen ab und es ermöglichte die Fernsteuerung meiner Wohnung. War es wirklich wasserdicht? In Panik riss ich meine zu einem kunstvollen Fächer gefaltete Stoffserviette von meinem Teller und tupfte das Handy hektisch trocken. Oje, die sensible Steuerung hatte prompt auf die Berührungen reagiert und das Licht auf Maximalstufe hinaufgeregelt. Genauso wie die Musikanlage. Bei einer unvermittelten Lichtstärke von über fünftausend Kelvin Tageslichtweiß und dem Webradio, das jetzt in voller Lautstärke zu Hause dröhnte, war der arme Rufus aus seinen Träumen gerissen worden und mit einem Katzenbuckel von der Couch gesprungen. Ich verfolgte, wie seine schwarze Silhouette unter dem Sofa verschwand. Mit ein paar Klicks stellte ich die ursprünglichen schummrigen Lichtverhältnisse und Ruhe wieder her. Gott sei Dank funktionierte das Gerät immer noch einwandfrei! Das arme Tier würde sich bestimmt bald wieder beruhigt haben und weiterschlafen. Nun schaute ich hinüber nach rechts, wo sich ein Berg aus rotem Tüll ausgebreitet hatte. Mein Blick wanderte nach oben und blieb in einem Paar riesengroßer grüner Augen hängen, die auf mich heruntersahen. Sie veranlassten mich, abrupt aufzustehen. Vor mir befand sich eine junge Dame, die mich entfernt an die Figur aus einem Disneyfilm erinnerte: *Tinkerbell.* Nicht nur ihr feenhaft knisterndes Kleid, sondern auch ihre hohe Stirn, ihre feingliedrige Nase und die ebenmäßigen, zarten Lippen hatten sie gemein. Ihre Augenbrauen waren wie mit feinen Pinselstrichen gemalt. Der Duft ihres Parfums umspielte mich wie die Lilien, die am Rand der Weide hinter dem Haus wuchsen. Auch ihr braunes Haar, das sich hoch auf ihrem Kopf türmte, als wäre ein Tennisball darin eingewickelt, war jenem des Fabelwesens ähnlich. Nur der Ausdruck in ihren grünen Augen wollte nicht so ganz zu der gut gelaunten Trickfilmfigur passen, denn mein Gegenüber funkelte mich missmutig an. Vielleicht wegen meinem kleinen Ausbruch von vorhin? Dabei hätte doch eigentlich ich allen Grund, sauer zu sein, denn sie war es gewesen, die mit ihrem riesigen Tutu, oder wie das Flatterding hieß, mein Glas umgeworfen, mein Mobiltelefon beinahe beschädigt sowie meinen Kater aus seinen Träumen gerissen hatte.

»Kein Problem, meinem Handy ist nichts passiert«, sagte ich jovial und ließ es in die Innentasche meines Sakkos gleiten.

Sie lachte trocken auf. »*Fantastique.* Nach Ihrem ´*orriblen* Fluchen hatte ich bereits die schlimmsten Befürchtungen um ihr Spielzeug«, antwortete sie mit starkem französischem Akzent, der ihren Worten die zynische Spitze nahm und sie total niedlich klingen ließ. Sofort musste ich an einen Werbespruch von einer bekannten Bierwerbung denken: *Die so schön ´at geprickelt in mein Bauchnabel.* Trotzdem war es alles andere als nett, dass sie mein Mobiltelefon so abfällig bezeichnete. Und so ´*orrible* hatte ich nun auch wieder nicht geflucht. Oder doch?

Sie setzte sich kopfschüttelnd und grüßte die übrigen Gäste an unserem Tisch. Auch ich nahm wieder Platz und beobachtete aus den Augenwinkeln, wie ihr Blick zu meinem Namensschild wanderte. Auf ihrer Karte las ich: *Comtesse Grazia Rochefort de Saint-Pierres.* Auch eine Adelige. Das passte total zu ihrem Auftreten. Der Kellner servierte der Comtesse Schaumwein und auch ich bekam ein frisches Glas. Wir nippten daran und ich überlegte, worüber ich mit ihr sprechen könnte. Ich wollte zu gern noch einmal ihren putzigen Akzent hören.

»Wie finden Sie den Champagner?«, erschien mir die perfekte Frage, um in ein wenig unverfänglichen Small

Talk einzusteigen. Doch sie sah mich irritiert an, als hätte ich unverblümt nach ihrer Telefonnummer gefragt. Ihre langen Wimpern flatterten und sie nahm noch einen Schluck. Dann legte sie ihren Kopf schief und überlegte. Schließlich nippte sie abermals an ihrer Sektflöte. Ob sie mich nicht verstanden hatte? Vielleicht war sie unserer Sprache doch nicht so mächtig, wie mich ihre schnippische Antwort vorhin hatte vermuten lassen. Ob ich die Frage noch einmal wiederholen sollte, aber diesmal ganz langsam?

»Ich … keine Ahnung«, antwortete sie in diesem Moment und reckte ihren Kopf in die Höhe. Dabei wirkte sie ein wenig trotzig. Die Situation war skurril. Keine Ahnung? Man musste doch wissen, ob einem sein Aperitif schmeckte? Niedlicher Akzent hin oder her: Diese Frau war offensichtlich sehr seltsam, abgehoben wie eine Rakete und höchst kompliziert! Darauf hatte ich keinen Bock und ich beschloss, den Small Talk nicht fortzusetzen. Ich sollte ohnehin mal wieder nach Rufus sehen. Dazu fischte ich *mein Spielzeug* aus meinem Sakko, legte es provokant auf den Tisch und begann, darauf herumzutippen. Mein beneidenswerter Kater hatte wieder seine Lieblingsposition auf dem Sofa eingenommen und schlief. Das war echt süß. Ich ignorierte den missmutigen Blick, den ich von der Französin auf mir spürte. Sollte sie doch von mir denken, was sie wollte.

»Brunnenkresse-Schaumsüppchen mit Croûtons von der Dinkel-Urkruste und gezupfte Fenchelspitzen«, kündigte der Kellner an und platzierte dampfende Teller vor uns. Ich steckte mein Telefon wieder ein und wir begannen schweigend die cremige Flüssigkeit zu löffeln. Mir schmeckte sie sehr gut, aber ich würde den Fehler bestimmt nicht noch einmal machen und Tinkerbell nach ihrer Meinung fragen.

»Bleiben Sie über das Wochenende in Kärnten oder sind Sie nur für das Dinner heute angereist?«, unterbrach Frau von Sack an die Französin gewandt das frostige Schweigen an unserem Tisch.

»Ich bleibe bis zur Eröffnung der neuen Ausstellung, die im Turm eingerichtet wird. Ich bin die Kuratorin«, antwortete Grazia Rochefort, woraufhin mich aus heiterem Himmel ein Hustenreflex beutelte.

Kapitel 3: Tüll und Tränen
Grazia

Mon dieu. Dieser Dugel von Dittmer war so ein Blödmann, ein richtiger *Crétin*. Als der Tüll meines Kleides sein Sektglas umgeworfen hatte, hatte er mich und meine Entschuldigung ganz einfach ignoriert. Dafür hatte er geflucht wie ein Taxifahrer in einem Klimakleberstau. Seine Fixierung auf sein Handy war zwanghaft. Wie unhöflich, bei Tisch dauernd aufs Mobiltelefon zu starren. Wir waren doch hier nicht bei McDonalds und er war kein pubertierender Teenager. Und nun schaffte er es nicht einmal, seine Suppe wie ein zivilisierter Erwachsener zu essen, ohne sich zu verschlucken. Mit seinem lässig zurückgestylten, dunkelbraunen Haar, seinen wachen graublauen Augen und dem Lächeln, das er vorhin kurz gezeigt hatte, sah er eigentlich ganz attraktiv aus. Er hätte als Doppelgänger von Bradley Cooper durchgehen können. Und er roch auch irgendwie gut. Der Duft eines herben männlichen Duschgels waberte zu mir herüber. Aber sein unmögliches Benehmen bestätigte wieder einmal meine bisherige Erfahrung, dass äußerlich attraktive adelige Männer sich stets als Nieten erwiesen. Das war ein weiteres Argument, das für meinen Plan sprach, nach meiner Rückkehr nach Frankreich mit Edouard auszugehen. Einem kultivierten, tüchtigen und bürgerlichen Mann. Wenn einmal der Funke übergesprungen war, würden wir ein großartiges Paar abgeben. Ich unterdrückte meinen Wunsch, aufzustehen und Dugel von Dittmer ganz fest auf den Rücken zu schlagen. Ich löffelte meine Suppe ungerührt weiter. Endlich hatte sich sein Hustenreiz gelegt und er spülte mit einem Schluck des Aperitifs nach, von dem ich annahm, dass es sich um einen mittelklassigen Sekt handelte. Die unbedarfte Frage meines Sitznachbarn vorhin hatte die Erinnerung an die desaströse Champagnerverkostung wieder aufleben lassen. Dugel von Dittmers Lächeln hatte mich getriggert und ich hatte an Frédéric denken müssen. Seit dem damaligen Desaster traute ich meinem eigenen Urteilsvermögen nicht mehr und hatte deswegen auf die Frage, ob mir der Champagner schmeckte, nicht geantwortet. Aber ich hatte richtig gelegen, denn Dugel hatte ohnehin kein aufrichtiges Interesse an meiner Meinung oder an einer Unterhaltung mit mir gezeigt und dann einfach weiter auf seinem Handy herumgewischt.

Jetzt brachten die Kellner die Hauptspeise, die uns als *Mosaik von gebeiztem Lachs und Forelle auf knusprigem Petersiliensalat in Trüffelvinaigrette* serviert wurde. Dugel stocherte in den orange-weißen Miniaturwürfeln herum, die auf dem Teller neben einem Häufchen Petersilie kunstvoll angeordnet waren. Ich beobachtete heimlich seinen enttäuschten Gesichtsausdruck. Es war zum Schießen. Er sah aus, als würde er sich nach einem Wiener Schnitzel mit Pommes frites sehnen. Eigentlich genauso wie ich, denn ich hatte einen Riesenhunger. War ich doch vor wenigen Stunden erst angekommen und hatte heute kaum etwas gegessen. Aber da Annette mich gebeten hatte, am Ball teilzunehmen, hatte ich natürlich nicht Nein sagen können. Mein Blutzuckerspiegel war im Keller genauso wie meine Laune. Ich bezweifelte, dass ich hier heute noch satt werden würde. Ob es unten im Dorf vielleicht einen Pizza-Lieferservice gab, bei dem man noch spät bestellen konnte?

Nachdem wieder abserviert worden war, wurden als letzter Gang *Herzkirschen in Sherrysud auf Schokoladenküchlein* serviert. Während ich mit den Damen, die mir gegenüber saßen, ein anregendes Gespräch über die geplante Ausstellung auf der Burg Ehrenfelsen führte, begann eine Band zu spielen und einige Pärchen bewegten sich zu einem langsamen Walzer auf der Tanzfläche. Wenigstens hatte mein unmöglicher Tischnachbar aufgehört, sich mit seinem Mobiltelefon zu beschäftigen, und tat so, als würde er unserer Unterhaltung interessiert folgen. Gleichzeitig machte er einen angespannten Eindruck und rutschte unruhig auf seinem Stuhl hin und her. Musste er etwa auf die Toilette? Oder überlegte er, wie er sich nach Hause verabschieden könnte, da das Essen vorüber war? Was für ein sonderlicher Kauz! Ich ignorierte ihn und drehte ihm demonstrativ die Schulter zu, während ich mit den Damen weiterplauderte.

»Darf ich bitten?« Erschrocken starrte ich auf Dugel von Dittmers Hand. Er musste unbemerkt aufgestanden sein und bot mir jetzt seinen Arm als Aufforderung zum Tanz an. War das sein Ernst? Hatte er den unerfreulichen Verlauf des bisherigen Abends zwischen uns denn anders wahrgenommen als ich? Litt er vielleicht unter einer seltenen Erbkrankheit, die seine Sicht auf die Realität verzerrte? Nur meine gute Erziehung hielt mich davon ab, ihm den wohlverdienten Korb zu verpassen. Ich ignorierte seine Hand und erhob mich von meinem Stuhl.

Er folgte mir zur Tanzfläche. Die Band spielte »Lady In Red«. Ich legte meine Hand in seine linke und meine andere auf seine rechte Schulter. Mein ausladender Tüllrock hielt ihn ganz automatisch auf Abstand, den ich um keinen

Millimeter verringern würde. Meine Augen fixierten starr einen Punkt hinter ihm am Ende des Saales. Als ich seinen sanften Druck auf meiner Hüfte als Zeichen spürte, dass es losging, machte ich den ersten Schritt. *Aieeee.* Augenblicklich spürte ich, wie mir Tränen in die Augen schossen und ich hatte das Gefühl, der große Zeh meines rechten Fußes würde mir abfallen.

»Verzeihung! Habe ich Ihnen wehgetan?«, rief Dugel von Dittmer erschrocken. Wenn er mich nicht mit dem Arm gestützt hätte, wäre ich getaumelt und umgefallen. »Leider bin ich ein schrecklicher Tänzer.«

Nur meine unerträglichen Schmerzen verhinderten, dass ich laut auflachte. »Und weil Sie ein schrecklicher Tänzer sind, haben Sie mich zum Tanzen aufgefordert? Das ist echt logisch«, zischte ich.

Er machte ein schuldbewusstes Gesicht. »Nein, eigentlich wollte ich unter vier Augen mit Ihnen sprechen.«

Annette und Matthias, die eng umschlungen auf dem Parkett unterwegs waren, blieben in diesem Moment neben uns stehen. »Na, ihr beiden habt wohl richtig Spaß«, sagte Annette und grinste verschlagen.

Mir wurde bewusst, dass mein Tanzpartner, um mich zu stützen, immer noch seine Hand an meiner Hüfte platziert hatte und ich schob sie rasch fort. Die beiden Männer wechselten ein paar Worte, denen ich wegen meines nur langsam abklingenden Schmerzes kaum folgen konnte. Außerdem sprachen sie recht schnelles Deutsch in regionalem Dialekt. Am Rande bekam ich mit, dass es um den Bergfried ging, in den Bernd die elektrischen Leitungen verlegen würde. Aber wie hieß er denn nun, Dugel oder Bernd? Ich war verwirrt. Als Annette und Matthias sich wieder verabschiedet hatten, verschränkte ich meine Arme vor meinem Körper und sah hinauf in das Gesicht des Mannes, der mir eben fast den Fuß zerquetscht hatte.

Er sah mich aus seinen blaugrauen Augen so freundlich an, als könnte er kein Wässerchen trüben. »Ich wollte mich noch einmal ganz in Ruhe vorstellen. Mein Name ist nicht Dugel von Dittmer, sondern Bernd Lassnig. Ich verlege in den kommenden Wochen die elektrischen Leitungen im Wehrturm. Es tut mir leid, dass wir einen schlechten Start miteinander hatten, weil wir doch eng zusammenarbeiten werden«, sagte er mit ruhiger, tiefer Stimme. Hauchzarte Linien um seine Augen und Mundwinkel verrieten, dass er sonst wohl oft lächelte so wie jetzt. War es sein Tonfall, der irgendetwas an mir rührte, oder sein intensiver Blick? Zwischen zwei Wimpernschlägen blieb die Zeit für den Bruchteil eines Augenblicks stehen. Irritiert wankte ich einen Schritt zurück. Was war denn das eben gewesen? Doch auf einmal füllte mich der stechende Schmerz in meinem Zeh wieder aus, der von Übermüdung und Unterzuckerung noch verstärkt wurde. Die eigenartig vertrauten Empfindungen von gerade eben verdrehten sich ins Gegenteil und ich ließ sein jungenhaftes Lächeln an mir abprallen wie einen Champagnerkorken an der Decke.

»Mir reicht es für heute!«, rief ich und reckte mein Kinn in die Höhe. Ich machte auf dem Absatz kehrt und zuckte vor Schmerzen zusammen. *Damné,* tat das weh! Ich humpelte so schnell es ging zum Tisch zurück. Meine spitzen High Heels, in denen das Gewicht meines Körpers mündete, verschlimmerten die Situation. Nichts wollte ich lieber, als sie mir von den Füßen zu streifen. Zum Glück müsste ich nur den Burghof überqueren und schon wäre ich in dem kleinen Apartment, in dem ich heute nach meiner Ankunft nur meine Koffer abgestellt und mich dann schnell für den Ball umgezogen hatte.

»Es war doch keine Absicht!«

Ich ignorierte den Elektriker, der mich verfolgte. Voller Genugtuung nahm ich die aufrichtige Bekümmerung in seiner Stimme wahr. Mit einem knappen Gruß verabschiedete ich mich von dem Rest der Tischgesellschaft und hinkte zum Ausgang. Wenigstens besaß Bernd Lassnig genug Anstand, mich nicht weiter zu belästigen.

***

Durch die kleinen Fenster drang das Licht eines wolkenverhangenen Sonntags herein. Trotz meiner Müdigkeit hatte ich in der vergangenen Nacht nicht besonders gut geschlafen. Ich setzte mich im Bett auf, das in einer kleinen Galerie in meinem Apartment eingebaut war, und schlug die Bettdecke zurück. Dann betrachtete ich meinen großen Zeh. Er war ganz leicht lila verfärbt. Sofort musste ich wieder an diesen Pseudo-Dugel denken. Trotz des eigenartigen Prickelns, das ich beim Blick in seine blaugrauen Augen einen winzigen Moment lang gefühlt hatte, war er ein schrecklicher Mensch und hatte den Ball zu einem unvergesslichen Abend gemacht. Im negativen Sinn allerdings. Leider würde ich ihn in den nächsten Wochen öfters sehen, da wir zusammenarbeiten mussten. Ich spürte, wie sich die Partie um meinen Nacken versteifte. Und wenn schon, ich würde meine Arbeit ganz einfach so professionell durchziehen wie eine meiner ungeliebten Präsentationen. Mit einem Blick auf mein Mobiltelefon stellte ich fest, dass es Zeit war, aufzustehen. Um neun Uhr war ich bei Annette und Matthias zum Frühstück eingeladen. Danach wollte die Burgherrin mir alles zeigen, was ich für meine Arbeit hier wissen musste. Und ich freute mich ganz besonders darauf, Estelle zu sehen, die wir später gemeinsam im Krankenhaus besuchen wollten.

Ich tapste um die Ecke und öffnete die Tür zu einem kleinen Badezimmer mit vergilbten Wänden, in dem ich in einer fleckigen Badewanne eine kurze Dusche nahm. Eingewickelt in mein Badetuch holte ich mir danach eine rotbraune Stoffhose und eine weiße Bluse mit Rüschenbesatz aus einem der Koffer. Auspacken würde ich später. »Lady In Red«, summte ich, während ich mein braunes Haar bürstete. Danach zog ich es mit geübten Handgriffen durch mein kreisrundes Duttkissen und fixierte es mit einem Haargummi. Am besten hätten zu diesem Outfit meine hellgrauen Pumps gepasst, die vorn eine kleine silberne Schnalle hatten. Doch dank einem gewissen Elektriker würde ich elegante Schuhe die nächsten Tage wahrscheinlich nicht tragen können. Nachdem ich wegen meines Zehs nicht einmal meine weichsten Sneakers tragen konnte, schlüpfte ich kurzerhand in weiße Plateau-Birkenstocksandalen. Es waren außergewöhnlich warme Septembertage, da war das zum Glück kein Problem. Zuletzt legte ich silberne Ohrstecker an und steckte mir einen Ring in derselben Farbe an den Finger. Nachdem ich noch ein wenig Lipgloss aufgetragen hatte, verließ ich um fünf Minuten vor neun Uhr mein Zimmer und stieg über die Treppe ins Erdgeschoss hinunter.

***

Ich klopfte an die schwere Holztür zu Annette und Matthias Apartment. Nach wenigen Sekunden wurde geöffnet. Annette stand im Morgenmantel in der Tür und hatte ihren knapp dreijährigen Sohn auf dem Arm. Maximilians zerstrubbeltes braunes Haar hatte heute noch keine Bürste gesehen.

»*Bonjour*«, sagte ich und lächelte den Kleinen an. »Ich bin Grazia aus Frankreich, eine Freundin von Estelle.«

Der Kleine drehte sich weinend weg und vergrub sein Gesicht in der Schulter seiner Mutter. Mit seiner Hand hielt er einen kleinen Traktor umklammert.

»Guten Morgen. Er ist heute auch noch müde«, erklärte Annette mit einem erschöpften Lächeln. Ich folgte ihr hinein.

»*Bonjour*, Grazia. Komm und setz dich«, sagte Matthias und platzierte gerade eine Kanne Kaffee auf den bereits gedeckten Esstisch, bei dessen Anblick mein Magen leise zu grummeln begann. Seit gestern Nacht war ich hungrig. Pizza-Lieferservice in Ehrenfelsen und Umgebung? Fehlanzeige. Annette setzte ihren Sohn vor einem kleinen bunten Kinderspielhaus ab, das inmitten des Wohnzimmers aufgebaut war. Sofort verschwand er mit seinem Spielzeug darin und Annette entschuldigte sich, um sich anzukleiden.

Als sie kurz darauf in Jeans und einer weißen Bluse zurückkam, begannen wir zu schlemmen. Es gab weiche Eier, Schinken, dunkles Brot, Käse, Butter und selbst gemachte Marmelade, an die ich mich von früher noch gut erinnern konnte, wenn wir zu Besuch hier gewesen waren. Die fast schwarze Brombeermarmelade meiner Großtante Charlotte hatte ich am meisten geliebt.

Maximilian ließ mich von seinem Hochstuhl aus nicht aus den Augen, während er kleine Stücke von Brot,

Frischkäse und Banane vertilgte, die Annette ihm zurechtlegte.

»Stell dir vor, es gibt supergute Neuigkeiten. Glücklicherweise hat meine Schwester Katharina erst Mitte Oktober Vorlesungsbeginn an ihrer Hochschule. Sie ist so lieb und wird sich um den Souvenirshop kümmern, bis Gloria kommt. Und wir haben eine Sorge weniger. Glaubst du, du könntest neben der Arbeit an der Ausstellung auch die Tiere im Streichelzoo versorgen? Sie bekommen zweimal am Tag Futter und nachmittags muss der Stall sauber gemacht werden. Das geht aber sehr schnell.«

»Na klar«, antwortete ich. Seitdem ich als Kind von ein paar Ponys umgerannt worden war, hatte ich, außer vor Katzen, zwar ein wenig Angst vor Tieren, aber das würde ich schon schaffen.

»Super. Danke, Grazia. Was würden wir ohne unsere Familie und unsere Freunde bloß machen. Wie hat dir eigentlich der Herbstball gefallen? Du hast dich mit Bernd, dem Elektriker, ja bereits angefreundet?«, fragte Annette und grinste.

»O nein! Noch nie ist mir so ein ungehobelter Kerl begegnet!«, rief ich und umklammerte den Griff meines Buttermessers, als müsste ich mein Leben damit verteidigen. Dann berichtete ich von der Sektdusche, seiner Schimpftirade und der Namensverwechslung sowie dem kürzesten Tanz aller Zeiten, der mit meinem lilafarbenen Zeh geendet hatte. Als Matthias und Annette bei meinen Schilderungen loslachten, begann auch der kleine Maximilian in seinem Sesselchen zu giggeln. Ich konnte nicht anders, als in den allgemeinen Heiterkeitsausbruch einzustimmen. Ausgeschlafen und satt, wie ich jetzt gerade war, fragte ich mich, ob ich gestern nicht ein wenig zickig gewesen war und überreagiert hatte.

»Ich bin so froh, dass du so einen guten Humor hast und nicht alles auf die Goldwaage legst. Bitte vergraul uns diesen Mann nicht. Er soll endlich mit seiner Arbeit beginnen, denn die Zeit läuft uns davon. Wir müssen die neue Ausstellung in knapp vier Wochen eröffnen, das haben wir öffentlich schon so kommuniziert. Außerdem haben wir den Bauunternehmer im Voraus bezahlt.« Ihre Stimme klang ziemlich eindringlich und beinahe ängstlich. Befürchtete sie tatsächlich, dass ich es vermasseln und den Elektriker vertreiben würde?

»Mach dir keine Sorgen, wir werden prima miteinander auskommen«, sagte ich beschwichtigend. Ich würde meine persönlichen Befindlichkeiten natürlich hintanstellen, obwohl er mich fast ins Krankenhaus befördert hatte.

»Und er muss unbedingt diesen Fehler finden!« Annette bedeckte ihre Augen mit ihrer Hand, worauf Matthias ihr beruhigend über den Unterarm streichelte. Sie hatten mir erzählt, dass beim letzten Unwetter der Strom ausgefallen war. Auch das noch!

Matthias sprach für seine Frau weiter: »Als Nächstes werden im Bergfried die elektrischen Leitungen eingebaut. Morgen um neun Uhr kommt Bernd Lassnig wieder und es wäre toll, wenn du mit ihm den Schaltplan durchgehst. Du bekommst ihn nachher. Estelle hat für die Ausstellung selbst einiges vorbereitet, das sie dir heute erklären wird, wenn ihr bei ihr seid.«

»Und wenn wir aus dem Krankenhaus zurückkommen, zeige ich dir den Turm«, ergänzte seine Frau, die sich wieder gefangen hatte. »Estelle sagt, du bist in Kunstge-schichte bewandert?«

»Genau. Das habe ich nämlich studiert. Ich werde mich so richtig reinknien und alles daransetzen, dass die Aus-stellung ein Zuschauermagnet wird und eure Kasse klin-gelt.«

Annette lachte, als hätte ich einen Witz gemacht. Mir kam der Verdacht, dass sie nicht allzu großes Vertrauen in mich und meine Fähigkeiten hatte. Dachte auch sie, dass ich nur die High-Society-Tochter wäre, die aus eigener Kraft nichts auf die Reihe bekam? Das war so frustrierend. Doch stopp. Ich würde mein Bestes geben, um Estelle gut zu vertreten und die neue Ausstellung zu etwas Besonde-rem zu machen. Ich würde mich in dieses Projekt ganz besonders reinhängen. Entschlossen drängte ich die nega-tiven Gedanken zurück, setzte mich gerade hin und lächel-te Annette möglichst zuversichtlich an. Wir waren mit dem Frühstück ohnehin fertig.

»Dann lass uns jetzt zu Estelle fahren. Die Männer kümmern sich heute um das Abräumen und danach um die Tiere.« Maximilian jubelte und begann, aus seinem Hochstuhl zu klettern.

***

Später am Nachmittag saß ich mit Annette und Estelles Verlobten Lars am Krankenbett meiner Freundin und streichelte ihre blasse Hand. Seit fast einer Stunde versuch-ten wir, ihr Mut zu machen und gute Stimmung zu verbreiten. Beispielsweise hatten wir ihr die Zusage von Annettes Schwester Katharina überbracht, den Souvenir-shop bis zum Beginn ihres Studiensemesters zu führen. Und wir hatten ausführlich vom gelungenen Verlauf des

Balls berichtet. Als Estelle wissen wollte, warum ich hinkte, hatte Annette prompt von meinen Erlebnissen mit Bernd Lassnig erzählt. Allerdings hatte sie ziemlich übertrieben und mich als Tollpatsch dargestellt. Ich hörte mit leicht eingefrorenem Lächeln zu und beschränkte mich darauf, ein wenig die Stirn zu runzeln. Bestimmt stellte sie es nur aus dem einen Grund so übertrieben dar, weil sie Estelle zum Lachen bringen und sie fröhlich stimmen wollte. Und nicht, weil sie mich für unfähig hielt und mich ärgern wollte?

»Ach, wie schön, dass ihr euch alle so gut versteht! Danke, Grazia, dass du extra aus Frankreich gekommen bist und uns hilfst. Ich weiß, dass du selbst immer jede Menge Stress bei euch in der Firma hast«, sagte sie leise.

»Ach, das ist halb so wild«, antwortete ich und verdrängte den aufkommenden Gedanken an Frédéric, der in diesem Moment wahrscheinlich munter gegen mich mobbte. »Gemeinsam kriegen wir alles hin, du musst dir überhaupt keine Gedanken machen.«

Annette gab mir mit einem eindringlichen Blick und einem Kopfnicken in Richtung Ausgangstür das Zeichen, dass wir langsam wieder aufbrechen sollten, um die werdende Mutter nicht zu überanstrengen. Estelle wirkte tatsächlich so zerbrechlich, dass ich zögerte, sie zum Abschluss noch wegen der Ausstellung zu belästigen. Allerdings blieb mir nichts anderes übrig, als es doch noch anzusprechen. »Estelle, hast du irgendwelche Wünsche und Vorgaben für mich bezüglich der Mittelalterausstellung?«, fragte ich.

»Im Turmzimmer liegen schon alle Exponate bereit. Du müsstest sie in den Schauvitrinen präsentieren, die in

Kürze mit den Schildern geliefert werden. Vielleicht nach Themen sortiert: Kleidung, Alltagsgegenstände, Bilder, Waffen. Aber da fällt dir sicher etwas Wunderbares ein, du bist ja die Expertin.« Sie lächelte mich so liebevoll an wie früher und mir wurde ganz warm ums Herz.

»Ich werde mein Bestes geben«, antwortete ich und drückte sanft ihre Hand. Annette erhob sich langsam von ihrem Stuhl und ich tat es ihr gleich. Ich hätte zwar noch gern weiter mit Estelle über die Ausstellung gesprochen, aber ich wollte sie nicht überfordern. Bei Unklarheiten könnte ich sie in den nächsten Tagen ja anrufen.

»Alles wird gut, Estelle«, sagte Annette fröhlich. »Jetzt hast du endlich mal Zeit, dir die Netflixserien anzusehen, zu denen du bisher nie gekommen bist.« Sie zeigte auf das iPad, das auf dem Nachtschränkchen lag.

»Und du kannst ausführlich mit Gloria videochatten«, ergänzte ich.

»Ja, heute Morgen hatte ich schon eine Liveschaltung nach Edinburgh.«

»Aber lass dir bloß keine Tanztipps geben«, sagte ich, während ich Estelle zum Abschied einen Kuss auf die Stirn drückte.

»Nein, die müssen noch ein wenig warten«, antwortete sie und lachte leise. Wir vereinbarten, bald wieder zu telefonieren, und verabschiedeten uns. Annette und ich fuhren auf die Burg Ehrenfelsen zurück.

**

Der Bergfried war beeindruckend. Er dominierte den Burghof und ragte gleich einem überdimensionalen Bleistift aus massivem Stein vor uns in die Höhe. Als hätte ihn ein Riese vor achthundert Jahren mit der ungespitzten Seite in den Boden gerammt.

Annette öffnete die massive Eingangstür, die unter ihrem Ziehen knarzend nachgab. Innen schlug uns der Geruch von altem, muffigem Holz entgegen. Er rührte von den dicken Holzbalken, die an der Decke angebracht waren. Von dem freundlichen, milden Tag draußen spürte man hier drinnen nichts. Es war kühl und dunkel, sodass sich eine jede Kartoffel pudelwohl gefühlt hätte.

»Hier fehlen nur noch die elektrischen Installationen und die finalen Malerarbeiten«, sagte Annette und schloss die Tür hinter uns. Wir stiegen eine massive Holztreppe drei Etagen nach oben, bis wir vor einer unscheinbaren braunen Tür standen.

»Die Ausstellungsstücke sind hier im Turmzimmer zwischengelagert«, erklärte die Burgherrin und öffnete sie. Dahinter ging es über eine kleine Treppe in einen einzigen großen Dachgeschossraum. Per Lichtschalter aktivierte sie eine nackte Glühbirne, die traurig von der Decke baumelte. Im Raum stapelten sich Kisten in verschiedenen Größen, die mit Etiketten beklebt und Zahlen gekennzeichnet waren. Annette reichte mir eine Mappe mit einem Register, in dem sich die Zahlen wiederfanden und somit offensichtlich die Ausstellungsstücke dokumentiert waren.

»Das hat Estelle wirklich toll vorbereitet«, sagte ich.

»Das stimmt. Damit wird es einfach sein, die Exponate nach Themen zu sortieren, wie sie gemeint hat«, sagte Annette.

»Hm … ja. Aber ich würde mir als Erstes gern einmal in Ruhe einen Überblick verschaffen«, antwortete ich, während ich mit klopfendem Herzen das Kästchen öffnete, das obenauf stand und nicht größer als eine Schuhschachtel war. »*Mon dieu!* Das sind ja Spindeln!« Andächtig nahm ich das wichtigste Werkzeug zur Textilherstellung in der Geschichte der Menschheit heraus. Ich musste mir unbedingt Stoffhandschuhe besorgen, um die Originale zu schonen. »Wow! Bis ins Spätmittelalter gehörte es zu den Hauptnebenbeschäftigungen der Frauen zu spinnen.« Wer dieses Gerät wohl in der Vergangenheit in Händen gehalten hatte? Annette beobachtete mich mit dem Anflug eines schiefen Grinsens und sah Frédéric plötzlich erschreckend ähnlich. Hielt sie mich auch für überdreht und inkompetent? Sofort bekam meine Freude einen kleinen Dämpfer. Ich legte das unscheinbare Holzstück, das wie ein abgekautes chinesisches Essstäbchen mit Griff aussah, zurück zu den anderen und entdeckte in der Schachtel darunter den nächsten Schatz, der mich gleich wieder in Aufregung versetzte. Mein Mund bog sich von meinem linken Ohr bis ganz hinüber zu meinem rechten. »Eine Schere!«, rief ich und hob sie triumphierend hoch. »Siehst du, sie wurde im Mittelalter aus nur einem Stück geschmiedet.« Ich demonstrierte ihr vorsichtig, wie sie benutzt wurde.

Annette nahm ungerührt die Mappe mit den Registerblättern noch einmal zur Hand. »Ehe ich's vergesse: Hier sind die Schaltpläne für Bernd Lassnig. Es gibt für jede Etage eine eigene Zeichnung.« Sie zog drei Blätter heraus, auf denen Kreise, Linien und kleine Vierecke skizziert waren. Diese stellten Lampen, Schalter und Leitungen dar. Nachdem wir es gemeinsam überflogen hatten, war uns Estelles Plan klar: Mittels Deckenleuchten sollte jede Vitrine maximal hell ausgeleuchtet werden.

»Wäre es dir lieber, wenn Matthias morgen beim ersten Gespräch mit Bernd dabei wäre? Er hat eigentlich einen anderen Termin, aber den müsste er eben verschieben.« Ihr Tonfall erinnerte mich an jenen, den sie beim Frühstück gegenüber ihrem Sohn Max angeschlagen hatte. Danach hatte sie ihm seine Banane weggenommen und selbst geschält, damit er kein Chaos anrichtete. Dachte sie etwa, ich käme mit dem Elektriker nicht allein zurecht?

»Aber nein, das schaffe ich schon«, antwortete ich mit der Geschwindigkeit eines Korkens, der aus einer geschüttelten Magnum-Champagnerflasche schoss. Natürlich würde ich es hinbekommen, Bernd Lassnig anzuweisen. Unwillkürlich bewegte ich den großen Zeh, den er mir gequetscht hatte, auf und ab. Er pulsierte leicht schmerzhaft. Trotzdem würde ich hochprofessionell mit ihm zusammenarbeiten.

»Gut. Dann werde ich jetzt mal nach Matthias und Max sehen, dann kannst du dich hier weiter in Ruhe umschauen«, sagte sie und blickte auf die Uhr. »Um sieben gibt's Abendbrot.«

»Vielen lieben Dank, bis später«, antwortete ich und Annette verließ den Raum.

Wir waren noch nicht so recht warm miteinander geworden. Aber ich hoffte, dass sich das noch ergeben würde, denn Annette war eine enge Freundin von Estelle. Und Estelles Freundinnen sollten gern auch meine sein.

Ich wandte mich aufgeregt dem nächsten Behältnis zu, um zu sehen, welchen Schatz er enthielt. So ähnlich hatte ich mich nur früher als Kind am Abend des vierundzwanzigsten Dezembers gefühlt.

Im Laufe des Nachmittags entdeckte ich Waffen, weitere Arbeitsgeräte, Bekleidung, Rüstungen, Gemälde und viele Dokumente sowie persönliche, Hunderte Jahre alte Briefe aus dem Ehrenfelsener Privatarchiv, denen eine Übersetzung aus dem Mittelhochdeutschen ins Hochdeutsche beigelegt war. Diese waren so spannend zu lesen!

Ich hatte mich auf einer kleinen zerschlissenen Couch, die an der Wand des Turms stand, niedergelassen und ein Schreiben nach dem anderen studiert. Dabei kam mir urplötzlich eine Idee, wie wir die Ausstellung für das Publikum noch viel interessanter machen könnten. Diese zog mich komplett in ihren Bann und ich machte mir etliche Notizen. Bei einem Blick auf meine Uhr erschrak ich. Die Zeit war so rasch verflogen! Ich musste unterbrechen und zum Abendessen gehen. Um der kleinen Familie nicht ständig zur Last zu fallen, nahm ich mir vor, Annette um das Nötigste für das Frühstück am nächsten Tag zu bitten. Und morgen würde ich selbst zum Supermarkt in den Ort spazieren und mich mit Lebensmitteln eindecken. Immerhin gab es in meinem Apartment eine winzige Küchenzeile und einen Kühlschrank. In meiner Mini-Wohnung hatte Annette früher selbst einmal gewohnt, ehe sie mit Matthias zusammengekommen war.

***

Am nächsten Morgen stand ich zeitig auf, denn ich war bereits um acht Uhr mit Annette verabredet. Mein Tag war generalstabsmäßig durchgeplant. Zuerst wollte sie mir zeigen, wie ich die Tiere im Streichelzoo füttern und den Stall sauber machen sollte, denn das war meine tägliche Aufgabe für die nächsten Wochen. Danach würde ich mit Bernd die Installation der elektrischen Leitungen besprechen. Bei dem Gedanken an den Elektriker spürte ich einen Druck in meinem Magen, als müsste ich eine zukunftsweisende Rede vor dem gesamten Management Board halten. Warum machte mich das anstehende Wiedersehen mit ihm so nervös? Vermutlich weil ich beim Ball überreagiert und mich so zickig verhalten hatte. Das war mir unangenehm, aber heute würde ich mich von meiner fachkundigen Seite zeigen. Und dann würde er mir hoffentlich auch einen kleinen Gefallen tun. Denn ich brauchte ein bisschen mehr Zeit für den endgültigen Schaltplan, den ich wegen meiner gestrigen Idee abändern wollte. Und danach freute ich mich darauf, mich wieder mit der Ausstellung zu beschäftigen und weiter an dem verbesserten Konzept zu arbeiten. Beim Gedanken daran kribbelte es mir in der Magengegend. Die Begeisterung für Geschichte und Kunst, die mich schon während meines Studiums gefesselt hatte, war wieder voll entbrannt. Das war ein tolles Gefühl und ich war froh, dass ich in meiner Ausbildung so vieles gelernt hatte. Endlich konnte ich diese Kenntnisse aktiv nutzen.

Annette würde sich heute um den Souvenirshop und den Ticketverkauf kümmern. Ihre Schwester Katharina würde morgen dazustoßen. Unsere liebe Estelle konnte sich also getrost weiter im Krankenhaus erholen, denn das Team Ehrenfelsen hatte alles im Griff. Mir fiel auf, dass ich durch die vielen neuen Eindrücke kaum Zeit gehabt hatte, mir um meine Arbeit daheim Gedanken zu machen. Bestimmt sägte Frédéric bereits munter an meinem Bürostuhl und ich konnte nichts dagegen machen. Mit einem Schlag war meine enthusiastische Stimmung verflogen und ich fühlte mich frustriert.

Seufzend band ich mir das Haar zu einem hohen Zopf zusammen und öffnete den mit meinen Sachen vollgepackten alten Holzschrank. Für Stallarbeit hatte ich nichts anzuziehen. Laut Wetter-App sollte uns eine für September ungewöhnlich warme Woche bevorstehen. Ich entschied mich für grüne Shorts und ein T-Shirt mit buntem Blumenprint. Das würde den Ziegen bestimmt gefallen. Was trug man sonst noch in einem Stall? Wahrscheinlich Gummistiefel. Aber weil mein Zeh immer noch schmerzte, blieben mir wieder nur meine weißen Birkenstocksandalen. Ich schlüpfte hinein und machte mich auf den Weg.

***

Während ich auf dem noch leeren Parkplatz auf Annette und Maximilian wartete, genoss ich die frische Luft, in der eine Nuance von Kräutern und Wald-Duft mitschwang. Ich sog sie tief in mich ein. Und dieser Ausblick. Wow! Obwohl ich schon öfters hier gewesen war, hatte ich mir noch nie die Zeit genommen, diese Aussicht länger auf mich wirken zu lassen. Unter mir erstreckte sich der spiegelglatte, türkisblaue Ehrenfelsener See, dessen südliches Ufer von einem dunkelgrünen Wald eingerahmt wurde. Dahinter erhoben sich majestätische Berge, auf denen sich Weiden mit dichtem Tannenwuchs abwechselten. Ein paar vereinzelte Häuser in der Talsohle wirkten in dieser Szenerie wie eine Ansammlung von Maximilians Spielzeughäusern. Nur zwei Straßen führten ins Tal hinein und wieder hinaus, auf denen ich kein einziges Fahrzeug ausmachen konnte. Ich realisierte, dass genau das das Schöne an dem Postkartenbild vor mir war: Es war nichts los.

»Guten Morgen«, riss Annettes Ruf mich aus meinen Gedanken, die sich mit Maximilian im Schlepptau näherte.

Er rumpelte auf einem Traktor-Dreirad über den schottrigen Parkplatz. »*Bonjour*«, begrüßte ich die beiden und lächelte.

Der Junge bremste sich ein und fixierte mich. »Boschuar«, nuschelte er und schaute so niedlich, dass mir das Herz beinahe überging. Er war wirklich zum Knuddeln, aber mir gegenüber ziemlich schüchtern. Wir stiegen in Annettes grauen Kombi und fuhren die Straße hinunter, die uns nach nicht einmal einer Minute ans Ziel führte.

Wir parkten bei einem Kiosk vor dem Campingplatz und Annette zeigte mir alles. Ende September urlaubten immer noch etliche Gäste am Ehrenfelsener See, auf dessen dunkelblauer Oberfläche sich kleine Wellen einladend kräuselten. Vorwiegend Senioren und Familien mit jungen Kindern nutzten die warmen Herbsttage für einen Aufenthalt. Annette erzählte mir, dass später auch noch Jung und Alt aus der Umgebung zum Baden kommen würden. Wie toll, dass diese Idylle für alle da war. Nach einer kleinen Runde, bei der Annette mich auch den Mitarbeitenden Erika und Robert vorgestellt hatte, gingen wir zu der kleinen, mit einem Holzzaun befestigten Koppel zurück, die sich in der Nähe der Straße befand. Wir blieben an der Einfriedung stehen und schauten hinein.

»Hier haben wir unsere Zwergesel Lucky und Luke, die Ziegen Berta, Resi und Hexe sowie das Kaninchen-Paar Lilly und Yogi.« Annette zeigte jeweils auf die Genannten. Nur Berta meckerte ein wenig und verdrehte ihre braunen Glupschaugen. Ansonsten schenkte uns die Bande keine Beachtung. Die grauen Langohren dösten Kopf an Kopf und ließen sich die Morgensonne auf den Rücken scheinen. Die flauschigen Häschen mümmelten einfach nur vor sich hin. Hach, wie idyllisch. Vor dieser lammfrommen Truppe brauchte ich wirklich keine Angst zu haben.

»Gefüttert wird morgens und abends. Bitte halte das Tor immer geschlossen«, sagte sie.

Dann gingen wir in einen kleinen Schuppen nebenan und sie zeigte mir, wie ich aus einer blauen Tonne mithilfe eines metallenen Bechers das Futter nehmen sollte.

»Du nimmst einen schwachen Eimer voll. Zusammen mit einem Heuballen kommt das in die Raufe.« Sie deutete auf das verzinkte viereckige Gestell in der Koppel. Hier konnten Esel und Ziegen voneinander getrennt, aber doch gleichzeitig fressen, ohne sich in die Haare zu kriegen. Dann zeigte sie mir im Eiltempo noch, wo ich die Schubkarre, die Mistgabel und den Misthaufen fand, wenn ich nachmittags den Stall sauber machte. In Annettes Hosentasche brummte es. Sie zog ihr Handy heraus und nahm den Anruf entgegen. »Okay, Schatz, ich komme.«

Sie blies Luft aus ihren Backen. »Grazia, ist es in Ordnung, wenn ich dich jetzt allein lasse? Ich muss Maximilian schnell in den Kindergarten bringen und ehe der Shop öffnet noch bei Matthias im Büro vorbeifahren. Ist es okay, wenn du dann zu Fuß zur Burg zurückgehst?« Die arme Annette hatte durch Estelles Ausfall den größten Stress von allen.

»Aber sicher, das ist kein Problem«, antwortete ich und war froh, helfen zu können.

»Danke«, sagte sie und erwiderte mein Lächeln. Wir waren vielleicht endlich auf dem besten Wege, uns anzufreunden. Dann übergab sie mir das Gefäß und fasste meine neuen Aufgaben noch einmal zusammen: »Du gibst den Tieren einen Messbecher voll von dem da und einen Heuballen. Viel Zeit bleibt dir nicht, weil Bernd von der Elektrofirma bald kommt.« Bei dessen Erwähnung verkrampfte sich prompt der Bereich um meine Schultern. Vorsicht, Hochspannung.

»Alles klar.« Ich ließ mir aber nichts anmerken und winkte Maximilian zum Abschied, der mich voller Interesse fixierte, während ihn seine Mama an der Hand mit sich zog. Ich winkte ihm und er erwiderte den Gruß mit einem verstohlenen Lachen.

Dann ging ich in die Scheune zurück und ließ die Kraftfutterpellets in die Dose rieseln. Das halb gefüllte Gefäß machte, wenn ich es schüttelte, ein rhythmisches Geräusch wie eine Rassel. Dabei summte ich den Song »Shake It Off« von Taylor Swift und ließ die gepressten Körner einige Male im Behältnis auf und ab regnen. Um mich gleich mal bei meinen Klienten beliebt zu machen, füllte ich den Eimer großzügig bis oben hin.

»Na, dann wollen wir mal.« Als ich wieder aus der Scheune trat, standen Lucky und Luke direkt vor dem Eingangstor zur Koppel. Ihre grauen Ohren waren erwartungsvoll auf mich gerichtet, beziehungsweise auf den Eimer in meiner Hand. Hm. Hatte ich sie mit dem Gerassel aus ihrer Lethargie geweckt? Die beiden waren auf einmal so putzmunter. Unter ihren Blicken fühlte ich mich wie ein Kanarienvogel, der von zwei zum Spielen aufgelegten Kätzchen beobachtet wird. Etwas unsicher schaute ich mich nach Annette um, aber sie war nicht mehr zu sehen. Sollte ich jetzt trotzdem hineingehen? Aber natürlich. Grazia, sei kein Frosch! Das sind Zwergesel und keine rabiaten Shetlandponys, die dich als Kind über den Haufen gerannt haben. Ob sie mit ihren langen Antennen-Ohren feinste Schwingungen von Angst aufspüren konnten? Na hoffentlich nicht. Ich richtete mich selbstbewusst auf und stellte mir vor, die beiden Esel wären Frédéric und Elektriker-Bernd. Dann öffnete ich entschlossen den Riegel des Tors und ließ die Tür nach außen aufschwingen. Lucky iaaahhhte freudig und bewegte sich auf mich zu. Als Luke dicht dahinter folgte, wich ich automatisch zurück. Es war mir ein Rätsel, warum diese Tiere als Zwergesel verharmlost wurden. Määäääääähhhhhhääääähhhh. Schneller als ich *Annette!* sagen konnte, schlüpfte die Ziege namens Hexe zwischen mir und den beiden Grauen durch den offen stehenden Türspalt. O nein! Resi und Berta nutzten meine Schrecksekunde eiskalt aus und taten es ihr gleich. Einen Wimpernschlag später sah ich nur noch ihre puscheligen, gefleckten Hinterteile der Straße entgegentrippeln. Die Straße! Was, wenn sie in ein Auto liefen? Panik erfasste mich. So schnell es mit meinen Plateausandalen ging, eilte ich dem Trio hinterher. Aber Hexe hatte den Übergang zur Fahrbahn schon erreicht. Meine schlimmsten Befürchtungen traten ein, als in diesem Moment ein weißer Transporter mit hohem Tempo in der Kurve auftauchte.

Kapitel 4: Die Hexe

Bernd

Wir legten eine Notbremsung hin, bei der mein Beifahrer Lukas mit dem Kopf gegen die Windschutzscheibe knallte. *Ups.* Markus, dem anderen Lehrling, rutschte sein Handy aus der Hand. »Alles okay?« Ersterer rieb sich die Stirn, nickte aber. Wir waren nur wenige Schritte vor der schwarz-weißen Gams stehen geblieben, die urplötzlich vor uns aufgetaucht war.

»Das gibt's doch nicht.« Von rechts trabten weitere Ziegen auf uns zu, die von einer Frau in Birkenstocksandalen verfolgt wurden. Vielleicht rannten die Tiere vor ihrem schreiend bunten Shirt davon? Hinter ihr trotteten zwei Esel und in der Ferne sah ich ein Paar schneeweiße Kaninchen, das in entgegengesetzter Richtung davonhoppelte.

»Wo ist die versteckte Kamera?«, fragte ich und lachte leise.

Damit die Truppe nicht an uns vorbei und auf die starkbefahrene Landstraße lief, ließ ich den Motor aufheulen und drückte die Hupe sekundenlang, worauf die Esel auf den Hinterbeinen kehrtmachten und in Richtung See trabten. Die Ziegen folgten und auch die Lady schlappte hinterher.

Sie rief etwas, das sich wie *Exe! Exe!* anhörte, woraufhin bei mir der Groschen fiel. Das war ja Tinkerbell! Genauer gesagt, Grazia Rochefort. Die beim Galadinner mein Handy gewässert und mich angezickt hatte, als ich mich nach dem misslungenen Tanz bei ihr entschuldigen wollte. Sollten wir uns nicht in zehn Minuten am Bergfried treffen, um die Verkabelung zu besprechen? Meine Laune, die heute Morgen beim Ausblick auf den bevorstehenden Tag nur mittelmäßig gewesen war, hob sich schlagartig. Wie witzig! Letztens hatte sie einen auf feine Kuratorin gemacht und jetzt jagte sie hinter Ziegen her. War sie denn in Wirklichkeit so eine Art Tierpflegerin?

Egal. Ich grinste und schloss mich den Bremer Stadtmusikanten an, die an einer Koppel vorbei in Richtung Campingplatz sprinteten. An einem Schlagbaum neben einem Kiosk musste ich das Auto stehen lassen. Wir hörten Schreie, Gelächter und Hundegebell. Markus zückte sein Handy und filmte die Szene: Die Esel waren durch eine Wäscheleine gelaufen und schleiften Badetücher, Büstenhalter und Boxershorts in Richtung See mit. Einen Steinwurf von uns entfernt kletterten die Ziegen auf einen Campingtisch, wo sie eine Obstschüssel entdeckt hatten. Das wackelige Möbelstück klappte unter ihnen zusammen, woraufhin eine Frau kreischte. Die Biester stürzten sich auf die über den Boden rollenden Äpfel und ein Mann versuchte, sie mit einem Besen zu verscheuchen. Er wurde von seinen Nachbarn lautstark angefeuert. Tinkerbell war nun endgültig von ihrem hohen Ross heruntergekommen. Beim Versuch, eines der Tiere bei den Hörnern zu packen, wirkte sie nicht gerade fachkundig. Eher so tollpatschig, wie ich mich beim Galadinner auf dem Tanzparkett gefühlt hatte. Weil ich mit Tieren groß geworden war, wusste ich, dass Ziegen mindestens so stur waren wie Esel. Und ausgefuchst waren sie auch. Sie konnten sich im Hals stocksteif machen und ihre kurzen Hörner geschickt einsetzen, um lästige Menschen abzuschütteln. Aber ich wusste auch, was dagegen helfen würde: Seile. Da fiel mir die Kabelwand in meinem Transporter ein. Die linke Seite war vollgepackt mit Schnüren und Leitungen verschiedener Längen und Stärken, die ich für die Arbeit benötigte. Schnell holte ich mit den Azubis, was wir brauchen.

Die Französin wirkte, als wäre sie hingefallen und hätte ihre Krone verloren. Obwohl sie beim Galadinner so kratzbürstig gewesen war, mochte ich es nicht, sie so niedergeschlagen zu sehen. Das war fast so eine Qual, wie mich mit ihr beim Walzer im Kreis zu drehen.

Als sie mich erkannte, klimperte sie ungläubig mit den Wimpern. Sie ließ den Vierbeiner los und richtete sich auf. Einen Augenblick lang starrten wir uns gegenseitig an.

»Unser Termin verzögert sich wohl?«, fragte ich schließlich.

»Wie Sie sehen, wurde ich aufgehalten«, antwortete sie schnippisch. Obwohl ich um ein ganzes Stück größer war als sie, fühlte ich mich, als würde sie auf mich herabschauen. Wie ging denn so was? Ihr Krönchen schien plötzlich wieder bombenfest auf ihrem Kopf zu sitzen. Wie auch immer. Ich hatte nicht den ganzen Tag Zeit für diesen Unsinn. Kurz entschlossen beugte ich mich mit der Elektroleitung zu dem kleinen Monster hinunter, das sich neben ihrem Fuß in einem Apfel verbissen hatte und legte sie ihm an den Hals. Damit konnte ich das Tier mit wenig Kraftaufwand wegziehen.

»Sehen Sie, so setzt man die Hebelwirkung ein«, klugscheißerte ich.

Die grünen Augen der Französin verengten sich zu schmalen Schlitzen, mit denen sie mich anvisierte. Doch im nächsten Moment erkannte sie wohl, wer hier gerade am längeren Hebel saß.

»Ähm. Danke für den Tipp«, presste sie hervor. »Da Sie die Ziege jetzt schon verkabelt haben, können Sie mir helfen und sie zum Stall zurückzuführen. Bitte?«

»Natürlich«, antwortete ich knapp. Schließlich hatte ich schon genug Zeit vertrödelt und wollte endlich den Turm sehen. Deswegen war ich hergekommen.

Markus und Lukas hatten sich in der Zwischenzeit die beiden anderen Ziegen geangelt. Määääähhh, protestierten sie.

»Meckern hilft nicht«, bemerkte einer der umstehenden Urlauber und die anderen stimmten gut gelaunt in sein Lachen ein.

»Es tut mir so leid, die Tür vom Stall stand nur eine Sekunde lang offen!«, beteuerte Grazia dem Besitzer des zusammengefalteten Tisches. Und zur Ziege: »Du bist eine ganz böse ´exe, ´örst du?« Dank ihres speziellen Akzents klang die Schelte wie eine Liebeserklärung.

»Kein Problem«, antwortete der Feriengast grinsend und lehnte den Stubenbesen an die Wand seines Wohnmobils. »Ganz im Gegenteil, so viel Action hatten wir hier in fünf Jahren noch nicht.« Zwei Urlauber stellten das Campingmöbel wieder auf die Beine und andere sammelten die Reste des Obstes ein.

In dem Moment trafen die beiden ausgebüxten Esel ein, die von zwei Mädchen im Teenageralter mit geübtem Griff eskortiert wurden. Andere hatten die Wäschestücke aufgesammelt, die die Langohren bei ihrer Tour der Verwüstung kreuz und quer verstreut hatten.

»Ute, da hast du deine Klamotten wieder. Haben nicht gepasst«, sagte eine Stimme aus dem Off und das Publikum lachte.

»*Merci beaucoup*«, bedankte Grazia sich bei den Helfern. Ich war sicher: Wenn sie sich verbeugt hätte, hätte sie Szenenapplaus bekommen.

Dann wurden alle Ausreißer wieder ins Gehege geführt. Die Kaninchen waren in der Zwischenzeit freiwillig zurückgehoppelt. Nachdem Grazia mit ein paar Kindern Futter und einen Heuballen in der Raufe platziert hatte, schob sie den Riegel hinter der Bande zu und atmete tief durch.

»Kommst du jetzt öfters?«, fragte ein kleines Mädchen mit Zahnspange voller Hoffnung.

»*Oui*«, antwortete die Französin und ihre Schultern sackten ein wenig nach unten. Aber was war sie denn nun? Tierpflegerin oder Kuratorin? Hoffentlich hatte sie für Kuratorinnen-Dinge ein besseres Händchen als für Vierbeiner.

Da ertönte ein Handyläuten, das aus Grazias Shorts kam. Beim Blick auf das Display machte sie eine Mine wie die Ziege zuvor, als sie erkannte, dass sich die Kabelschlinge um ihren Hals zuzog.

Sie atmete tief durch und drehte uns den Rücken zu. »*Salut*, Annette ...«, rief sie fröhlich. »Klar habe ich alles im Griff ... Ich erzähl dir später noch was darüber. Ja, er ist hier. Wir fahren jetzt zum Bergfried und besprechen die Verkabelung.«

So war es also, wenn die Französin die Dinge unter Kontrolle hatte? Als sie sich wieder umdrehte, lächelte sie. Aber ihr Gesichtsausdruck erschien mir unecht. Als würde sie an einer Zitronenscheibe lutschen. Oder an einem dicken Zwiebelring, denn in ihren Augen lag ein verräterischer Schimmer. Sie würde deswegen doch jetzt nicht zu weinen beginnen? Klar war es nicht toll, wenn man zur Lachnummer eines ganzen Campingplatzes wurde. Aber nahm sie es sich tatsächlich so zu Herzen, dass sie Mist gebaut hatte?

»Machen Sie sich keine Gedanken, so etwas passiert mir dauernd«, sagte ich etwas ungelenk, um sie aufzuheitern. Ehrlich, es gab viel schlimmere Dinge, die einem zustoßen konnten. Da könnte ich ihr so einiges aus meinem Leben erzählen.

Tatsächlich entspannten sich die Züge der Französin und ein feines aufrichtiges Lächeln legte sich um ihren Mund. Und wie schon beim Galadinner fiel mir auf, dass ich selten so eine hübsche Frau gesehen hatte. Mit ihren mandelförmigen grünen Augen, den zarten Lippen, der hohen Stirn, den fein gezeichneten Augenbrauen und dem schlanken Hals hatte sie das gewisse Etwas. So etwas Schickes, Edles, Coco-Chanel-artiges.

Markus und Lukas starrten sie an, dass es schon fast peinlich war. Ich verdrehte innerlich die Augen. Bestimmt waren die jungen Burschen gerade dabei, ihr komplett zu verfallen. Und ich? Ich war absolut immun gegenüber sinnlichen Schwingungen, sofern sie nicht von Sandra ausgingen. Da meine Ex-Frau aber nichts mehr von mir wissen wollte, war ich für feminine Anziehung so empfänglich wie ein derber Felsblock in der Burgmauer.

»Können wir dann?«, fragte ich und deutete mit dem Kopf hinauf zur Anhöhe, auf der die Burg Ehrenfelsen thronte.

»Natürlich. Nehmen Sie mich bitte mit?«, fragte sie.

»Klar.« Wir gingen zu meinem Transporter, den ich auf dem Parkplatz vor der Schranke geparkt hatte.

***

Der Innenraum meines Lieferwagens, in dem sonst eine Note aus Schmieröl und arbeitenden Männern vorherrschte, wurde vom Lilienduft der Französin erfüllt. Zügig kurbelte ich mein Fenster hinunter, damit der Fahrtwind ihren Geruch wieder mitnahm. Er schien mir bis unter die Haut zu kriechen. Ich konzentrierte mich fest auf die Straße, die uns hinauf in Richtung Burg Ehrenfelsen führte.

»Danke für Ihre 'ilfe bei den Ziegen«, unterbrach sie das angespannte Schweigen.

Vielleicht war jetzt die Chance, den misslungenen ersten Eindruck, den ich am Galaabend hinterlassen hatte, zu verbessern? Geschliffene Konversation war zwar nicht meine Kernkompetenz, aber ein wenig Süßholzraspeln würde ich bestimmt schaffen.

»Gern geschehen. Und entschuldigen Sie bitte, dass ich Ihnen am Samstag auf den Fuß getreten bin. Ich bin Fußballer, kein Tänzer«, sagte ich ein wenig ungelenk.

»Das ist allerdings offensichtlich«, antwortete sie und ihre Nasenspitze wanderte nach oben. »Auf dem Spielfeld hätten Sie für so einen Tritt die Rote Karte bekommen.«

»Was? Sicher nicht! Einen Spielverweis gibt es nur bei *absichtlichem* grobem Foul, Beißen, Bespucken und bei anstößigen Beleidigungen.« Als ehrenamtlicher Schiedsrichter kannte ich die Regeln ganz genau. Ein unabsichtlicher Tritt war allerhöchstens eine Gelbe wert oder einen Freistoß.

»Beißen, Spucken und anstößige Beleidigungen? Da bin ich mit meinem platt gedrückten Zeh ja glimpflich davongekommen«, antwortete sie und kicherte leise.

Mann, sie verdrehte mir die Worte im Mund. »Die Regelverstöße habe ich ja nur aufgezählt, um zu verdeutlichen, dass keine Absicht dahintergesteckt hat«, murrte ich, um das klarzustellen. So was hatte ich noch nie gemacht.

Sie lehnte sich mit einem breiten Grinsen zurück. »Ich bin beim Tanzen noch nie gebissen oder bespuckt worden«, sagte sie spitz und ritt weiter auf meiner Aussage herum.

Ich atmete genervt aus. Was sollte ich dazu noch sagen? Nichts. Ich ließ ihr das letzte Wort und brummte nur ein wenig. Vermutlich zementierte ich das Hinterwäldler-Image ein, das ich bei ihr hatte. Aber ehrlich gesagt war mir das egal. Sollte sie von mir denken, was sie wollte.

Wir schwiegen wieder und es war bloß das leise Knattern des Dieselmotors zu hören. Doch eine Frage beschäftigte mich immer noch. »Warum waren Sie heute eigentlich bei den Tieren? Ich dachte, Sie sind Kuratorin?«

»Ich bin eine alte Freundin von Estelle Ehrenfelsen. Leider ist sie im Moment im Krankenhaus und ich helfe mit, wo es mir möglich ist«, antwortete sie. Dann erklärte sie, dass sie sich in erster Linie um die neue Ausstellung kümmern würde. Dass sie der sympathischen Estelle Ehrenfelsen half, bescherte der Französin einen imaginären, wenn auch einsamen Pluspunkt. In diesem Moment erreichten wir das Haupttor der Burg Ehrenfelsen und ich musste glücklicherweise keinen Small Talk mehr halten.

***

Während Markus und Lukas schon einmal begannen, das Werkzeug auszuladen, betraten Grazia und ich den Bergfried. Das düstere Licht, die kahlen, nur mit Rigips verkleideten Wände und die kühle Luft machten ihn nicht gerade zu einem Wellness-Tempel. Gemeinsam mit dem typisch muffigen Geruch von grauer Vorzeit, den solche alten Gemäuer innehatten, hatte ich plötzlich das unheimliche Gefühl, dass jemand hinter mir stand. Ich drehte mich um, aber da war niemand.

Rasch folgte ich der Französin die Treppe nach oben. Während ich mich im Schein einer nackten Glühbirne im dritten Stock umsah, holte sie die Schaltpläne aus dem Lager, das sich im Turmzimmer über uns befand. Zur Behaglichkeit eines Gestapo-Verhörzimmers fehlten nur noch ein Stuhl und ein einsamer Tisch.

»Also, was soll gemacht werden?«, fragte ich, als sie mit den Skizzen zurückkam.

»Das hier sind die ursprünglichen Pläne von Estelle. Allerdings muss ich die noch überarbeiten. Ist es möglich, dass Sie mit Ihrer Arbeit beginnen, ohne dass alle kleinen Details von Schaltern und Steckdosen festgelegt sind? Die liefere ich in ein paar Tagen nach«, sagte sie und überreichte mir die Blätter.

Theoretisch könnten wir zwar mit dem Ausmessen und dem Verlegen der Hauptleitungen anfangen, denn das war Standardarbeit, aber was wäre, wenn sie sich bis Ende der Woche immer noch nicht im Klaren über den Rest war und ich in Zeitverzug kam?

»Es war aber abgemacht, dass ich alle Anweisungen heute erhalte«, beharrte ich. Ich vertraute keinen Versprechungen mehr. Unentschlossene Bauherren, alte Bausubstanz, Zeitdruck. Bei diesem Projekt gab es gleich mehrere Stolpersteine. Wenn sich heute schon die erste Verzögerung andeutete, dann wäre es wohl besser, Sebastian gleich abzusagen und diesen Job nicht anzunehmen. We-

gen der Pönalklausel lief ich sonst Gefahr, Schulden anzu-
häufen, statt von ihnen runterzukommen.

»Ich verspreche Ihnen, dass ich alle Details bis Ende der
Woche bekannt geben werde«, sagte sie so feierlich, als
würde sie einen Eid auf die französische Verfassung ablegen. Ich schwieg und an meiner Miene konnte sie wohl
ablesen, wie wenig mich ihr Versprechen beeindruckte. Sie
nestelte an den Blättern mit dem Schaltplan herum. »Es ist
nämlich so: Die Familie Ehrenfelsen besitzt hier oben einen
einzigartigen kulturellen Schatz, aus dem man so viel
mehr machen kann, als sie denken«, sagte sie und ihre
Augen wurden hell. In ihrer Miene lag auf einmal ein ganz
anderer Ausdruck. Der überhebliche Zug war einer kindli-
chen Begeisterung gewichen, aber auch einer Entschlossenheit, die ihr beim Umgang mit der Ziege gefehlt hatte.
»Annette und Matthias sind sich der Möglichkeiten nicht
bewusst, die wir hier haben. Diese Antiquitäten dürfen
nicht einfach hinter Glasvitrinen verkümmern. Wenn man
es richtig anstellt, kann man mit ihnen etwas Einzigartiges
entstehen lassen und die Geschichte zu neuem Leben erwecken.« Ein zartes Rosa hatte sich auf ihre Wangen gelegt. »Aber da ich erst vor Kurzem hinzugekommen bin,
brauche ich ein wenig Zeit, um das Ausstellungskonzept
zu überarbeiten. Und dementsprechend werden wir dann
auch eine andere Beleuchtung benötigen. Bis zum Ende
der Woche werde ich Ihnen alle Details nennen. Versprochen.«

Einen Moment lang versank ich in ihren mandelförmi-
gen, grünen Augen, die mich auf seltsame Weise anzogen.
Was und wie sie es gesagt hatte, ließen mich zögern, die
Abfuhr auszusprechen, die mir auf der Zunge lag. Denn

auch ich schenkte, wenn immer es möglich war, Dingen ein neues Leben. Wenn auch eher in technischer Hinsicht. Genauso sah ich oft Möglichkeiten, die anderen Menschen mit ihrem Tunnelblick verborgen blieben. Außerdem hatte mich der Enthusiasmus, mit dem sie gesprochen hatte, überrascht. Ich schätzte Menschen, die etwas bewegen wollten und sich leidenschaftlich und mit voller Kraft für eine Sache einsetzten. Aber da die ganze Welt lieber den einfachen Weg ging und mit dem Strom schwamm, hatten Idealisten es oft schwer. Niemals wollte ich einer von den Verhinderern sein und einen Traum platzen lassen. Auch wenn es der einer schnippischen Französin war.

Ich zögerte, als stünde ich an einer Abzweigung, an der ich mich zwischen zwei Wegen entscheiden musste. Die eine Straße war sicher, aber langweilig. Die andere war riskant, aber abwechslungsreich und führte vielleicht zu einem ganz neuen Ziel.

»Okay. Aber Ende der Woche muss der Schaltplan fix sein, sonst schaffen wir den Termin nicht«, antwortete ich schließlich ein wenig barscher als gewollt und entzog mich ihrem Blick. Ich hoffte, dass ich mich nicht bloß um den Finger hatte wickeln lassen, weil sie zufällig meinen wunden Punkt berührt hatte. Hoffentlich würde ich diese Entscheidung später nicht bereuen. Am Ende war sie wie die Ziege, eine Hexe?

»Danke!«, rief sie und bedachte mich mit einem strahlenden Lächeln. Gemeinsam mit ihren Lippen bogen sich sogar ihre Augenwinkel hauchzart nach oben. Die Französin war wirklich außergewöhnlich hübsch. Aber das interessierte mich zum Glück nicht. Wichtig war nur, den

Fertigstellungstermin zu halten. Ein Zeitverzug würde unweigerlich eine Strafzahlung nach sich ziehen.

In dem Moment hörten wir Stimmen von unten. Nach wenigen Sekunden kam Matthias Ehrenfelsen die Treppe hinauf und wir begrüßten uns herzlich.

»Ist alles klar bei euch?«, fragte er und sah zwischen der Französin und mir hin und her.

»Ja, natürlich, es ist alles bestens«, antwortete Grazia rasch und warf mir einen kurzen Blick zu. Ich ließ die Möglichkeit verstreichen, meine zuvor geäußerten Bedenken gegenüber dem Burgherrn noch einmal zu wiederholen. Schließlich hatte ich mit ihr eine Abmachung getroffen.

»Super«, sagte Matthias. »Was können wir wegen dem Kurzschluss unternehmen, der beim letzten Regen aufgetreten ist? Ich habe Sorge, dass es wieder passiert. Für die nächsten Tage sind Gewitter angekündigt. Kannst du uns helfen?« Er war zum Du gewechselt, so wie es die Einheimischen üblicherweise untereinander waren. Matthias Ehrenfelsen war nur wenige Jahre älter als ich und ein bodenständiger Adeliger, was ich sehr sympathisch fand.

»Weißt du schon, welcher Stromkreis betroffen ist?«, fragte ich ihn.

»Nein, das konnte ich noch nicht checken«, antwortete er.

»Dann müssen wir warten, bis es erneut auftritt und können den Defekt erst dann örtlich eingrenzen. Danach suchen und beheben wir die Ursache«, antwortete ich. »Am besten, du rufst mich im Falle des Falles an und ich komm sofort her. Ich denke, dass wir dem Spuk gleich auf den Grund gehen werden.«

»Dem Spuk? Ich hoffe, dass nichts Paranormales dahintersteckt«, meldete Grazia sich zu Wort und schüttelte sich unbehaglich. »Hier ist es doch ein wenig unheimlich.« Sie sah sich hinter ihrem Rücken um so wie ich zuvor.

»Kein Problem. In diesem Fall komme ich mit meiner Geisterjäger-Ausrüstung«, sagte ich. Grazia sah mich mit großen Augen eine Sekunde lang an, ehe sie loskicherte. Der Ton hallte verzerrt von den Wänden wider, woraufhin sich feine Härchen auf meinen Unterarmen aufstellten.

Nachdem Matthias sich verabschiedet hatte, deutete Grazia mit den zusammengerollten Schaltplan-Skizzen auf die Tür des Turmzimmers. »Jetzt muss ich aber auch mal wieder an die Arbeit. Ich habe nämlich einen Termin Ende dieser Woche, den ich halten muss«, sagte sie und mir entging der ironische Unterton in ihrer Stimme nicht, mit dem sie mich wohl necken wollte.

»Ja, das ist auch unbedingt notwendig. Sonst wird es nämlich eine pechfinstere Eröffnungsfeier«, blaffte ich und hörte mich wie ein schlecht gelaunter Oberlehrer nach dem Ende der Sommerferien an. Die Französin sollte bloß nicht vergessen, dass es ernst war und wir eine verdammt knappe Deadline hatten.

Prompt sah sie mich wieder mit leicht verengten Augen an, die mich wie das Fadenkreuz eines Zielvisiers fixierten. »Danke für die Erinnerung. Bin schon weg«, zischte sie und war in den schnippischen Ton verfallen, den ich schon kannte. Sie drehte sich um und verschwand im Turmzimmer. Puh. Obwohl sie mich mit ihrer enthusiastischen Seite vorhin positiv überrascht hatte, würden wir wohl keine dicken Freunde werden. Aber das mussten wir ja auch nicht.

Dann ging ich hinunter zu meinen beiden Helfern. Nachdem ich Sebastian Bescheid gegeben hatte, dass er den Vertrag aufsetzen konnte, legten wir mit dem Vermessen des ersten Raumes los.

***

In den nächsten Stunden zeichnete ich mit den Azubis die Stellen an, in die wir die dafür benötigten Leitungen verlegen würden. Dann begannen wir zu bohren, zu stemmen und Kabelschächte einzuziehen. Mit den beiden Lehrlingen hatte Sebastian einen echten Glücksgriff getan. Während Markus die Berechnung des benötigten Materials mit links hinbekam, konnte Lukas schon ziemlich gut mit dem schweren Gerät umgehen.

Gegen vier Uhr brachen die Jungs auf, um einen der letzten warmen Tage des Jahres mit einem Bad im See zu nutzen, während ich noch weitermachte.

Nach fünf beschloss auch ich, Feierabend zu machen. Mittlerweile war ich allein im Turm, denn die Französin war vor Kurzem gegangen. Ich trug meine Arbeitszeit in das Erfassungsblatt ein und verließ den Bergfried, der mir alles andere als geheuer war.

Draußen schlug mir schwüle Luft entgegen. Dagegen war die kühle Atmosphäre im Turm ja fast eine Wohltat gewesen. Auch am fortgeschrittenen Nachmittag hatte die Sonne noch viel Kraft.

Auf dem Parkplatz unterhalb der Burg stand die Luft unangenehm still und sofort spürte ich, wie sich ein Schweißfilm auf meiner Stirn bildete. Ich schüttelte mir den Staub von meinem Shirt und meiner Jeans, ehe ich ins

Auto einstieg. Die Klimaanlage des alten Transporters kämpfte vergeblich gegen die Hitze und ich ließ die Fenster hinunter, um mir durch den Fahrtwind ein wenig Kühlung zu verschaffen.

***

Als ich über die Landstraße in Richtung Ehrenfelsen fuhr, flirrte die Luft über dem Asphalt. Bei der Affenhitze war keine Menschenseele unterwegs. Bestimmt waren alle schwimmen. Hätte ich vielleicht auch einen Sprung in den See machen sollen? Aber allein hatte ich keine Lust dazu. Zu Hause in meiner Garage, in der ein kaputtes Fahrrad zur Reparatur auf mich wartete, war es schließlich auch kühl.

Jetzt tauchte doch eine einsame Gestalt vor mir auf, die am Rand des Weges dahinschlurfte. Das wild gemusterte Blumenshirt und die langen Beine, die in auffälligen Birkenstocksandalen steckten, sprangen mir direkt ins Auge. Ich grinste. Wo die Französin bei diesen Dampfbad-Temperaturen zu Fuß hinwollte? Einen Moment lang schwebte mein Fuß über dem Gaspedal, ehe ich auf die Bremse stieg. Ich war ja kein Unmensch. Mein Lieferwagen hielt quietschend neben ihr. Erschrocken hatte sie zwei Schritte zur Seite gemacht und blickte misstrauisch zu mir herüber.

Jetzt erkannte sie mich und den Transporter. Sie kam näher und schaute durch das heruntergekurbelte Fenster herein. An ihrer Stirn, ihrem Kinn und an ihrem Dekolleté glänzten feine Tröpfchen, als wäre sie durch einen Sprühregen gelaufen. Ihre Wangen waren gerötet. Ob sie kurz vor einem Hitzschlag stand?

»Wollen Sie mitfahren?«, fragte ich.

Wortlos öffnete sie die Beifahrertür und kletterte auf den Sitz.

»Danke. Können Sie mich bitte zum Supermarkt bringen?«, fragte sie und warf schon die Türe zu.

»Sicher«, antwortete ich und beschleunigte. Nachdem wir einige Momente geschwiegen hatten, fragte ich: »Haben Sie kein Auto?«

Sie schüttelte matt den Kopf. Offensichtlich war sie von ihrem Fußmarsch in der Hitze ziemlich erledigt. Vor meinem geistigen Auge sah ich, wie sie sich nach ihrem Einkauf mit dem vollen Rucksack zu Fuß wieder den Berg hinaufquälte.

»Ich bringe Sie dann wieder zur Burg zurück«, sagte ich spontan.

»Wirklich?« Ihr Tonfall hätte nicht überraschter sein können, wenn ich für den Abend Schneefälle angekündigt hätte. Sie hielt mich tatsächlich für einen ausgemachten Rüpel. Dabei war ich doch eigentlich das genaue Gegenteil.

»Natürlich«, antwortete ich. »Wenn Sie einen Sonnenstich bekommen, wirft uns das im Zeitplan um Tage zurück.«

Ihr Kopf schnellte zu mir und für den Bruchteil einer Sekunde sah ich sie ganz ernst an, bis ich grinsen musste. War natürlich nur Spaß gewesen.

»Sehr witzig«, sagte sie und lachte fröhlich, was mir irgendwie ein gutes Gefühl gab.

Ich war eben doch nicht der Holzkopf, für den sie mich hielt. Der ständig fluchte und Frauen auf den Zehen herumtrampelte.

Wir erreichten den Supermarkt, auf dessen Parkplatz meine Aufmerksamkeit von einer Horde Jugendlicher vereinnahmt wurde. Bei den Tonnen der Altkleidersammelstelle war ihr beliebter Treffpunkt, wenn sie vom See genug hatten und lieber mit ihren Mopeds angeben wollten. In unserem kleinen Dorf war nicht viel los und den Teenagern war oft langweilig. Hoffentlich würde es klappen, dass wir bald auch eine eigene Jugend-Fußballmannschaft finanzieren konnten. Es hing von den Einnahmen des bevorstehenden Sportfestes ab. Ohne eine Freizeitbeschäftigung kamen sie nur auf unsinnige Ideen. Zum Beispiel machten sie Wettrennen mit ihren Mopeds oder rauchten. Einmal war eine Fensterscheibe des Supermarkts mit einem Pflasterstein eingeworfen worden und ein anderes Mal hatte die freiwillige Feuerwehr ausrücken müssen, weil eine Mülltonne in Brand gesteckt worden war. Hatte ich da nicht eben Markus auch unter den Teenagern gesehen? Ein ungutes Gefühl beschlich mich. Ich war überzeugt davon, dass er es in seinem Leben weit bringen konnte, sofern er nicht in Ärger hineingezogen wurde. Deswegen wollte ich mir das mal genauer anschauen.

Kapitel 5: Cornetto und Himbeerstangen

Grazia

»Ich komme gleich. Gehen Sie doch schon vor«, sagte Bernd. Gerade hatten wir auf dem Parkplatz des kleinen Lebensmittelladens gehalten. Doch anstatt das Geschäft allein zu betreten, blieb ich stehen und beobachtete, wie er zu einer Gruppe von Jugendlichen hinüberging, die bei ein paar Mülltonnen zusammenstanden. Er diskutierte kurz mit ihnen, bis er sich umdrehte und zurückkam. Gleichzeitig löste sich ein Junge aus der Bande, der wie einer von Bernds Lehrlingen aussah. Er schwang sich auf ein Moped und fuhr davon.

»Ist das nicht einer Ihrer Kollegen gewesen?«, fragte ich, als Bernd und ich zum Eingang des Geschäftes gingen.

»Ja, das war Markus. Er sollte sich besser von den Krawallmachern fernhalten«, antwortete er und schob mir einen Einkaufswagen zu.

Während ich damit durch die Gänge steuerte, unterhielt Bernd sich mit einer Angestellten. Zu meiner großen Überraschung hörte ich die Mitarbeiterin lachen. Bernd erstaunte mich. Dass er auch anders als brummig sein konnte und sogar Humor besaß, hatte er zwar im Auto kurz durchklingen lassen, aber die Dame an der Kasse hörte mit dem Gekicher ja gar nicht mehr auf. Was war denn da so lustig? Ich versuchte, etwas von dem Gespräch mitzubekommen, während ich in die Wursttheke schaute. Aber keine Chance. Der Dialekt, in dem sie sich unterhielten, erinnerte nur entfernt an die Sprache, die ich in der Schule gelernt hatte. Ich entschied mich für Schinken und Salami.

Dass Bernd angeboten hatte, mich wieder heimzufahren, war sehr nett von ihm. Und dass er sich um den jungen Azubi Markus kümmerte, auch. Vielleicht musste ich meine Meinung von ihm revidieren und er war doch nicht so ein ungehobelter Grobian, wie ich gedacht hatte. Andererseits hatte er mich im Bergfried wegen der Deadline unnötig schroff angeschnauzt. Da hatte er einen wunden Punkt getroffen. Natürlich wusste ich, dass wir Zeitdruck hatten, ich war ja nicht dumm. Obwohl das so mancher zu Hause von mir dachte und mir nichts zutraute. Da fiel mir ein, dass außer Matthias, Annette und Estelle niemand hier wissen konnte, dass ich aus einer schwerreichen Champagner-Dynastie stammte. Immerhin hatte ich nicht einmal ein Auto, arbeitete im Ziegenstall und lief den ganzen Tag in Schlappen herum. Ich grinste. Das bedeutete, dass ich endlich mal einfach nur ich sein konnte. Ich war Grazia aus Frankreich, die ihrer Freundin half. Ich gehörte nicht zur High Society und mein Nachname war unbedeutend. Der Gedanke war befreiend. Glücklich über diese Erkenntnis platzierte ich Brot, Mehl, Eier und Milch in meinem Wagen, während ich die Kassiererin wie einen Teenager giggeln hörte. Ob Bernd eine Freundin hatte? Vielleicht hatte er eine Frau gefunden, der es nichts ausmachte, ein wenig strenger behandelt zu werden. Ich grinste in mich hinein und ging weiter zu den haltbaren Lebensmitteln. Er sah ja nicht schlecht aus. Er hatte sogar ziemlich faszinierende graublaue Augen und einen echt guten Körperbau. Mit muskulösen, aber nicht übertrieben breiten Schultern und einer schmalen Taille. Meine Schwester Gloria würde sagen, dass er wie die Eistüte eines Cornetto geformt war. Außerdem mochte ich sein spitzbübisches Lächeln, das war der Hammer. Es war mir aber egal, ob Bernd Single war oder nicht. Deswegen hakte ich das Thema geistig ab.

Ich lud eine große Packung Kaffee ein und musste unwillkürlich an Edouard denken, der eher schlaksig war. Wie die Gummistangen mit Himbeergeschmack, die ich zu Hause gern naschte. Ob ich die hier auch kaufen konnte?

Ich griff nach Nudeln, Gurken und Bananen. Meine Zeit in Österreich war eine super Gelegenheit, endlich selbstständiger zu werden. Darauf freute ich mich, denn zu Hause ließ ich mich aus Bequemlichkeit immer noch von unserer Haushälterin Aveline versorgen. Die schicke, supermoderne Küche in meinem Apartment in Frankreich, das sich in unserem Familienschloss befand, war nach drei Jahren immer noch so gut wie neu. Mittlerweile war ich fast durch den ganzen kleinen Laden durch. Zuletzt nahm ich noch ein XXL-Glas Nutella, denn ich hatte das Gefühl, dass ich nach diesem durchwachsenen Tag ein wenig Seelennahrung brauchen könnte. Die Gummistangen konnte ich nämlich nicht finden. Schließlich war ich mit meinen Einkäufen fertig und hielt nur noch an der Eistruhe, wo ich alle vorrätigen Calippos mit Geschmacksrichtung Limette kaufte. Diese waren genau das richtige für die Kinder am See und Cornettos waren ausverkauft.

Während wir zur Burg zurückdüsten, spendierte ich dem Elektriker ein Limetteneis. Ich nahm mir auch gleich eines. Der leicht säuerliche Geschmack war lecker und sehr erfrischend. Am Horizont zeichneten sich die Berge ab und am Fenster flogen bunte Wiesen, Felder und grüne Wälder vorbei. Mein Pferdeschwanz flatterte im Fahrtwind, das klapprige Auto rumpelte über die kaum befahrene Landstraße und das Radio dudelte leise vor sich hin. Ein angenehmes Gefühl von Unbeschwertheit erfüllte mich. Das Leben konnte so einfach und so schön sein.

Das Allerbeste an Bernds Gesellschaft war, dass wir kein Interesse am jeweils anderen vortäuschen mussten und nebeneinander einfach nur schweigen konnten. Es gab nichts, was wir uns zu sagen hätten, aber das empfand ich nicht negativ. Jetzt Small Talk zu halten, war so notwendig, wie die Heizung anzustellen.

»Nachher muss ich noch einmal zur Animal-Farm«, sagte ich mehr zu mir selbst, als wir am Campingplatz vorbeifuhren.

»Bekommen die Tiere wieder ihren Auslauf?«, fragte er.

Ich prustete los. »Haha, sehr witzig. Na, ich hoffe nicht«, antwortete ich und lächelte, während ich weiterschleckte.

Insgesamt war es nach dem katastrophalen Start doch noch ein ganz toller Tag geworden. Nur der Gedanke an Annette und ihre bevorstehende Reaktion auf mein Erlebnis vom Morgen bereitete mir ein wenig Sorge. Vermutlich hatte sie ja ohnehin kein großes Vertrauen in mich und meine Fähigkeiten. Aber ich hoffte, sie in Kürze mit meinem innovativen Ausstellungskonzept überzeugen zu können. Ich hatte dieses Projekt als meine Chance erkannt, mir selbst etwas zu beweisen. Nämlich, dass ich ganz allein etwas Außergewöhnliches auf die Beine stellen konnte. Wir hatten unser Ziel erreicht und hielten im Innenhof der Burg.

»Vielen Dank und bis morgen«, sagte ich und nahm meinen Rucksack und die zwei Tüten. Ich winkte Bernd, der mit einem kleinen Hupen davonfuhr.

Aber jetzt rasch. In meinem Apartment stellte ich die Einkäufe einfach ab und verstaute das Verderbliche im Kühlschrank. Dann beeilte ich mich, mit den Calippos zum See zu kommen. Während des kurzen Fußwegs, bei dem ich eine Abkürzung direkt durch den schattigen Wald nahm, machte ich mir Gedanken über meinen bisherigen Aufenthalt in Ehrenfelsen. Er war um einiges abwechslungsreicher und aufregender, als ich ihn mir vorgestellt hatte. Außerdem konnte ich zum ersten Mal in meinem Leben einfach nur Grazia sein. Und nicht die Comtesse Rochefort wie zu Hause, die man entweder wie ein rohes Ei behandelte oder der man nichts zutraute. Hier waren zwar auch alle ziemlich nett zu mir, aber auf eine normale, natürliche Art. Bis auf Annette, die ihre Vorbehalte gegen mich zu haben schien. Ich musste ihr mein Missgeschick vom Morgen irgendwann schonend beibringen.

Als ich am Ziel ankam, war das Eis ganz schön angetaut. Perfekt. Bei den Urlauberfamilien, die von den Ziegen und Eseln heimgesucht worden waren, verteilte ich meine Wiedergutmachungen an die Kinder. Einige Mädchen, die ich schon vom Morgen kannte, boten sich sogar an, mir beim Saubermachen des Stalls zu helfen, was ich natürlich gern annahm. Dabei schaute ich mir von den Kids ab, wie ich die Tiere, die eigentlich echt süß waren, am besten handhaben konnte. Freundlich, aber bestimmt. Super. Mir würde hoffentlich kein Fauxpas mehr passieren.

Eine Stunde später war ich mit der Arbeit im Streichelzoo fertig und kehrte durch den Haupteingang zur Burg zurück. Es war nach sieben Uhr und die letzten Besucher verließen gerade die Anlage. Als ich den Souvenirladen passierte, hörte ich dessen Tür aufschwingen.

»Grazia, hast du eine Minute?« Es war Annette. Jetzt war die ideale Gelegenheit, ihr zu beichten, dass mir am Morgen die Tiere durchgebrannt waren.

»Klar, ich komme«, antwortete ich.

Ich betrat den kleinen Laden, in dem die Besucher neben den Eintrittstickets auch alle möglichen Mitbringsel kaufen konnten: Bücher, Tassen, Ansichtskarten, kleine Spielzeuge, T-Shirts, Kappen und sogar Badeschuhe. Die Burgherrin war gerade damit beschäftigt, Regenschirme aus einer großen Kiste zu nehmen und sie der Farbe nach in Metallständer einzusortieren. Die ursprünglich aus Deutschland Stammende war bekannt dafür, dass sie sehr ordnungsliebend war. Kein Wunder, denn in ihrem früheren Beruf war sie eine Buchhalterin gewesen. Ich stellte mich zu ihr und half mit.

»Erika hat mir erzählt, was heute in der Früh auf dem Campingplatz los war«, sagte sie, ohne ihren Blick von den Regenschirmen zu heben. Ach, dann wusste sie es zum Glück ja bereits. Trotzdem schilderte ich ihr noch einmal genau, wie es dazu gekommen war. Und versicherte, dass ich jetzt alles im Griff hatte. So wie den gelben Knirps, den ich gerade in meiner Rechten hielt. »Ich verspreche dir: Mir entwischt niemand mehr.«

Ihr Mund verzog sich zu einer schmalen Linie und ich fühlte mich unwillkürlich an das säuerliche Limetteneis von heute Nachmittag erinnert. Dabei hatte ich gehofft, dass Annette es nicht ernst nehmen und darüber auch ein wenig lachen können würde. Himmel, es war doch nichts passiert. Sie faltete schweigend den jetzt leeren Karton zusammen.

»Es war meine Schuld. Ich hätte dich heute Morgen am Streichelzoo nicht gleich mit ihnen allein lassen sollen. Bist du sicher, dass du das mit den Tieren jetzt hinbekommst?«, fragte sie schließlich. Der Zweifel in ihrer Stimme war unüberhörbar. Sie klang schon fast wie Frédéric, mein Widersacher in der Champagnerfabrik, wenn er die Ergebnisse in meinem Monatsbericht unter die Lupe nahm und nach einem Fehler suchte. Wenn Annette nicht auf meine Mithilfe angewiesen wäre, würde sie mir vermutlich nicht einmal die Verantwortung für eine Schildkröte übertragen.

»Natürlich schaffe ich das«, sagte ich und straffte meine Schultern. Sie konnte nicht wissen, dass sie mit ihrem Zweifel einen wunden Punkt bei mir traf. Andererseits konnte ich sie auch verstehen, denn ich war wirklich sehr tollpatschig gewesen. Dass Hexe nicht von Bernd über den Haufen gefahren worden war, war nur seiner schnellen Reaktion zu verdanken.

»Gut. Es ist ein großes Glück, dass unsere Gäste so locker drauf sind. Andere hätten bestimmt Ersatz für die Campingausrüstung verlangt oder eine schlechte Bewertung auf Google über uns geschrieben. So etwas können wir gerade wirklich nicht brauchen.«

»In Zukunft kannst du dich auf mich verlassen«, sagte ich mit fester Stimme. Ich würde alles richtig machen. Mittlerweile wusste ich ja, wie harmlos die Esel waren.

Und wie flink die Ziegen. Um dem Gespräch doch noch eine positive Wendung zu geben, überbrachte ich die einigermaßen guten Nachrichten von Bernd. Nämlich, dass er davon ausging, die Ursache der Stromausfälle rasch beheben zu können. Sofern wir ihn beim nächsten Ausfall gleich verständigten.

»Das hört sich doch gut an«, antwortete sie und lächelte endlich ein wenig. Und begann, in ihrer Handtasche nach etwas zu suchen. Schließlich zog sie einen Schlüssel heraus, den sie mir überreichte. »Estelle möchte dir ihr Auto leihen, damit du mobil bist. Der blaue Mini Cooper steht auf dem Parkplatz.«

»Super«, sagte ich. Das war ja toll. »Falls ich dir irgendwelche Wege oder Besorgungen abnehmen kann, lass es mich wissen.«

»Danke, Grazia«, antwortete sie limetteneisartig. »Möglicherweise werde ich auf dein Angebot zurückkommen.« Ja, genau. Nämlich dann, wenn die Esel Fahrradfahren gelernt hatten. Ich machte mir Sorgen, dass sie wegen ihrer schlechten Meinung von mir mein neues Ausstellungskonzept von vornherein ablehnen würde. Dabei hatte ich bereits einen Plan in Vorbereitung und hatte schon damit begonnen, ihn zu Papier zu bringen. Ich würde mir und allen anderen beweisen, dass ich etwas draufhatte.

Danach verabschiedeten wir uns ein wenig unterkühlt und ich ging in mein Zimmer hinauf. Ich war ziemlich erschöpft nach dem ereignisreichen Tag und wollte nicht mehr über Annette nachgrübeln. Mit Kochen hatte ich heute auch nichts mehr am Hut.

Nachdem ich geduscht hatte, rief ich Estelle an. Es ging ihr und dem Baby unverändert, was eine positive Nachricht war. Doch die ungewisse Situation setzte ihr natürlich zu, denn sie konnte nur liegen, abwarten und darauf hoffen, dass alles gut werden würde. Und die Netflixserie schauen, in die sie hineingekippt war. Ich versuchte, sie ein wenig aufzuheitern. Zum Glück fand sie, anders als Annette, meine heutigen Streichelzoo-Erlebnisse sehr amüsant und nahm sie mir überhaupt nicht übel. Dann bedankte ich mich für das geliehene Auto und Estelle bat mich, mich am Donnerstagnachmittag ein wenig um ihre Stieftochter Hannah zu kümmern. Sie hatte Fußballtraining, zu dem ich sie bringen sollte. Lars wollte an diesem Tag beim Ultraschall-Termin dabei sein, der zur selben Zeit angesetzt war. Das würde ich natürlich super gern für sie machen. War nicht Bernd der Trainer der Fußballmannschaft?

Nachdem ich aufgelegt hatte, machte ich es mir mit zwei dick belegten Schinkenbroten, Erdbeeren, dem XXL-Nutellaglas und meinem Laptop auf der Couch gemütlich und rief die erste Folge von »Bridgerton« auf, die Estelle so gut fand. Dabei ging es um das Liebesleben einer adeligen High-Society-Familie. Vielleicht konnte ich dabei ja etwas lernen.

∗∗∗

Am nächsten Morgen fütterte ich zeitig die Tiere. Ich war stolz auf mich, dass alles wie am Schnürchen klappte und keine Ziege verkabelt werden musste. Natürlich hätte ich es auch ohne meine fleißigen Urlauberkinder geschafft, die freiwillig früh aufgestanden waren, um zu helfen. Nachdem alle Vierbeiner noch auf Hochglanz gestreichelt worden waren, düste ich mit Estelles kleiner Nuckelpinne zur Burg zurück.

Als ich den Hof betrat, sah ich Bernds weißen Transporter bereits vor dem Wehrturm stehen. Ich beschleunigte meine Schritte.

Kapitel 6: Wetterumschwung

Bernd

Ich erklärte den Azubis gerade den Zählerkasten, als die Tür zum Wehrturm aufging. Es war die Französin.

»*Bonjour.*«

»Guten Morgen.«

Mmhhh. Ihr hauchzarter Lilienduft vertrieb den Vergangenheitsgeruch des Bergfrieds. Das war nicht unangenehm. Ich beobachtete aus den Augenwinkeln, wie sie in das obere Stockwerk schwebte. Wo waren wir noch mal stehen geblieben? Ach so. »Der Neutralleiter wird an die Nullleiter-Schiene geklemmt. Seht ihr? So.«

»Ja, das hast du schon erklärt«, sagte Markus und warf mir einen zweifelnden Blick zu. Lukas grinste.

Wirklich? »Gut aufgepasst. Dann macht mal weiter so.«

Der Tag verging wie im Flug und kurz vor sechs ging ich zum Turmzimmer hinauf, um mich von Grazia zu verabschieden. Vielleicht wollte sie ja wieder mitfahren?

Ich klopfte.

»Nur `erein«, hörte ich ihre Stimme. Ich stieg eine Holztreppe hinauf, die in einen einzigen großen Raum führte. Grazia saß auf dem Boden, umgeben von jeder Menge Sachen: Papiere, Bilder, Kleider, metallene und hölzerne Gegenstände, die in Gruppen und kleinen Haufen angeordnet waren.

»Wollen Sie heute wieder ins Dorf? Ich breche jetzt auf«, sagte ich, nachdem ich eingetreten war.

»Vielen Dank, aber ich muss noch arbeiten«, antwortete sie, über ein Dokument gebeugt. Sie war wohl sehr konzentriert, da wollte ich sie nicht stören. Aber vielleicht würde sie mir ein andermal erklären, was sie da machte? Es sah ziemlich interessant aus.

»Ach … außerdem hab ich jetzt selbst ein Auto. Estelle leiht mir ihres, solange sie im Krankenhaus ist«, sagte sie.

»Dann noch viel Erfolg«, verabschiedete ich mich. Ein klein wenig war ich sogar enttäuscht, dass wir nun nicht mehr gemeinsam fahren würden. Grazia war zwar ein wenig seltsam, aber sie hatte Unterhaltungswert. Allein das Durcheinander, das sie auf dem Campingplatz angerichtet hatte, würde nicht nur mir noch lange im Gedächtnis bleiben. Und die Art, wie sie sprach, mit ihrem französischen Akzent, war so putzig. Außerdem hatte ich heute keine weiteren Verabredungen, außer, mir einen kaputten Rasenmäher im Nachbarort anzusehen. Ich hätte sie daher ausgiebig herumchauffieren können.

Als ich auf den Burghof trat, hangen dunkle Wolken am Himmel. Da braute sich doch nicht etwa ein Unwetter zusammen? Das wäre vielleicht die Gelegenheit, herauszufinden, was den Kurzschluss verursachte.

***

Zu Hause ging ich gleich in meine Werkstatt, um das defekte Gerät genauer unter die Lupe zu nehmen, das ich geschenkt bekommen hatte. Ich hoffte, dass ich die Ursache des Fehlers bald finden würde. Vielleicht musste nur ein Zündkabel getauscht werden. Wenn es wieder flott war, würde ich es für hundert Euro auf eBay reinstellen. Das Tüfteln an beschädigten Geräten machte mir riesigen Spaß, brachte Geld ein und vor allem lenkte es mich ab. Denn an den langsam länger werdenden Herbstabenden fühlte ich meine Einsamkeit besonders heftig. Ich hatte zwar viele Freunde hier im Ort, aber ich vermisste Sandra so sehr. Wären wir noch zusammen, dann würden wir jetzt noch einen Abendspaziergang machen oder wir wären zu meinem Freund Peter gegangen, dessen Familie im Herbst einen Buschenschank betrieb. Sie waren Winzer und boten nur zu dieser Jahreszeit auf ihrem Hof eine zünftige Kärntner Brettljause und fruchtigen Federweißer an. Vielleicht wären wir auch zu Hause geblieben, weil sich schon erster Nachwuchs eingestellt hatte? Denn so hatten wir uns unser Leben vorgestellt, als wir sehr jung gewesen waren und bis zur Dreißig noch ein ganzes Jahrzehnt vor uns gelegen hatte: in unserem eigenen Haus mit unseren Kindern zu leben. Mindestens drei oder vier, am liebsten alles Mädchen, die Sandras himmelblaue Augen geerbt hätten. Bei dem Gedanken lächelte ich unwillkürlich, obwohl es mir gleichzeitig einen nadelspitzen Stich ins Herz versetzte. In unserem ehemaligen Haus wohnte jetzt eine andere Familie und meine Kinder würden nie zur Welt kommen. Ich zwang mich, mich auf die Zündkerzen vor mir zu konzentrieren, die ich gerade trockenlegte. Da hörte ich ein Rattern hinter mir. Mein Kater war durch die Katzenklappe hereingekommen.

»Hallo, Rufus.« Ich nahm ihn hoch, streichelte ihn ausgiebig hinter seinem noch vorhandenen Ohr und gab ihm zu fressen. Ein kühler Lufthauch zog durch die Garage. Draußen war es bereits dunkel und ich lauschte durchs offen stehende Fenster hinaus. Und tatsächlich hörte ich das Geräusch von Regentropfen, die auf die Blätter des Nussbaums und auf die Wiese fielen.

Als ich gerade aus der Dusche herauskam, läutete mein Handy.

»Matthias? Guten Abend!«, begrüßte ich den Burg-herrn. Sofort hatte ich eine Ahnung, um was es ging.

»Entschuldige bitte die späte Störung, aber es ist gerade wieder passiert: Wegen des Regens ist der Strom ausgefallen. Kannst du uns bitte helfen?«, fragte er.

Oje. War ja klar, dass das abends passieren musste. »Verstehe. Kein Problem, ich bin in zehn Minuten da«, antwortete ich, denn ich hatte ja versprochen, jederzeit zu kommen. Ohne Strom gab es kein Licht, kein Wasser und keine funktionierenden Kühlschränke. Das war für die Bewohner natürlich total schlimm. Ich legte auf, schlüpfte in frische Klamotten und machte mich gleich auf den Weg.

***

Dicke Regentropfen prasselten gegen die Frontscheibe des Wagens und der Scheibenwischer rotierte auf maximaler Stufe. Als die Umrisse der Burg Ehrenfelsen im Lichtkegel der Scheinwerfer auftauchten, schüttelte ich mich unwillkürlich. In einer jeden Folge von »Paranormal Investigation« gab es genau diese Szene, wenn die Geisterjäger anrückten, um die Nacht im Spukschloss zu verbringen. Hui, hier würde ich sicher nicht übernachten, sondern nur rasch die Ursache des Stromausfalls beheben. Beim Näherkommen sah ich einen Lichtschein. Es war Matthias mit einer Taschenlampe, der unter dem Schutz des Vordaches bereits auf mich wartete. Neben ihm stand ein riesiger Hund. Es war eine Dogge, die aussah, als wäre sie beleidigt, weil sie bei diesem Wetter vor die Tür gezwungen worden war.

Wir begrüßten uns und eilten unter seinem Regenschirm zum Hauptverteiler, dessen Standort ich vom Abend des Herbstballs schon kannte. Dort begannen wir, den Defekt örtlich einzugrenzen, indem wir nach und nach die Sicherungen wieder einschalteten.

»Es ist Nummer dreizehn«, sagte ich schließlich, als der Schutzschalter bei Aktivierung dieser Phase fiel. Die riesige Burganlage hatte so eine große Anzahl an Stromkreisen, dass Matthias erst auf einem Übersichtsblatt suchen musste, an welcher Stelle der Burganlage das war.

»Es ist der Bergfried«, sagte Matthias und tippte mit dem Finger auf die entsprechende Zeile auf seinem Plan. Das war gut, denn dort kannte ich mich ja schon einigermaßen aus.

»Das haben wir sicher gleich. Bestimmt gibt es eine undichte Stelle im Dach. Vielleicht bleibst du hier und ich gehe rüber und schaue, wo das Wasser eintritt. Dann klemme ich den betroffenen Verbraucher ab und du kannst direkt wieder versuchen einzuschalten, okay? So geht es am schnellsten. Ich lasse dich auf Lautsprecher«, schlug ich vor. Wenn wir uns trennten, sparten wir Zeit und mussten nicht hin- und herlaufen. Matthias war mit allem einverstanden. In spätestens fünfzehn Minuten wäre ich wieder weg. Aus dem Auto holte ich noch Isolationsmaterial, das ich mir in die hintere Hosentasche steckte, und eine Taschenlampe, in deren Licht ich unter Matthias' Regenschirm auf den Wehrturm zulief.

Ich zog die massive Eichentür auf, die sich knurrend öffnete. Neben dem Eingang stellte ich den Schirm ab. Brrrr. Der typisch pilzige Geruch, der seit sicherlich zwanzig Generationen in den Ritzen der Holzbalken festhing, schlug mir entgegen und meine Nackenhaare bäumten sich auf. Los, hinauf. Es war so dunkel, dass der Schein der Lampe den Weg nur einige Schritte weit erhellte.

Rums. Vor Schreck glitt mir beinahe das Handy aus den Fingern, als die Tür hinter mir zuknallte.

»Alles okay?«, hörte ich die Stimme von Matthias über den Handy-Lautsprecher. Sogar er hatte das Rumpeln gehört, das so laut gewesen war, dass es rein hypothetisch Tote hätte aufwecken können.

»Jaja, das war nur die Tür.«

Ich atmete aus und schwor, nie mehr wieder »Paranormal Investigation« einzuschalten. So eine saublöde Sendung. Dass es sich um inszenierte Geschichten handelte, die gar nicht wahr waren, wusste doch jedes Kind. Oder nicht? Neben meinen Schritten, die vom Knarren der Treppen begleitet wurden, hörte ich nur meine eigenen Atemzüge, als ich möglichst leise hinaufstieg. Da war schon wieder dieses unbestimmte Gefühl, beobachtet zu werden. Mein Puls hämmerte in meinen Schläfen. *Außer mir ist niemand hier*, sagte ich mir in Gedanken vor, während ich rasch die Treppe zum zweiten Stock nahm. Das reimte sich sogar! Aber warum wollte ich trotzdem keinen Laut machen, wenn niemand hier war, der mich hören konnte? Das war doch unlogisch. Um auf Nummer sicher zu gehen, blieb ich abrupt stehen und leuchtete mit angehaltenem Atem hinter mich. Da war kein totenblasses Wesen im Nachthemd und mit blutunterlaufenen Augen. Wenn mich tatsächlich ein Geist beobachten würde, würde er aber jetzt vor Lachen tot umfallen. Haha. Aber jetzt rasch dem Fehler auf den Grund gehen und schon wäre ich wieder weg.

Kapitel 7: Neue Optionen

Grazia

Ich glitt mühelos die Zeilen entlang. Ab und zu verlor ich den Halt und fiel einen Absatz tiefer, was aber kein Problem war, denn die runden, ausladenden Buchstaben fingen mich liebevoll auf und umarmten mich. Die zarten Linien der verblichenen Tinte vereinten sich zu einem Strom, auf dem ich auf dem Bogen des Blattes sanft dahinschaukelte. Da polterte mein Gefährt gegen einen riesigen Buchstaben, der unvermittelt wie ein Eisberg vor mir in die Höhe ragte.

Ich schreckte hoch und setzte mich auf. Etwas klatschte neben mir zu Boden. Papiere? Ach so, ich war immer noch im Turmzimmer auf dem Sofa. Nach der Fütterung der Tiere war ich zurückgekommen, weil mich dieser Brief nicht losgelassen hatte. Ich hatte ihn noch einmal durchlesen wollen, dabei musste ich eingeschlafen sein. Und jetzt war es so dunkel, dass ich nicht einmal die Hand vor den Augen erkennen konnte. Wo war mein Handy? Und was war das für ein Geräusch? Ein unheimliches Knarren! Mein Herz hämmerte in meiner Brust. Mein Atem stockte und mir wurde eiskalt. Die Härchen auf meinen Unterarmen zeigten senkrecht nach oben. Da hinten bewegte sich etwas an der Tür. Ich sah einen unwirklichen Schatten. Himmel, was war das? Panik ergriff mich und mein Verstand verabschiedete sich. Meine Angst entlud sich in einem sehr hohen, schrillen Ton.

Von der anderen Seite des Raumes ertönte ein tiefes Brüllen, ein Poltern und Peng … Ein Licht flog in hohem Bogen durch das Zimmer und erlosch mit Bodenkontakt. Gleichzeitig schlug ein Körper auf den hölzernen Dielen auf.

Mein Puls raste und mein Brustkorb hob und senkte sich wie noch nie in meinem Leben zuvor. Dann war es ganz still. Ich starrte in die Finsternis und zitterte.

»Grazia?«

Puh! Vor Erleichterung lachte ich in die Dunkelheit. Diese tiefe, leicht raue Stimme kannte ich doch.

»Bernd! Warum schleichst du hier herum? Ich hab mich so erschreckt!« In meinem Schockzustand hatte ich vergessen, den Satz in der Höflichkeitsform zu formulieren und war ganz einfach zum Du übergegangen. Das fühlte sich aber sehr natürlich an. Der Boden knarzte, als der Elektriker sich aufrappelte.

»Und ich hatte fast einen Herzanfall! Und einen Hörsturz auch«, gab er zurück. »Wie laut kannst du eigentlich schreien?«

»Das frag ich mich auch!« Untermalt vom blechernen, knarzigen Unterton eines Mobiltelefons hörte ich eine weitere Person. »Ihr könnt euch nicht vorstellen, wie gruselig sich euer Gekreische über Lautsprecher anhört. Ich dachte, da oben ist ein Gemetzel passiert, oder sonst was Schlimmes.«

»Matthias? Wer ist denn noch alles da?«, fragte ich.

»Außer uns ist niemand hier«, sagte Bernd rasch. »Matthias wartet unten beim Hauptverteiler.«

»Ach so.«

Ich hatte endlich mein iPhone wiedergefunden, das ein Stück unter das Sofa gerutscht war, und schaltete die Taschenlampen-App ein. Im Lichtschein sah ich Bernd auf mich zuhumpeln. Er beugte und streckte das Knie. Gott sei Dank war ihm nichts Schlimmes passiert. Jedenfalls sah ich kein Blut an ihm herunterlaufen.

»Hast du gedacht, ich bin ein Gespenst?«, fragte ich.

»Quatsch. Aber ich konnte doch nicht wissen, dass du hier oben im Dunkeln sitzt. Was machst du denn da, mitten in der Nacht?«

»Ich bin eingeschlafen, und ihr?«, antwortete ich.

»Während du ein Nickerchen machst, sind Matthias und ich dabei, einen Stromausfall zu beheben. Der Defekt muss irgendwo hier sein, wahrscheinlich tritt an einer undichten Stelle Wasser ein.« Er rieb sich die Stirn und klopfte sich gegen den Brustkorb, woraufhin eine kleine Staubwolke aufstieg. Wie wenn man einen alten Teppich klopfte. In meinem Zwerchfell kitzelte es und ich giggelte los.

»Hey, lachst du mich aus? Ich hätte mir bei meinem Kniefall ganz schön wehtun können«, beschwerte er sich.

»Du bist eben nicht nur ein geschmeidiger Tänzer, sondern kannst auch superelegant fallen«, sagte ich und kicherte weiter.

»Ähm … sorry, wenn ich euch unterbreche, aber können wir dann vielleicht weitermachen?«, hörten wir Matthias' Stimme aus dem Mobiltelefon. Ach ja, er war ja auch noch da.

»Ja, natürlich, los«, antwortete Bernd und ging hinüber, um seine Lampe aufzuheben, die ihm zuvor abhandengekommen war. Kurz darauf erhellte ihr Schein das dunkle Zimmer und Bernd begann, die Decke sorgfältig abzuleuchten.

»Wir suchen die Stelle, an der es hereinregnet«, erklärte er. Ich unterstützte ihn mit dem Licht meines Handys.

»Aha. Da ist es ja«, sagte er, als wir einen etwas dunkleren Fleck an der Wand entdeckten, der sich durch die

Holzdecke kommend, bis zu einem hellgrauen Plastikkästchen ausgebreitet hatte. Bernd erklärte, dass das die Verteilerdose war.

Während er das Behältnis aufschraubte, berichtete er Matthias, was wir gefunden hatten. Innen war es tatsächlich nass.

»Ich schlage vor, dass ich es lieber morgen tausche, da brauch ich doch noch mehr Werkzeug. Bis auf den dreizehnten Stromkreis kannst du ja jetzt alle anderen wieder einschalten«, sagte Bernd zum Burgherrn.

»Super, danke, so machen wir es. In der Früh nehme ich mir mit dem Hans gleich das undichte Dach vor«, sagte Matthias und wir konnten ihn gähnen hören.

Es war höchste Zeit, auch ins Bett zu gehen. Ich hob den in einer Plastikfolie geschützten Brief auf, der vorhin auf den Boden gerutscht war, und öffnete den entsprechenden Ordner, um ihn zu den anderen Dokumenten zu geben.

»Und über diesem aufregenden Stück Papier bist du eingeschlafen?«, fragte Bernd.

»Ja, aber nur, weil ich sehr müde war. Denn was da drinsteht, ist tatsächlich wahnsinnig interessant«, sagte ich und strich behutsam über die Mappe.

Er sah mich neugierig an, als wollte er tatsächlich mehr erfahren. Das traf sich gut, denn ich konnte es kaum abwarten, endlich jemandem von meinen Plänen zu erzählen. Ich platzte fast vor Mitteilungsbedürfnis. Wo sollte ich bloß anfangen? Am besten am Anfang.

»Vor sechshundert Jahren sollte Anna von Ehrenfelsen nach dem Willen ihres Vaters Ludwig von Altenburg, einen für sie komplett Fremden, heiraten. Aber sie wollte nur ihrer großen Liebe, dem Ritter Friedrich von Walsee, das Jawort geben. Sie war eine echt starke Frau und widersetzte sich dem Zwang. Hier haben wir die Briefe, die Anna an Friedrich und ihren Vater geschrieben hat.« Ich drückte den ganzen Ordner gegen meine Brust.

»Hallo? Lasst euch nicht stören, aber ich muss jetzt ins Bett. Maximilian wird ab fünf Uhr wieder auf den Beinen sein«, hörten wir Matthias über Funk. »Wir sehen uns dann morgen.«

»Ja, gute Nacht«, antwortete Bernd. Er steckte sein Handy ein.

»Und warum wollte ihr Vater nicht zulassen, dass sie ihren Friedrich bekam?«, fragte er. Er hatte es anscheinend nicht so eilig, nach Hause zu kommen.

»Kurz gesagt: Der Ludwig hatte mehr Geld, Ländereien und Macht«, antwortete ich.

»Verstehe«, sagte Bernd. »Das übliche eben. Manche Dinge waren schon immer so und werden sich wohl nie ändern.«

»Na ja. Die Ehe war damals vor allem ein Geschäft zwischen zwei Familien. Wenn sich ein armer Schlucker wie Friedrich und eine Frau aus der besten Gesellschaft ineinander verliebten, dann war das ein No-Go. Was die Beteiligten wollten, spielte keine Rolle. Häufig wurden bereits Kinder miteinander verlobt und sie hatten sich dem Willen ihrer Eltern zu fügen.«

»Gott sei Dank sind die Zeiten vorbei«, sagte Bernd.

»Du sprichst mir aus der Seele. Das Mittelalter war in vielerlei Hinsicht ein wirklich dunkles Zeitalter«, pflichtete ich ihm bei.

»Wie kommst du mit den Plänen sonst voran?«, fragte er und es gefiel mir sehr, dass wir uns jetzt so selbstverständlich duzten. Hoffentlich würde das so bleiben, auch morgen bei Tageslicht noch. Abgesehen davon hatte er wohl schon wieder Angst, dass ich ihm seine Schaltpläne nicht rechtzeitig lieferte? Ich beschloss, ihm weitere Details zu erzählen. Damit er mir endlich vertraute, denn ich wusste genau, was ich tat.

»Ich komme sehr gut voran. Die Geschichte von Anna und Friedrich soll der Aufhänger der Ausstellung werden. Stell dir Folgendes vor: Während die Besucher von Station zu Station durch den Wehrturm spazieren, gehen sie auf eine Zeitreise ins Mittelalter und lernen das Leben kennen, wie es damals war. Es wird lebendig und bunt, ein Fest für die Sinne. Man wird schmecken, hören, greifen und sogar riechen können, wie Annas Alltag und jener der anderen Bewohner auf der Burg Ehrenfelsen gewesen ist. Was haben sie gegessen, wo gearbeitet, wie geschlafen? Womit schrieb Anna ihre Briefe an Friedrich? Ganz nebenbei lernen die Besucher sehr viel über Geschichte und die damalige Gesellschaft. Welche Rechte hatten Frauen in der damaligen Zeit und welche ein Burgherr wie ihr Vater? Und hoffentlich erkennen die Besucher dann, wie gut es uns heute geht. Was für ein Glück wir haben, zu unserer Zeit in einer Demokratie leben zu dürfen.« Die Begeisterung war mit mir durchgegangen. Als ob eine Flamme, die sonst vor sich hin züngelte, auf einmal in die Höhe geschlagen wäre. Geschichte war für mich mehr als nur vergangene Zeit oder ein totes Sachgebiet. Sie hatte uns zu dem gemacht, was wir heute waren, und wir konnten durch sie etwas für unsere Zukunft lernen. In dieser Ausstellung konnte ich das den Menschen näherbringen. Ich sah Bernd unsicher an. Fand er meine Ideen lächerlich?

Oder langweilte ich ihn? Er war doch ein Fußballer, hatte er gesagt, und an Geschichte vermutlich überhaupt nicht interessiert. Er sah mich mit unergründlichem Blick an.

»Und wie kann ich mir das ganz konkret vorstellen?«, fragte er.

Ich öffnete eine Schachtel, nahm eine der Spindeln heraus und reichte sie ihm. »Zum Beispiel wird man an originalgetreuen Nachbauten das Spinnen ausprobieren können. Und in einem Bett, wie es die Menschen der damaligen Zeit zur Verfügung hatten, Probe liegen.« Ich nahm die Spindel wieder an mich und legte sie zurück in das Kästchen. Ich öffnete eine weitere Dose, woraufhin der Duft von Rosenblättern den Raum erfüllte. Ich schwenkte sie vor uns hin und her. »Damit wurden auf Burgen früher schlechte Gerüche vertrieben. Das wird direkt am Eingang platziert. Und in der Küchenstelle wird es Bratenduft geben. Drüben im Burgrestaurant kann nach einem originalen Ehrenfelsener Schweinebraten-Rezept dann gleich gekostet werden, wie das Mittelalter geschmeckt hat.« Ich schloss die Schachtel wieder und legte sie zurück.

»Ehrlich gesagt, ich finde den Plan super«, sagte er voller Anerkennung. War das sein Ernst? Ja, denn so wie ich Bernd kennengelernt hatte, würde er mir sicher keinen Honig ums Maul schmieren. Mit einer negativen Meinung hätte er sich bestimmt nicht zurückgehalten. Also war das, was ich, Grazia, mir ausgedachte hatte, tatsächlich gut! Eine erste positive Meinung. Ich wäre Bernd vor Freude am liebsten um den Hals gefallen. Nicht nur *gut,* sondern *super* hatte er gesagt.

Dann bat ich Bernd um die Kontaktdaten des Generalunternehmers Sebastian Steiner, den Matthias für die Renovierung engagiert hatte. Bei ihm würde ich mir einen Kostenvoranschlag für die zusätzlichen Innenausbau-Arbeiten einholen, die notwendig wären, wenn wir meinem Konzept folgten. Wie ich von Annette wusste, war Bernd selbst nur als Subunternehmer für ihn tätig. Seltsam, wie verschachtelt und kompliziert die Arbeiten hier organisiert waren. Aber anders konnte so ein Großprojekt wohl nicht umgesetzt werden.

»Wird es auch Multimedia-Effekte geben?«, fragte er, nachdem er mir die Visitenkarte per WhatsApp weitergeleitet hatte.

»Was meinst du damit?«

»Zum Beispiel Hologrammprojektionen. Die könnten hier herumschweben und selbst etwas erzählen«, antwortete er.

»So wie in *Star Wars*, wo R2-D2 Prinzessin Leia projiziert hat?«, fragte ich.

»Ja, genau. Nur in lebensgroß«, antwortete Bernd.

Sofort tauchten Bilder vor meinem geistigen Auge auf. Ich sah Anna an ihrem Schreibtisch sitzen und ihre Briefe schreiben. Ich konnte mir direkt vorstellen, wie ihr Vater tobte und Friedrich hoffte. Könnte man die drei auf diese Art noch einmal selbst zu Wort kommen lassen? Bei der Vorstellung bekam ich am ganzen Körper Gänsehaut. Das wäre ja unglaublich! Und für die Betrachter tausendmal beeindruckender, als deren Geschichte in einer Schautafel nachzulesen.

»Das wäre was!«, murmelte ich. Ich war hingerissen von der Idee. War so was denn möglich? Von dieser Technik hatte ich keine Ahnung.

»Das zu produzieren ist bestimmt sehr aufwendig und teuer. Wir haben leider weder Zeit noch Geld für Sonderattraktionen.« Es war zu schade!

Bernd überlegte einen Moment. »Heutzutage gibt es sehr gute, günstige Projektoren. Da hat es in den letzten Jahren viele technische Neuerungen gegeben. Die Aufnahmen kann man zum Beispiel mit einem Mobiltelefon mit guter Kamera durchaus selbst machen und die Bearbeitung erfolgt auf einem normalen PC. Man braucht nur das Schnittprogramm, mit dem ich mich ziemlich gut auskenne. Ich hab vergangene Halloween mit einem gebraucht gekauften Projektor ein Hologramm von meinem Kater für die Kids vom Fußballverein gemacht. Das ist super angekommen. Ich kann es dir zeigen, wenn du magst.«

Wow. Abgesehen davon, dass Bernd noch nie so viele zusammenhängende Worte auf einmal an mich gerichtet hatte, war sein Angebot einfach toll. Diese Aufnahme würde ich furchtbar gern sehen.

»Ja, bitte! Diese Hologramme könnten genau das Highlight bieten, nach dem ich gesucht habe. Allerdings darf es nicht unprofessionell rüberkommen, denn das würde vielleicht die gesamte Ausstellung ruinieren.«

»Das verstehe ich. Nein, es muss natürlich gut gemacht sein. Sieh es dir einfach an und entscheide, ob es für dich brauchbar ist.«

»Wann?«, fragte ich und konnte es kaum abwarten.

»Lass mal überlegen. Vielleicht am Donnerstagnachmittag, da hätte ich nach dem Fußballtraining der Kinder Zeit«, sagte er.

»Das würde gut passen, weil ich zufälligerweise auch da sein werde. Ich habe Estelle nämlich versprochen, Hannah vorbeizubringen«, sagte ich.

»Na, perfekt, dann fahren wir im Anschluss gemeinsam zu mir«, sagte er.

»Und Hannah kommt ganz einfach mit«, überlegte ich. Ob Bernds Frau, sofern er eine hatte, das recht war? Sein Ringfinger zeigte allerdings keinerlei Besitzansprüche an.

Ich schaute auf meine Uhr. »Bei dir zu Hause wird man sich aber jetzt schon Sorgen machen, weil du so lange weg bist«, sagte ich beiläufig.

»Nein, ich lebe allein in einer kleinen Wohnung im Keller bei meinen Eltern. Im Moment sind sie aber im Urlaub«, antwortete er, als wir uns zum Ausgang bewegten.

Was, er wohnte noch bei seinen Eltern? Mit ungefähr dreißig Jahren? Er wirkte doch so eigenständig und so, als wäre er es gewohnt, den Ton anzugeben. Das passte mit meinen Vorstellungen eines Nesthockers überhaupt nicht zusammen. Allerdings war ich das doch auch.

Im Licht der Taschenlampe gingen wir die Treppe nach unten. Es regnete und stürmte immer noch, aber glücklicherweise hatte Bernd einen Schirm, mit dem er mich zum Wohntrakt begleitete. Er hielt ihn über unsere Köpfe. Lebhafter Wind trieb feinste, eiskalte Tröpfchen wie Nadelstiche in unsere Gesichter und wir gingen knapp aneinandergedrückt, um nicht nass zu werden. Er legte seinen Arm schützend an meinen Rücken, während wir über den Hof liefen. Am Eingang des Wohntraktes verabschiedeten wir uns rasch.

Zurück in meinem Apartment spürte ich den sanften Druck seiner Hand immer noch an meiner Rückseite. Aber das Gefühl war nicht unangenehm, ganz im Gegenteil. Sein Interesse an meiner Arbeit und sein Zuspruch waren genau das, was ich gebraucht hatte. Jetzt fühlte ich mich noch mehr bestärkt, mit meinem Konzept weiterzumachen, und hoffte, auch die Familie Ehrenfelsen davon zu überzeugen. Was Bernd wohl so generell über mich dachte? Beim Dinner hatte er meine zickige Seite kennengelernt, beim Streichelzoo meine tollpatschige und seit heute Nacht musste er mich für richtig bizarr halten. Welcher Mensch, der halbwegs bei Sinnen war, schlief in diesem gruseligen Turm?

Nachdem ich mich fürs Bett fertig gemacht und mich in das weiche Laken gekuschelt hatte, lauschte ich dem Regen. Was war das für ein Tag gewesen! Ob das Hologramm tatsächlich so wirkte, wie ich es mir vorstellte? Das wäre je fast zu schön, um wahr zu sein. Vielleicht würde Bernd aber auch nur ein unscharfes, verwackeltes Video an die Wand projizieren. Ich durfte meine Erwartungen nicht zu hoch schrauben. Ich war aufgeregt, ob Annette und Matthias mir ihr Okay für mein Ausstellungskonzept geben würden. Auf alle Fälle musste ich mit den zusätzlichen Ausgaben innerhalb des vorgegebenen Budgets bleiben. Mit Annette könnte es schwierig werden. Dass sie meine Ideen ablehnte, mochte ich mir gar nicht vorstellen. Irgendwann wurden meine Gedanken ruhig und die Müdigkeit holte mich ein. Ich fiel in einen tiefen Schlaf.

***

»Hallo, Grazia! Alles unter Kontrolle?« Am nächsten Tag wurde ich auf dem Campingplatz lautstark begrüßt.

Obwohl der Morgen wolkenverhangen und etwas frisch war, waren einige Kinder auch schon auf den Beinen, um mir zu helfen. Im Streichelzoo lief es super für mich. Nachdem die Tiere versorgt waren, fuhr ich zurück zur Burg, telefonierte ausführlich mit Estelle und freute mich, dass es ihr und dem Baby gut ging. Danach ging ich in den Bergfried.

Matthias reparierte mit seinen Mitarbeitern gerade das defekte Dach. Ich hörte ihr Sägen und Klopfen vom Dachstuhl, während ich die Treppe hinaufstieg. Als ich das Turmzimmer betrat, standen Bernd und die Azubis bei dem undichten grauen Kästchen, das für die Stromausfälle verantwortlich gewesen war. Durch die kleinen Fenster drang nur wenig Licht und Markus hielt eine Taschenlampe für Bernd.

»Guten Morgen. Gut geschlafen?«, fragte Bernd und zwinkerte mir zu. Hatte er immer schon so jungenhaft und strahlend gelächelt?

»Danke. In einem richtigen Bett schläft es sich immer gut«, antwortete ich mit leichtem Grinsen und musste an mein kleines Nickerchen denken, das ich gestern hier eingelegt hatte.

Während ich mich an einem alten Schreibtisch einrichtete, der an der gegenüberliegenden Wand stand, beobachtete ich Bernd unauffällig. Heute trug er olivgrüne Cargohosen und ein weißes T-Shirt, das seine sportliche Cornetto-Statur betonte. Lecker, würde meine Schwester sagen. Ja, er sah echt ziemlich gut aus.

Als die Handwerker mit ihren Arbeiten fertig waren, gab es wieder elektrisches Licht im Turmzimmer. Dann gingen sie hinunter, um dort weiterzumachen, und es kehrte Ruhe ein. Ich begann, mein Konzept zu vervollständigen. Ich erstellte für jede der drei Etagen eine Skizze mit den Stationen, die die Besucher durchlaufen würden. Inspiriert durch die Gemälde, Kleider und Briefe, die ich ein weiteres Mal um mich ausbreitete, ging mir die Arbeit wunderbar leicht von der Hand. Aber was hieß hier schon Arbeit? So fühlte es sich überhaupt nicht an. In meinem Kopf schienen ganz andere Gehirnregionen aktiv zu sein, als wenn ich zu Hause eine Präsentation vorbereitete oder eine Rentabilitätsrechnung erstellte. Ich war wie in einer Blase, die eine Handbreit über dem Boden schwebte. So wie in der Kindheit, wenn ich ins Basteln, in ein Buch oder ins Spiel mit meinen Playmobilfiguren vertieft gewesen war. Stunden vergingen wie Minuten und die Blätter füllten sich wie von selbst. Irgendwann klopfte es an der Tür.

»Ja?«, rief ich. Es war Bernd, der sich verabschiedete. War das möglich? Tatsächlich war es bereits schon wieder fortgeschrittener Nachmittag. Mein Nacken fühlte sich steif an. Das war also doch nicht ganz so wie in meiner Kindheit.

»Hast du noch einen Moment?«, fragte ich spontan. Dass Bernd mir gestern so aufmerksam zugehört hatte und von meinem Konzept angetan gewesen war, hatte mir genau die Bestätigung gegeben, die ich brauchte. Zu gern wollte ich jetzt auch seine Meinung zum konkreten Lageplan wissen, der beinahe fertig war.

Bernd kam näher und hörte sich alles an. Schließlich nickte er.

»Das ist sehr gut«, sagte er und lächelte mich an. Innerlich jubelte ich. »Weil daraus kann ich auch gleich die elektrischen Schaltpläne eins zu eins ableiten. Die wolltest du mir doch bis zum Ende der Woche geben.«

»Ah, ja«, sagte ich gedehnt und sah ihn genau an. Sein Schmunzeln bestätigte, dass er mich wieder einmal aufzog. Wir grinsten uns an. Nachdem er sich verabschiedet hatte, schaute ich ihm nach. Bernd war irgendwie richtig nett auf seine ganz eigene Art. Und er hatte nicht nur seine Schaltpläne im Kopf, sondern fand meine Skizzen echt gut.

Jetzt fehlte nur noch die Kostenkalkulation, die mir prinzipiell leicht von der Hand ging, da ich Ähnliches bei Rochefort ständig machte. Wir mussten unbedingt im Budget bleiben. Allerdings wusste ich noch nicht, welchen Preis ich für die Hologramme veranschlagen sollte, falls sie zum Einsatz kommen würden. Diesen Posten musste ich noch auslassen.

Schließlich fühlte ich mich bereit, den nächsten Schritt zu wagen.

Ich ging hinunter in den Souvenirshop. Als ich eintrat, war Annette gerade dabei, ihre jüngere Halbschwester Katharina einzuweisen. Sie würde den kleinen Laden bis zum Beginn der Vorlesungen ihrer Uni führen und ihn dann an Gloria übergeben. Nachdem wir uns kurz unterhalten hatten, kam ich zum Punkt.

»Annette, habt du und Matthias mal eine Stunde Zeit, damit wir uns über die Ausstellung unterhalten können?«, fragte ich. In diesem Moment fühlte ich mich, als wäre ich in Sekundenschnelle auf die Hälfte meiner Körpergröße zusammengeschrumpft. Ich hasste dieses Gefühl und kämpfte dagegen an, indem ich meinen Rücken gerade aufrichtete.

Sie sah mich erstaunt an. »Geht es um die elektrischen Arbeiten?«

»Ja und nein. Ich habe mir sehr intensiv Gedanken gemacht und ein Konzept für die Ausstellung ausgearbeitet, das ich euch vorstellen möchte.«

Sie schaute mich an, als hätte ich Französisch gesprochen, das sie nicht verstand. »Aber das hat Estelle doch bereits gemacht?«, fragte sie.

»Ja, aber ich habe mir ein paar Verbesserungen überlegt.« Ich konnte Annettes Gedanken direkt an ihrer Mimik ablesen: Es waren sehr viele Fragezeichen. Vermutlich überlegte sie, welchen überdrehten Schwachsinn ich mir ausgedacht haben könnte. »Mit denen wir natürlich im Budget bleiben werden«, legte ich schnell nach, worauf Anettes Gesichtszüge sich entspannten.

Sie atmete leise aus und warf einen Blick auf ihren Handy-Terminkalender. »Okay. Wie wäre es am Freitag um zehn Uhr? Da sind wir beide im Büro.«

»Super«, antwortete ich freudig. Das wäre meine Chance, sie von meinem Konzept zu überzeugen. Dann verabschiedete ich mich, weil ich die beiden nicht aufhalten wollte, und beschloss, gleich meine Pflichten im Streichelzoo zu erledigen.

***

Am Donnerstag holte ich Hannah zur vereinbarten Zeit ab. Die Kleine lebte abwechselnd bei ihrem Vater Lars auf der Burg Ehrenfelsen sowie bei ihrer leiblichen Mutter in Klagenfurt.

Ich klopfte an die schwere Holztür zu Estelles und Lars' Apartment. Nach wenigen Sekunden wurde geöffnet. Ein etwa achtjähriges Mädchen stand in rosafarbenen Shorts und T-Shirt im Eingang und hielt einen Fußball unter dem Arm geklemmt.

»*Bonjour*, du musst Mademoiselle Hannah sein«, sagte ich lächelnd. »Ich bin Grazia, eine Freundin von Estelle.«

»Ja, ich weiß, du kommst aus Frankreich. Du bringst mich heute zum Training«, antwortete sie und musterte mich.

Ich deutete auf den Ball in ihrem Arm. »In deinem Alter hatte ich immer meine Lieblingspuppe mit dabei, sogar im Bett. Und du? Kuschelst du lieber mit deinem Fußball?«

Sie kicherte, nickte und drückte die schwarz-weiße Lederkugel an sich wie einen sperrigen Teddybären. Ihr Blick blieb an meiner Frisur hängen. Ich hatte wie meistens meine Mähne zu einem hohen Pferdeschwanz zusammengebunden und in einen dicken Zopf geflochten.

»Deine Haare sind voll cool. Und deine Nägel auch!«

»*Merci beaucoup*«, antwortete ich. Ich hatte letztere zwar in den letzten Tagen ein wenig vernachlässigt, aber heute hatte ich sie in dem pinken Farbton meines Shirts aufgefrischt. Dazu trug ich einfach eine verwaschene Jeans und meine Birkenstocks. Ich stylte meine Nägel gern mal ausgefallen, weil ich mich dabei super entspannen konnte.

»Spielst du auch Fußball?«, fragte sie.

»*Non.*«

»Och, schade, aber ich kann es dir beibringen!«, rief sie, entzückt von ihrer Idee.

Hinter dem Mädchen erschien die große Statur von Lars im Türrahmen. »Moin, Grazia«, begrüßte mich ihr ursprünglich aus Hamburg stammender Vater. »Danke, dass du Hannah chauffierst. Ich beeile mich, nach dem Ultraschalltermin auch gleich nach Hause zu kommen.«

»Ach, das ist nicht nötig«, versicherte ich ihm und erklärte, dass wir danach noch kurz zu Bernd fahren würden, worauf Hannah hellauf begeistert war.

»Prima. Ich ruf dich an, wenn ich wieder da bin«, sagte er und wir verabschiedeten uns.

Hannah und ich düsten mit Estelles Mini in den Ort hinunter und sie lotste mich zum Fußballplatz.

Kapitel 8: Ein Fake-Flirt
Bernd

Kein Zweifel, sie war es. Nachdem sie vom Rad gestiegen war, kam sie langsam auf mich zu. Ihr Haar fiel in weichen Wellen auf ihre Schultern. Sie trug eine weiße Bluse und eine ebensolche Leinenhose. Als die Nachmittagssonne sie dann auch noch von hinten anstrahlte, musste ich blinzeln, denn sie sah aus wie ein Engel.

»*Griaß di, Bernd!*«, rief Stefan. Sandras Neffen hatte ich glatt übersehen, der ihr voraus auf mich zugelaufen war.

»*Griaß di.*« Wir klatschten miteinander ab, eher er weiter zu seinen Freunden rannte, die schon auf dem Platz waren und Bälle ins Tor schossen.

Sandra blieb vor mir stehen und lächelte zaghaft. Unsere seltenen Begegnungen fühlten sich immer noch unnatürlich und verkrampft an. Seit unserer Scheidung ging sie mir aus dem Weg. Ich schaffte es nicht, noch einen Schritt auf sie zuzugehen und ihr einen freundschaftlichen Kuss zu geben. Sie schien genauso unschlüssig, wie wir uns begrüßen sollten. Ihre Wangen schimmerten in einem hauchzarten Rosa. Ihre Augen hatten den Farbton des Himmels über uns. Unterhalb meines Rippenbogens spürte ich den altbekannten Schmerz: Ich hatte sie verloren.

»Bist du heute Babysitterin für Stefan?«, fragte ich schließlich das Offensichtliche. Obwohl mein Herz etwas schneller pochte, hatte meine Stimme ganz ruhig geklungen. Nur vielleicht einen Tick rauer.

»Genau, ich wollte dir nur eben Bescheid sagen, dass ich während des Trainings einkaufen gehe«, antwortete sie und nestelte an ihren Haarspitzen herum.

»Alles klar«, antwortete ich. »Wenn du zurückkommst, wird er richtig schön müde sein.«

Sie lächelte.

»*Griaß di, Coach!*«, rief jetzt eine helle Stimme hinter mir. Es war Isabel, eine meiner Spielerinnen.

»High Five«, begrüßte ich sie und schon war sie in Richtung Spielfeld abgedampft. Aber ihre Mutter, die sie begleitet hatte, stand noch vor mir.

»*Seas,* Bernd, wegen nächster Woche …«, begann sie.

»Ich hab es eilig und muss los. Bis dann«, unterbrach Sandra uns. Mit einem kleinen Winken drehte sie sich um und ging einfach davon. Halt, nicht so schnell! So plötzlich, wie sie aufgetaucht war, verschwand sie. Vielleicht konnten wir wenigstens nachher noch ein wenig miteinander sprechen, wenn sie wiederkam, um Stefan abzuholen. Während ich Sandra nachsah, redete Isabels Mutter auf mich ein. Ich zwang mich, sie anzusehen. Umständlich erklärte sie, dass sie nicht wie versprochen bei unserem Sportfest mithelfen konnte. Oje, das war schon die dritte Absage einer Freiwilligen!

»Schade. Dann muss ich jemand anderen für das Kinderschminken finden«, sagte ich und Isabels Mutter verabschiedete sich. Ich suchte mit den Augen nach Sandra. Doch ich sah sie nur noch von hinten, wie sie auf ihrem Fahrrad davonradelte. Gleichzeitig rollte ein blitzblauer Mini Cooper auf den Parkplatz.

***

»Wie lange noch, Coach?«, fragte Florian keuchend. Ich sah auf die Uhr. Ups. Die zwanzig Minuten Zirkeltraining waren schon eine Weile vorbei. Statt einer Antwort gab ich mit einem Pfiff das Schlusszeichen für die Übung und die

Kids ließen sich fast wie echte Profis theatralisch auf den Rasen fallen.

»Fünf Minuten Pause. Und dann machen wir noch ein kleines Trainingsspiel!«, rief ich und die Knirpse jubelten trotz ihrer Erschöpfung.

Meine Konzentration auf das Training hatte durch Grazias lange Beine gelitten, deren filigrane Fesseln über die Außenlinie auf das Fußballfeld lugten. Sie hatte vorhin Hannah hergebracht und im Anschluss wollten wir uns das Hologramm ansehen. Jetzt saß Grazia auf der Wiese, mit dem Rücken gegen den Stamm einer Buche gelehnt und relaxte. Die kleine Pause hatte sie sich aber wirklich verdient, denn sie war in den letzten Tagen irrsinnig fleißig gewesen. Ich lächelte in mich hinein. Kein Wunder, dass sie vor Kurzem im Turm vor Erschöpfung über einem der Briefe eingeschlafen war. Während ich schon einmal mit dem Wegräumen der Stangen begann, die wir beim Training verwendet hatten, dachte ich an die Nacht des Stromausfalls zurück. Vor Schreck wäre ich im Turmzimmer fast in Ohnmacht gefallen. Nach meinem Kniefall hatte Grazia so bezaubernd gelacht, dass sich ihre lebensfrohe Energie bis in mein Innerstes ausgebreitet hatte. Es hatte sich wie ein kleiner prickelnder Schauer angefühlt. Unauffällig klopfte ich mit meiner Faust gegen meinen Brustkorb und hustete. Gott sei Dank war jetzt alles wieder normal. Ich warf einen Blick zu Grazia hinüber. Die Unterhaltungen mit ihr waren super. Als würden wir uns seit ewigen Zeiten und nicht erst seit ein paar Tagen kennen. Überhaupt war die Französin in jeder Hinsicht eine positive Überraschung. Wie sie mich mit dem kreativen Konzept ihrer Ausstellung verblüfft hatte! Ich hatte meine erste Meinung von ihr revidiert. Sie war keine schnippische Zicke, die ständig bloß Chaos anrichtete. Mal sehen, was die nächsten Tage bringen würden. Gegen ein wenig Flirten mit Grazia war doch nichts einzuwenden? Aber jetzt sollte ich mich wirklich mal auf das Training konzentrieren.

Die Kids räumten die Springschnüre und anderen Utensilien weg, die wir bei den Übungen verwendet hatten. Dann teilte ich die Kinder in zwei Mannschaften ein. Isabel, Hannah, Leon, Marco, Felix und Paul bekamen rote Schleifen. Stefan, Dominik, Max, Alexander, Kathrin, Balazs und Florian blaue.

»Rot hat eine Person weniger. Das ist total unfair!«, motzte Isabel.

»Dafür ist Florian bei uns!«, schrie Dominik von Team Blau zurück. Florian zog eine beleidigte Schnute. Er war ein lieber, großer Junge mit der Ausstrahlung eines Teddybären. Immer gut gelaunt und sehr gemütlich, auch beim Fußballtraining.

»Hey! Wir sind nicht rot, nicht blau, sondern ein Team. Kommt her.« Wir bildeten einen Kreis. Dominik und Stefan stellte ich nebeneinander.

Ich sagte: »Wir halten …«

Die Kids brüllten: »… zusammen«

Ich: »Ehrenfelsen gewinnt …«

Die Kids: »… weil wir ein Team sind.«

Ich: »In welche Richtung vor?«

Die Kids: »Tor, Tor, Tor!«

Die Kids klatschten sich kameradschaftlich ab und alles war wieder gut. Trotzdem wäre es besser, wenn die Roten auch einen ähnlich schwachen Mitspielenden im Team hätten, dann wäre das Match ausgeglichener. Hinter dem Spielfeldrand sprang mir Grazias pinkes Shirt ins Auge.

»Grazia?«, rief ich zu ihr hinüber.

»Hm?«

»Wir brauchen dich mal hier. Kannst du bitte mitspielen?«, fragte ich.

»Ich bin aber nicht gut im Fußball!«, rief sie. Perfekt!

»Das macht nichts«, antwortete ich.

»*Oui, bien sûr.* Wenn du meinst«, sagte sie, stand auf und klopfte sich Grashalme von ihren Jeans. Respekt, dass sie sofort mitmachte. Ich kannte nicht viele Frauen, die so spontan bei einem Fußballspiel einspringen würden. Das fand ich echt klasse von ihr. Andere hätten rundheraus abgelehnt oder sich lange bitten lassen.

»Juhuuuuu.« Hannah und Isabel hüpften begeistert um Grazia herum, die in ihren weißen Birkenstocksandalen ankam. Auch die gegnerischen Blauen freuten sich, aber eher hämisch. Die Französin streifte sich ihre Schuhe kurzerhand von den Füßen und warf sie ins Tor.

»Du bist bei den Roten«, sagte ich und überreichte ihr eine Schleife.

»Und du?«, wollte sie wissen, als sie sich das Band um ihre Körpermitte legte.

»Ich spiele nicht mit«, antwortete ich.

»Was?« Sie rollte genervt ihre Augen. »Du bist aber langweilig!«

»Nein, ich bin der Schiedsrichter. Und aufs Frechsein stehen zehn Liegestütze als Strafe«, sagte ich und blickte sie völlig ernst an.

Sie tippte sich mit dem Finger gegen die Stirn und lachte hell. »Träum weiter.« Jetzt musste auch ich grinsen und unsere Blicke verfingen sich. Ihre Augen waren grüner als der Rasen.

Die Kids hatten unser Gespräch interessiert verfolgt. Um die Untergrabung meiner Autorität durch Grazia zu beenden, pfiff ich das Spiel an.

Das Fußball-Trainingsfeld der Kinder war um ein Vielfaches kleiner als jenes für Erwachsene. Die Blauen zogen sofort mit dem Ball davon und der ganze Pulk stürmte auf das Tor der Roten zu. Grazia war auf die kurze Distanz sehr flink und ganz vorn mit dabei. Kein Wunder, denn sie hatte schier unendlich lange Beine und schien top in Form zu sein. Mit ihrem geflochtenen Zopf, der wild hin und her flog, und ihrem pinken Shirt sah sie ein wenig wie eine Lara-Croft-Barbie aus. Die Französin blockierte vor dem Tor und Stefan pfefferte den Ball ins Aus. Blau maulte, Rot jubelte. Ich blies in die Trillerpfeife.

Abstoß Grazia. Bei dem Anblick blutete mein Fußballerherz, denn sie kickte mit so viel Gefühl, als bestünden ihre Füße aus purem Blei. Der Ball flog irgendwohin und die ganze Meute joggte hinterher.

»Plus vite!«, brüllte die Französin Hannah nach, die sich jetzt mit der schwarz-weißen Lederkugel auf das Tor der Blauen zubewegte. Ich lachte leise. Grazia hatte das Fußballfieber gepackt.

Dann gab es ein längeres Gerangel in der Mitte, bei dem die Roten siegreich blieben. Hannah passte zu Leon, dieser zu Felix und Schuss …Volltreffer. Tor! Team Rot tanzte im Kreis. Stefan raufte sich die Haare.

Abstoß an der Mittellinie. Rot stürmte aufs gegnerische Tor zu. Zweikampf zwischen Hannah und Max. Da …

Isabel schnappte sich die Kugel und … zwei zu null Führung für Rot!

Die Blauen spurteten los, aber Grazia war abermals flinker und schaffte es, ihnen den Ball direkt vor dem Ziel wieder abzunehmen. Danach trabten alle wieder retour. Und wer ganz vorn weg? Die Französin. Gerade joggte sie an mir vorbei. Da hatte ich eine Idee, wie ich einen Ausgleich zwischen den Blauen und den Roten herstellen konnte. Außerdem mochte Grazia es doch nicht langweilig, hatte sie gesagt.

Schnell sprintete ich hinter ihr her, umfasste ihre Taille und hielt sie fest. Ich wollte sie nur kurz bremsen, damit die Zwerge eine Chance zum Aufholen hatten. Grazia quietschte empört auf und wollte meine Hand wegstoßen. Doch ich klammerte mich an ihr fest. Sie drehte sich abrupt zu mir um und ich stolperte mit ihr rückwärts. Ich schlug mit dem Hinterkopf auf dem Rasen auf und Grazia knallte auf mich. Ihr Körper wurde gegen meine Wange gepresst. Er fühlte sich sehr, sehr weich an, fast wie … Oha! Sie war tatsächlich mit ihrem Busen auf mein Gesicht gefallen. Dazu lullte mich ihr Duft ein: feine, süße Lilien. Das war zu viel für mich. Vor meinen Augen breitete sich ein dunkelgrauer Schleier aus.

»Pyramide!« Dominiks Schrei glühte durch meine Gehörgänge und verhinderte eine Ohnmacht. Alle brüllten durcheinander und warfen sich auf Grazia und mich. Meine Lungenflügel wurden wie von einer riesigen Flachzange zusammengequetscht. Ich erwartete jeden Moment, dass die Bilder meines Lebens an mir vorüberziehen würden. Da kippte das Konstrukt um und alle, inklusive Grazia, purzelten von mir herunter.

Es fühlte sich an, als würde ein ganzer Lieferwagen von meinem Brustkorb rollen, der mit seinem Reifen da geparkt hatte. Heißer Sauerstoff flutete meine Adern. Ich atmete tief durch und stützte mich auf meinen Ellbogen. Der Fußballplatz flog in bunten Bildern an mir vorbei, als befände ich mich in einem Kinderkarussell. Ich gab mir selbst ein paar leichte Klapse gegen meine Schläfe und allmählich kam alles zum Stillstand. Zum Beispiel Grazia, die wieder auf ihren Beinen war und vor mir stand.

»Hallo, Coach? Hattest du nicht gesagt, dass du nicht mitspielst?«, fragte sie und stemmte ihre Arme in gespielter Entrüstung in ihre Hüften. Gleichzeitig wanderten ihre Augenbrauen aber nach oben, genauso wie ihre Mundwinkel. Bestimmt gab ich ein sehr lustiges Bild ab, wie ich da auf dem Rasen lag. So zusammengefaltet, dass ich sogar unter einer Ersatzbank Platz hätte.

»Aber du selbst fandest es doch langweilig, dass ich nur Schiedsrichter bin«, antwortete ich und rappelte mich vorsichtig auf. Dabei konnte ich mir ein Grinsen nicht verkneifen.

»Wie praktisch, dann solltest du dir gleich selbst die rote Karte zeigen«, antwortete sie postwendend. Sie lachte hell und bezaubernd, was schon wieder Seltsames mit mir anstellte. Ein imaginärer, unhaltbarer Flugball streifte mein Herz und versetzte ihm einen wohligen Schauer. Irgendwie war das nicht normal, was die Französin mit mir anstellte. Ich legte den Kopf ein wenig schief und betrachtete sie.

»Wenn du mit dem Ball so treffsicher wärst wie mit deinen Worten, dann wärst *du* hier der Coach«, zog ich sie ein wenig auf, worauf sie nach Luft schnappte. Aber einen

Moment später kicherte sie los. Sie machte das so charmant, dass ich sie einfach nur ansehen wollte.

»Auf alle Fälle bist du ziemlich schlagfertig«, sagte sie schließlich und rieb sich über ihre Schultern, als würde sie versuchen, auf diese Art Schmerzen wegzureiben. »Ich fühl mich, als wäre *ich* der Ball, der getreten worden ist.« Prompt hatte ich ein schlechtes Gewissen, dass sie sich offenbar wehgetan hatte.

»Aber wenn *du* der Ball wärst, würde ich dich vielleicht nicht mehr aus den Augen lassen«, entschlüpfte es meinem Mund, ehe sich mein Gehirn einschalten konnte. Im nächsten Moment bereute ich den Satz. Hallo, ging es vielleicht noch plumper? Grazia sah mich amüsiert an und ich hoffte, dass sie den Spaß verstand, in dem allerdings eine Portion Wahrheit stecken könnte. Wegen meiner Gefühle war ich gerade selbst ziemlich durcheinander.

»Den Ball darf man *niemals* aus den Augen lassen! Das trichterst du uns doch dauernd ein, Coach«, warf Isabel übereifrig ein. Mein Team, das hinter mir stand, hatte ich komplett ausgeblendet.

Ups. Offensichtlich hatte ich die Mannschaft mit meinen unbeholfenen Flirtversuchen irritiert. Ob sie mitbekommen hatten, dass Grazia mit ihrem Busen auf meinem Gesicht gelandet war? Er hatte sich weich wie Seidenpapier angefühlt. Ich räusperte mich und sah auf meine Uhr. Oha! Das Trainingsende war schon längst erreicht. Mit einem Pfiff beendete ich es offiziell.

Am Spielfeldrand warteten bereits ein paar Eltern, die gekommen waren, um ihre Kinder abzuholen. Und auch Sandra stand da. Meine Ex-Frau schaute herüber und beobachtete uns mit gesenktem Kopf. Ihr Blick war irgendwie finster. Wie lange sie uns schon zusah? Ich kannte Sandra gut genug, um zu erkennen, wenn ihr etwas missfiel. Ob sie gesehen hatte, wie nah Grazia und ich uns eben gewesen waren? Aber Sandra war es doch egal, was ich machte. Als sie sich von mir getrennt hatte, hatte sie mir diesen Satz an den Kopf geworfen, was verdammt wehgetan hatte. Ihr verstimmter Gesichtsausdruck brachte mich auf einen Gedanken: Ärgerte sie sich über meine Schäkerei mit Grazia? Wie wäre es, wenn ich das mal austesten würde und gleichzeitig den Flirt mit Grazia fortsetzte?

Grazia stand neben mir und war umringt von den Mädchen, die ihre Fingernägel bestaunten. Sie waren lang und glitzerten rosafarben. Kurz entschlossen machte ich einen Schritt auf die Französin zu und platzierte meinen Arm locker auf ihrer Schulter. Ganz freundschaftlich, aber das wusste Sandra ja nicht. »Ich hole deine Schuhe und dann fahren wir, okay?«, fragte ich sie.

Grazia sah mich überrascht an. Und dann legte sie ihren Arm um meine Taille.

»*Oui*«, sagte sie und hob den Kopf zu mir. Sie war mir so nah, dass ich nur noch ihre grünen Augen und ihre zarten Lippen sah. Ihr Anblick nahm mich gefangen wie das Bergpanorama der Karawanken, wenn man am Gipfel stand. Ihre Wimpern reichten bis zum Horizont. Ich spürte ihre weichen Rundungen an meiner Seite und ich musste an Seidenpapier denken. Wir waren uns so nahe, dass nicht einmal eine rote Karte zwischen uns passen würde. Die Berührung fühlte sich mehr als gut an. Nämlich verdammt aufregend. Ähm. Was machte ich denn da? Ich nahm meinen Arm von ihrer Schulter und trat einen kleinen Schritt zur Seite.

»Gut. Dann bis gleich«, sagte ich rasch und löste mich von ihr. Ich drehte mich um, um ihre Sandalen zu holen.

Als ich vor dem Tor stand und zurückschaute, bemerkte ich, dass Sandra zu mir herüberkam. Bestätigte sich meine Vermutung, dass ihr mein Flirten gegen den Strich ging? Sie näherte sich langsam und blieb vor mir stehen. Sie drehte an einem dicken Armreif, der ihr Handgelenk zierte.

»Hallo noch einmal. Ich hab dich ja schon Ewigkeiten nicht mehr gesehen«, sagte sie, obwohl wir uns beim Trainingsbeginn doch schon gesprochen hatten.

»Das ist wahr. Wie geht es dir?«, fragte ich und fand es unerträglich, dass ich mich so steif anhörte wie Dugel von Dittmer auf einem Ball. Aber ich fühlte mich gerade so unsicher. Ich hatte lange darauf gehofft, dass wir uns mal wieder normal unterhalten würden. Ich hielt in jeder Hand einen von Grazias Schlappen und tippte sie mit den Sohlen gegeneinander. Sandra hob den Blick von ihnen und sah mich mit ihren himmelblauen Augen an.

Sie saugte ganz leicht an ihrer Unterlippe. »Hättest du vielleicht Lust, dass wir uns demnächst treffen, um mal wieder zu plaudern?«

Oh! Ein Treffen mit Sandra? Das kam jetzt aber echt überraschend. So lange hatte ich auf eine solche Gelegenheit gehofft, aber jetzt fühlte ich mich überrumpelt.

»Ja, klar«, sagte ich dann aber doch. Immerhin war es genau das, was ich mir seit Monaten wünschte. »Wann?«

Jetzt lächelte Sandra. »Wie wäre es am nächsten Sonntag?«, fragte sie.

»Tut mir leid, da ist das Sportfest und ich habe versprochen, ein paar Spiele zu pfeifen. Oder kommst du vorbei?«

»Nein, du weißt doch, wie mich Fußball langweilt«, antwortete sie.

»Sandra, *gemma* endlich?« Stefan wollte nach Hause und griff nach Sandras Hand.

»*Jo, i kumm scho*. Ich ruf dich in den nächsten Tagen an!«, rief sie, während sie von ihrem Neffen in Richtung Ausgang gezogen wurde.

»Okay, bis bald«, erwiderte ich und sah ihnen hinterher. Endlich würden wir mal wieder miteinander reden. Und das hatte ich ausgerechnet Grazia zu verdanken.

Gut gelaunt ging ich zurück zu ihr. Sie stand mit Hannah, Isabel und deren Mutter zusammen. Bei Grazias Anblick beschleunigte sich mein Puls. Das musste mein schlechtes Gewissen sein, das sich zu Wort meldete. Ich hätte sie nicht als Fake-Flirt missbrauchen und beim Fußballspiel nicht umwerfen dürfen. Dann wäre sie mit ihrem weichen Busen auch nicht auf meinem Gesicht gelandet. Ich fühlte, wie mein Kopf die Farbe des Bandes von Team Rot annahm, das Grazia immer noch um ihre Körpermitte trug. Als ich vor ihr stand, überspielte ich meine plötzlich aufkommende Unsicherheit mit einem coolen Blick. Zum Glück schien mich niemand zu beachten, denn sie diskutierten den weiteren Ablauf des Abends. Hannah wollte nun doch nicht mitkommen, wenn ich Grazia das Hologramm zeigte, sondern in der Zwischenzeit lieber zu ihrer Freundin gehen. Nachdem Grazia das kurz mit Lars am Telefon abgestimmt hatte, vereinbarten sie, dass sie die Kleine später abholen würde.

Endlich war alles geklärt und wir starteten zu mir nach Hause. Ich fuhr mit dem Transporter voran und Grazia folgte mir mit dem blauen Mini Cooper.

Kapitel 9: Verschossen
Grazia

Ich drückte die kühle Trinkflasche gegen meine Wange. Während ich Bernds Transporter folgte, wanderten meine Gedanken zum Fußballplatz zurück. Ich dachte an den Moment, an dem Bernd und ich uns aufeinander auf dem Rasen gewälzt hatten. Die plötzliche Nähe zu ihm hatte meine Gefühle auf den Kopf gestellt. Mein Körper hatte eindeutig auf seine männliche Anziehung reagiert. Und auf seinen Duft, der nach herbem, maskulinem Aftershave gerochen hatte. An meinem ganzen Körper hatte es geprickelt wie in einem Champagnerglas. Ich seufzte und legte den Isolierbehälter weg. Bernd war ein sehr attraktiver Mann, aber nicht nur äußerlich. Mein Eindruck vom schlecht gelaunten Handwerker, den ich noch vor ein paar Tagen gehabt hatte, hatte sich gewandelt. Dass er mir bezüglich der Ausstellung Mut machte und mich unterstützte, war das eine. Aber heute beim Training war er so lustig und geduldig mit den Kindern gewesen, wie ich es ihm niemals zugetraut hätte. Das machte ihn in meinen Augen noch viel anziehender. Er engagierte sich für sie und sie schienen sich extra für ihn ins Zeug zu legen. Gerade passierten wir den Supermarkt. Gegen weiteres Flirten mit Bernd hätte ich nichts einzuwenden. Aber trotzdem durfte ich mein Ziel nicht aus den Augen verlieren. Ich wollte mir Bernds Hologramm nüchtern und kritisch ansehen und nicht durch eine rosarot beschlagene Brille.

Hinter einer kleinen Kirche auf dem Hauptplatz bogen wir in eine Siedlung mit schmucken Einfamilienhäusern und liebevoll gepflegten Gärten ein. Ob seine Junggesellenbude das Klischee erfüllte und darin Chaos herrschte?

Vielleicht sah es darin so schlimm aus, als wäre eine Horde Fußballfans nach einem verlorenen Finale ausgetickt? Ich lachte in mich hinein. Ich wusste nicht, was mich erwartete, aber Kerzen, Zierkissen und Deko erwartete ich auf keinen Fall.

Endlich hielten wir vor einem hellblauen Bungalow, auf dessen Dach Fotovoltaikpaneele die untergehende Sonne reflektierten. Blumenkästen mit Geranien, die auch jetzt im Herbst noch schön blühten, verschönerten die etwas verblasste Fassade. Im Garten gab es ein Meer an verschiedenen Gewächsen: lilafarbene Hibisken, gelbweiße Freesien und rote Gladiolen. Das Blütenmeer sah sehr hübsch aus und trug eine weibliche Handschrift, wahrscheinlich die seiner Mutter.

Dann stiegen wir drei Steinstufen zur Eingangstür hinauf und ich folgte ihm ins Innere. An einer holzgetäfelten Garderobe, an der ein paar Jacken hingen, schlüpften wir aus unseren Schuhen. Ich platzierte meine Birkenstocks neben ein paar klassischen Damen- und Herrenschuhen.

»Ich wohne unten«, sagte Bernd und öffnete eine Tür. Er drückte einen Schalter, woraufhin Deckenspots angingen. Sie beleuchteten eine breite, mit hellen Fliesen gekachelte Treppe. Wir gingen hinab in einen offenen Wohnraum, in dem mein Blick als Erstes von einer aus Holzpaletten gezimmerten und mit hellgrauen Polstern belegten Couch angezogen wurde. Und es gab den Flachbildfernseher, mit dem man in einer Junggesellenwohnung fix rechnen konnte. Auf der gegenüberliegenden Seite war eine kleine Küche. Daneben folgten ein paar weiße Einbauschränke sowie eine meterhohe Zimmerpalme. Ein flauschiger, beigefarbener Naturfaserteppich trug auch dazu bei, dass der Raum freundlich wirkte. Es war aufgeräumt, ordentlich und vor allem total gemütlich. Auf dem Couchtisch lag ein Tablett neben einer Packung Müsliriegel und einem Laptop.

»Willkommen in meiner Wohn-Schlaf-Küche.« Bernd drückte auf seinem Smartphone herum, woraufhin die Außenjalousien nach oben gingen, die vor einer Terrassentür und einem breiten Fenster angebracht waren. Bernd öffnete den Ausgang und ließ frische Abendluft herein. Beim Blick hinaus erkannte ich, dass das Haus in einen Hang gebaut war, wodurch der Keller in eine eigene Etage mit ebenerdigem Ausgang mündete. Dahinter erstreckte sich eine grüne Wiese, auf der ein riesiger Nussbaum stand. Die Idylle setzte sich in Form einer Weide fort, die bis zu einem bewaldeten Gebirgszug ging. Das waren die Karawanken, wie ich wusste. Was für ein unsagbar herrlicher Ausblick. Ich war total überrascht. Schlecht lebte er nicht bei den Eltern im Souterrain, obwohl er es selbst ziemlich abfällig als Kellerwohnung bezeichnet hatte.

»So schön hast du es hier. Es ist viel gemütlicher als mein Zimmer auf der Burg Ehrenfelsen.« Die vergilbten Wände, von denen nicht einmal die bunt zusammengewürfelte Einrichtung ablenken konnte, stand in krassem Gegensatz zu dem vergoldeten Stuck und den italienischen Designer-Gardinen, die mein Schlafzimmer zu Hause zierten. »Bei uns in der Familie gibt es auch ein Schloss«, rutschte mir prompt eine kleine Bemerkung raus.

»Also habt ihr auch so einen riesigen alten Klotz am Bein wie die Ehrenfelsens? Da seid ihr ja nicht zu beneiden«, erklärte er voller Mitgefühl. Er schüttelte sich ganz leicht, als könnte er uns unter einem undichten Dach, muffigen Mauern und flackernden Lichtern sehen. Ich musste bei der Vorstellung ein Grinsen unterdrücken. Eigentlich müsste ich ihn darüber aufklären, dass das Schloss Rochefort keineswegs baufällig war wie die Burg Ehrenfelsen. Ganz im Gegenteil. Unser modern renovierter Familiensitz hatte fünfundsiebzig Zimmer, stand auf achtzig Hektar Grundbesitz und war von einem originalgetreuen Barockgarten umgeben. Wir waren keine verarmten Adeligen, sondern hatten das Glück, Weinberge und Fabriken in der Champagne zu besitzen. Ich zögerte. Würde er mich dann mit anderen Augen sehen? Ich stand vor meinem ewigen Problem: Ich hatte Angst davor, nur wegen des Geldes meiner Familie entweder gemocht oder abgelehnt zu werden. Das eine oder das andere passierte seit meiner Kindheit dauernd.

»Aber es hat auch seine schönen Seiten, noch zu Hause zu wohnen«, entgegnete ich deshalb, obwohl mir bewusst war, dass es eine Art von Täuschung war, ihn in seinem Glauben zu belassen.

»Das stimmt. Obwohl ich nicht ganz freiwillig hier lebe, hat es definitiv Vorteile. Man spart ganz schön viel Geld, oder?«, fuhr er fort und ich nickte einfach nur.

»Und was machst du eigentlich so in Frankreich?«, fragte er, während er auch noch das Fenster öffnete. Das war gut, denn mir wurde auf einmal heiß. Ich wollte nicht mit der Wahrheit rausrücken, aber genauso hasste ich es zu lügen.

»Wir haben einen Familienbetrieb im Weinbau«, antwortete ich schließlich und lächelte steif.

»Verstehe. Also bist du wie Estelle das Mädchen für alles«, sagte er in einem bedauernden Tonfall.

»Genau, so kann man es sagen«, pflichtete ich ihm bei.

»Hallo, Rufus!« In der offenen Terrassentür stand plötzlich ein rabenschwarzer Vierbeiner. Er fixierte mich und duckte sich fluchtbereit. Katzen hatte ich immer schon geliebt. Und diese schien auch ziemlich scheu zu sein wie mein geliebter Balou, den ich als Kind gehabt hatte.

»Ach, was ist denn mit dir passiert?«, sagte ich mit freundlicher Stimme und näherte mich dem Tier, dem anscheinend das rechte Ohr fehlte. Das Auge auf derselben Seite war trüb und das Fell darunter konnte eine tiefe Narbe nicht verdecken. Als ich mich bis auf einen halben Meter genähert hatte, zischte er an mir vorbei und direkt in Bernds Arme. Er schmiegte sein Köpfchen gegen Bernds Stirn und fing zu schnurren an. Wie süß!

»Er hatte als junger Kater eine Begegnung mit einem Schäferhund. Rufus wäre fast gestorben und ist gerade noch mit einem Auge davongekommen. Seither ist er sehr schreckhaft.« Bernd hatte auch ein Herz für Katzen, genau wie ich. Ich strahlte ihn an.

»Möchtest du ein Wasser?«, fragte er schließlich und ich bejahte. Er setzte den Kater auf dem Boden ab, der mich weiterhin misstrauisch beobachtete, und machte sich an einem der Regale in der Küche zu schaffen.

»Dass du so flink auf den Beinen bist, hat mich echt überrascht«, sagte er.

»Und mich, dass du so hinterhältig foulst«, antwortete ich.

Er grinste. »Sorry deswegen. Ich wollte dich nur ein wenig bremsen und nicht, dass wir gleich einen Touchdown zusammen hinlegen.« Bernd öffnete den Eisschrank.

»Touchdown! Ich wusste doch, dass das heute eher Rugby als Fußball war«, antwortete ich.

Bernd lachte und ich hörte das leise Plätschern von Wasser, das in ein Glas lief. Unterdessen schaute ich mich weiter um. An der Wand neben dem Fernseher hingen ein paar wenige Fotos.

Auf einem älteren Bild war eine Familie in Wandermontur zu sehen, die vor einem Gipfelkreuz posierte. Ich erkannte den jungen Bernd als Teenager und das Ehepaar dahinter waren bestimmt seine Eltern. Sie hatten ihre Hände auf die Schultern ihres Kindes gelegt. Alle lachten in die Kamera.

Bei der nächsten Aufnahme prallte ich zurück. Alles hatte ich erwartet, aber nicht das. Schock! Bernd hielt eine hübsche Blondine im Arm, die offensichtlich eine Braut war. Sie trug ein weißes Kleid und hielt ein buntes Blumenbouquet in den Händen. Ihre blauen Augen strahlten mit seinen glücklich um die Wette. War das nicht die Frau, mit der Bernd heute auf dem Fußballplatz gesprochen hatte, als er meine Sandalen geholt hatte?

»Bitte sehr.« Bernd stand auf einmal neben mir und reichte mir eines von zwei großen Gläsern. Wir schauten auf das Hochzeitsfoto.

»Seit einem halben Jahr sind wir geschieden«, brummte er und nahm einen Schluck.

»Was ist passiert?«, fragte ich und trank auch. Er musste mir ja nicht antworten, wenn er nicht wollte.

Einige Sekunden lang schwieg er. »Um das zu erklären, muss ich etwas ausholen. Früher hatte ich eine Elektrotechnik-Firma mit zwanzig fest angestellten Mitarbeitern.« Er fuhr sich durch sein Haar und räusperte sich. »Das

Geschäft lief sehr gut, bis ich irgendwann unvorsichtig wurde. Beim Bau einer großen Reihenhaussiedlung ging ich monatelang in Vorleistung, ohne einen Cent zu bekommen. Ich vertraute dem Bauträger völlig, mit dem ich schon oft zusammengearbeitet hatte. Die Nachricht, dass er Insolvenz angemeldet hatte, traf mich wie ein Blitz aus heiterem Himmel.« Seine Stimme klang rau. »Mein Geschäftskonto, von dem ich die Gehälter meiner Leute bezahlte, war mit einer Riesensumme im Minus. Die Bank wurde nervös und stellte alle Kredite fällig. Daraufhin war ich ruiniert. Um die Schulden abzubezahlen, musste ich alles verkaufen. Wir verloren sogar das Haus, das Sandra und ich gebaut hatten. Und wir zogen wieder hier ein, bei meinen Eltern.«

»Oje!«, entfuhr es mir. Was für ein Tiefschlag. Ich begann zu verstehen, warum Bernd so ruppig gewesen war, als es um die Einhaltung der Termine ging. Seine Augen wurden dunkel und seine Schultern fielen herab.

»Nachdem Sandra und ich zehn Jahre lang glücklich zusammen gewesen waren, erlebten wir eine sehr schwere Zeit. Wir erfuhren, dass der Geschäftsführer des insolventen Bauträgers einfach unter dem Namen eines seiner Verwandten eine neue GmbH gegründet hatte und wieder Geschäfte machte, während wir vor dem Nichts standen.« Er formte seine Finger zur Faust und öffnete sie wieder.

»Sandra kam mit unserer neuen Situation nicht zurecht. Wir stritten viel. Schließlich verließ sie mich.« Bernd starrte auf das Bild aus unbeschwerten Tagen. »Um Sandra für den Verlust ihres Hausanteils zu entschädigen, nahm ich einen Kredit auf, für den meine Eltern bürgen. Sie haben eine Hypothek auf ihr eigenes Haus aufgenommen.«

Was für Schicksalsschläge er erlebt hatte! Erst der geschäftliche Reinfall und dann war er noch von seiner Frau verlassen worden. Dabei hieß es doch: wie in guten, so in schlechten Zeiten. Dafür, dass er heute auf beiden Beinen im Leben stand und sich nicht hatte unterkriegen lassen, flog ihm mein Respekt zu. »Das tut mir so leid«, sagte ich schließlich aufrichtig und aus ganzem Herzen.

»Vielen Dank. Das Leben muss irgendwie weitergehen. Ich arbeite immer noch selbstständig und bin mein eigener Herr, aber ohne Angestellte. Da ich sparsam lebe, werde ich meine Schulden bald zurückbezahlt haben. Und dann … werden wir weitersehen.« Mir war nicht entgangen, dass er seinen letzten Satz mittendrin abgebrochen hatte.

»Willst du dann wieder expandieren?«, riet ich ins Blaue.

Er schüttelte den Kopf. »Ich hänge einem Traum nach, aber fast alle, denen ich bisher davon erzählt habe, halten mich für wahnsinnig. Meine Mutter ist sogar in Tränen ausgebrochen. Sie macht sich Sorgen, dass ich bald wieder pleite bin.« Er lachte leise.

»Um was geht es?«, fragte ich.

»Es liegt mir in den Genen, kaputte Dinge wieder herzurichten und ihnen ein zweites Leben zu schenken. Deswegen schwebt mir so etwas wie ein Reparaturzentrum für Geräte aller Art vor«, antwortete er.

»Ah«, sagte ich und versuchte, mir eine Vorstellung davon zu machen. So eine Art von Geschäft kannte ich noch nicht. Aber es hörte sich ungemein interessant an.

»Da ich gezwungen war, sparsam zu leben, habe ich begonnen, mich mit weggeworfenen Dingen zu beschäftigen. Du glaubst nicht, wie viel sich reparieren und wieder

verkaufen lässt. Außerdem hasse ich jede Art von Vergeu-
dung. Und vor allem in Elektroschrott stecken so viele
wertvolle Ressourcen. Stoffe, die ausgebaut anderweitig
noch verwendet werden können. Das macht mir riesigen
Spaß und ist noch dazu sinnvoll. Ich glaube, dass ich davon gut leben könnte, auch, wenn ich vermutlich nicht
reich werde.« Sein Gesicht hatte die Traurigkeit von vorhin verloren. In seiner Stimme lag die Begeisterung und
die Entschlossenheit eines Mannes, der einen Plan und
eine Vision hatte. Er strahlte jenen Optimismus und die
Energie aus, die ich an Menschen so anziehend fand. Seine
blaugrauen Augen leuchteten und mein Herz klopfte
ganz, ganz doll.

»Deine Idee ist fantastisch!«, rief ich etwas lauter als
gewollt. Aber ich verstand sein Konzept und fand es gran-
dios. Mir fielen die zwei Saugroboter ein, die unsere
Haushälterin Aveline unlängst entsorgt hatte. Nach dem
Ablauf der Gewährleistungsfrist hatten sie den Geist aufgegeben und wir wussten nicht, was wir mit ihnen machen sollten. Mit einer großen Portion schlechtem Gewissen hatten wir sie entsorgt. In einem Reparaturservice, wie
Bernd es vorschwebte, hätte ihr Leben gerettet oder ihr
Innenleben in andere Roboter transplantiert werden können.

Er lächelte mich an. »Danke. Du bist eine der ganz wenigen, die sich für meine Idee begeistern. Die meisten
halten mich für einen Fantasten und blauäugigen Weltverbesserer, dessen Karriere zum Scheitern verurteilt ist«,
sagte er. »Es ist hart, an seinem Traum festzuhalten, wenn
alle anderen es einem ausreden wollen. Dabei sind deren

Sorgen unbegründet. Denn dass ich bankrottgehe, wird mir nie wieder passieren. Ich bin vorsichtig geworden.«

»Reparieren statt wegwerfen. Das ist so toll. Hör nicht auf die anderen. Du musst das unbedingt durchziehen«, sagte ich und unbemerkt war der Abstand zwischen uns geschmolzen. Weil ich so absolut begeistert von seinem Plan war, berührten meine Fingerspitzen sogar seinen Unterarm. Bernd machte nicht den Eindruck, als würde er dies als unangenehme Grenzüberschreitung empfinden. Er machte keine Anstalten, auszuweichen. Nachdem wir uns heute schon zusammen auf dem Rasen gewälzt hatten, war das ein Klacks.

In diesem Moment strich Rufus miauend an Bernds Beinen herum und er nahm seinen Kater hoch. Sogar seinem lädierten Haustier hatte Bernd ein zweites Leben geschenkt. Meine Wangen wärmten sich und in meinem Bauch hob ein Schmetterling ab. Ich realisierte, dass ich Bernd wirklich mochte. Ja, ich war sogar ziemlich verschossen in ihn. Eigentlich hatte zwischen uns von Anfang an eine spezielle Verbindung bestanden, wenn sie zu Beginn auch ein wenig explosiv gewesen war. Ob Bernd meine Gefühle vielleicht erwiderte? Dass sein Hochzeitsbild noch an der Wand hing, schrieb ich bloß der Gewohnheit zu. Er hatte ja selbst eben gesagt, dass das Leben weitergehen musste.

Er füllte gerade den Fressnapf seines Haustiers. »Willst du das Hologramm jetzt sehen?«, wechselte er das Thema. Ach ja, ich war ja aus einem bestimmten Grund hier.

»*Oui!*«, rief ich. Höchste Zeit, dass ich mich wieder darauf fokussierte. Den Schmetterling würde ich ignorieren und meine rosarote Brille ablegen. Aber nur für den Moment.

»Dann komm«, sagte er und nahm mir mein leeres Glas ab. Danach griff er sich seinen Laptop vom Tisch und wir drehten den Fotos seiner Vergangenheit den Rücken zu.

***

Neben der Küchenzeile gab es eine unscheinbare, graue Tür. Ich folgte Bernd in eine Werkstatt, in der ein Ordnungsfanatiker seine Zwangsstörung ausgelebt haben musste. Aber auf eine gute Art. Die Wände zierten geschätzte zwanzig Meter feinsäuberlich beschriftete Stellagen und Einbauschränke. Ich sah Hunderte Plastikdosen, in denen Kleinzeug aufbewahrt wurde. Außerdem die größte Sammlung von Schraubenziehern, die ein Mann je besessen hatte, sowie der Größe nach sortierte Sägen, Hämmer, Kabel und andere Gerätschaften. Es gab auch eine Werkbank und in der Mitte einen massiven Tisch. Darauf stand ein Plastikgehäuse, das ich näher betrachtete. Eine ähnliche Vorrichtung, nur viel größer, hatte Scotty in Star Trek beim Beamen verwendet.

»Was sagst du zu meinem 3-D-Drucker?«, fragte Bernd, der meinen Blick auf das futuristische Ding bemerkt hatte. »Damit kann ich Spezial-Ersatzteile, die sonst nicht mehr zu bekommen sind, drucken. Zum Beispiel das hier: ein Teil der Verkleidung eines Porsche Speedster 1956. Damit lässt sich gutes Geld verdienen.« Er reichte mir ein längliches Blechteil.

»Wow«, sagte ich und fühlte die perfekt glatte, gebogene Form. Und so etwas kam aus diesem Kasten raus? Er nahm mir das Teil wieder ab und legte es zur Seite. Dann öffnete er einen der anthrazitfarbenen Einbaukästen und holte ein Gerät heraus, das wie ein überdimensionierter Ventilator aussah. Er platzierte das Teil vor uns in der Mitte der Garage.

»Das ist der Hologrammprojektor«, sagte er und holte noch weiteres Equipment aus dem Schrank: ein Kabel sowie einen Adapter, die er mit dem Laptop und dem Computer verband. Ich nahm neben ihm auf einem Stuhl Platz.

»Bereit?«, fragte er schließlich und ich nickte.

Er dimmte die Garagenbeleuchtung und drückte ein paar Tasten auf seinem Computer. Hellgrünes Licht flimmerte aus dem Gerät und aus den Lautsprechern trommelte der Song »Stray Cat Strut«. Ich wippte mit dem Fuß mit. Dann, wie aus dem Nichts gekommen, schwebte Bernds schwarzer Kater überlebensgroß vor uns im Raum. Transparent und leicht durchsichtig, dabei dreidimensional und so deutlich, dass man jedes Detail von ihm erkennen konnte.

»*Awww!*«, rief ich. Der Hologramm-Rufus setzte sich auf sein Hinterteil und leckte sich die Pfoten. Dann hüpfte er auf die Beine und machte einen Katzenbuckel. Als Nächstes machte er einen riesigen Satz und sprang direkt auf mich zu. Huch! Ich prallte zurück. Dabei schnappte er bloß nach einem Papierknäuel, das an einer Schnur über seinem Kopf tanzte, wie man jetzt sehen konnte. Das war ja cool! Es sah so verdammt echt aus. Ich konnte mich nicht mehr auf meinem Stuhl halten und stand auf. Schließlich rollte sich die Projektion zusammen und döste in Endlosschleife vor sich hin. Ich versuchte, ihn mit den Fingerspitzen zu berühren.

»Das haben die Kinder zu Halloween auch gemacht«, sagte Bernd. Die Musik war zu Ende. »Also, was sagst du?«, fragte er und schaute mich neugierig an.

Ich suchte vergeblich nach den richtigen deutschen Superlativen. »*C'est brilliant*«, sagte ich deshalb ganz einfach auf Französisch. Meine kühnsten Hoffnungen waren zu hundert Prozent erfüllt und sogar noch übertroffen worden. Besser hätte es nicht einmal R2-D2 hinbekommen.

»Wir könnten die Projektionen auch sprechen lassen, oder?«, fragte ich.

»Genau. Das wollte mein Kater aber nicht.«

»Sehr witzig«, sagte ich kichernd. Aber im nächsten Moment wurde mir bewusst, dass zwischen mir und den Hologrammen ein unüberwindbares Hindernis stand. Und zwar in Form meines technischen Verständnisses, das gering ausgeprägt war. Zumindest in der Zeit, die ich zur Verfügung hatte, würde ich mir die nötigen Kenntnisse für das Aufnehmen und das Schneiden nicht aneignen können. Ach ja: Und einen großen finanziellen Spielraum für die Anschaffung der technischen Ausrüstung hatte ich auch nicht. Und außerdem, womit sollte ich die Schauspieler bezahlen, die in die Rolle von Anna, Heinrich und Friedrich schlüpfen würden? Es war zu schade! Ich hätte losheulen können.

»Was ist los?«, fragte Bernd prompt, worauf ich ihm mein finanzielles und zeitliches Problem erklärte.

»Dabei wäre es so großartig. Stell dir vor, wenn wir in jeder der drei Etagen ein Hologramm hätten. Das wäre perfekt.«

Bernd strich sich mit seinem Daumen über das Kinn und betrachtete mich. »Ich könnte dir helfen. Sicher finde ich online drei günstige gebrauchte Projektoren für dich. Das Aufnehmen und Schneiden der Videos könnte ich auch übernehmen.« Er nannte mir den Betrag, mit dem ich bei den Secondhand-Geräten rechnen müsste. Damit würden wir sogar noch im Budget liegen.

»Wirklich, das würdest du für uns machen?«, fragte ich gerührt. »Aber ... was ist mit den Schauspielern? Ich weiß zwar nicht, was diese verlangen, aber unser Budget ist mit den Geräten erschöpft.« Ich fiel in mich zusammen. So kurz vor dem Ziel war ich doch noch gescheitert.

»Dafür hätte ich auch eine Lösung. In Ehrenfelsen gibt es eine sehr engagierte Laienschauspieltruppe. Die würden sich ganz bestimmt freuen, der Familie Ehrenfelsen und dir zu helfen«, sagte Bernd.

»Danke. Ich weiß nicht, wie ich mich jemals bei dir für all deine Hilfe revanchieren soll«, sagte ich.

Bernds rechter Mundwinkel zuckte und in seinen Augen blitzte es. Auch für diese Frage schien er schon eine Antwort parat zu haben. »Am nächsten Sonntag veranstaltet der Fußballverein ein Sportfest. Dabei wollen wir Geld sammeln, um eine eigene Jugendmannschaft auf die Beine zu stellen. Nach einigen Absagen fehlen uns freiwillige Mitarbeiter, die helfen«, antwortete er.

»Okay. Da wäre ich natürlich sofort dabei. Was kann ich tun?«, fragte ich.

»Die Einteilung der Helfer macht der Peter, unser Vereinsobmann. Aber es gibt unendlich viel zu tun. Es beginnt zeitig in der Früh, wenn wir ein Zelt aufbauen, Tische, Bänke und den Grill vorbereiten. Da kannst du schon mit anpacken. Dann findet ein Fußballturnier mit den Vereinen der Nachbarorte statt. Währenddessen soll es für die

Kids Attraktionen geben. Heute hat mir jemand für die Kinderschminkstation abgesagt. Vielleicht könntest du die betreuen? Danach gibt es ein Grillfest, bei dem du dich am Getränke-Ausschank nützlich machen könntest. Außerdem wären wir dir dankbar, wenn du auf dem Campingplatz ein wenig Werbung für unser Fest machen würdest. Ich geb dir dann ein paar Flyer mit.«

»Klar, die Camper kommen sicher gern«, antwortete ich.

»Wenn nicht, dann hetzt du wieder die Ziegen auf sie«, sagte Bernd und seine Augen funkelten mich amüsiert an.

Ich lachte. »Genau, ich werde mit dem Streichelzoo drohen. Aber im Ernst, ich helfe wirklich sehr gern mit.« Und bin gern den ganzen Sonntag in deiner Nähe, fügte ich in Gedanken hinzu. Überhaupt lief alles unglaublich großartig. Mein Traum von einer ganz besonderen Ausstellung auf der Burg Ehrenfelsen könnte sich dank Bernd erfüllen. Und das ganz ohne die Beziehungen oder das Geld meiner Familie.

»Dann ist es abgemacht. Du hilfst beim Sportfest und ich helfe dir bei den Hologrammen«, sagte Bernd.

»Genau. Allerdings muss ich morgen erst noch mit Annette und Matthias sprechen, ob sie mit der Ausstellung, so wie ich sie mir vorstelle, überhaupt einverstanden sind. Wenn ja, dann geb ich dir gleich Bescheid. Aber ich würde dir trotzdem beim Sportfest helfen, auch wenn sie meine Ideen ablehnen«, sagte ich. Und ein wenig flirten, fügte ich in Gedanken abermals hinzu.

»Danke«, sagte Bernd und wir lächelten uns an. Neben meinem Grinsen verblasste vermutlich ein jedes Smiley.

In dem Moment läutete mein Mobiltelefon. Es war Lars, der vom Krankenhaus zurück war. Gott sei Dank war mit Estelle und dem Baby alles in Ordnung, wie er gut gelaunt erzählte. Die werdenden Eltern machten aber ein Geheimnis daraus, ob es ein Junge oder ein Mädchen werden würde. Na toll. Sollten Gloria und ich jetzt rosafarbene oder hellblaue Strampelanzüge shoppen? Aber zugegebenermaßen war das nicht unsere größte Sorge im Moment.

Jetzt musste ich Hannah abholen. Die Zeit mit Bernd war nur so verflogen. Ich rief Isabels Mutter an und gab Bescheid, dass ich gleich bei ihnen wäre.

Bernd begleitete mich nach oben. Wir traten in den kühlen Abend hinaus und ich atmete die frische Luft ein, in der der würzige Duft von Gräsern und Wald mitschwang. Kärnten war so schön. Mit den Bergen im Hintergrund gab es wohl keine traumhaftere und romantischere Kulisse und ich wäre gern mit Bernd noch ein wenig hier draußen geblieben und hätte mich mit ihm unterhalten. Aber ob er das auch gewollt hätte?

»Danke für deine Hilfe«, sagte ich zum wiederholten Mal.

»Wir sehen uns morgen«, antwortete er. Wir standen uns gegenüber und ich sah in sein attraktives Gesicht hinauf, an dessen Wangen sich nach dem langen Tag ein dunkler Bartschatten abzuzeichnen begann. Ich nahm wieder seinen Geruch deutlich wahr: ein herbes, aufregendes Aftershave. Der Schmetterling in meinem Bauch gab ein kräftiges Lebenszeichen von sich. Spürte Bernd diese Anziehung etwa auch? Aber er trat einen Schritt zurück und schaute in den Sternenhimmel. Ich musste sowieso los, denn Hannah wartete auf mich. Wir würden uns die nächsten Tage oft sehen. Super.

»Gute Nacht«, sagte ich, drehte mich langsam um und ging zu Estelles blauem Mini. Als ich davonfuhr, stand Bernd noch an der Tür. Er winkte und sah mir nach.

Kapitel 10: Gute Freunde
Bernd

Ich schloss die Tür und ging die Treppe zu meiner kleinen Wohnung hinunter. Schade, dass Grazia schon wegmusste. Wir hätten uns gern noch weiter unterhalten können. Wer hätte anfangs gedacht, dass ich mich in der Gesellschaft der Französin wohlfühlen würde? Oder sogar mehr als das? Ich kannte keine Frau, die so war wie Grazia. Sie war frech, lustig und machte jeden Spaß mit. Das zeugte von Selbstbewusstsein, aber dabei wirkte sie überhaupt nicht überheblich. Mein erster Eindruck von ihr, den ich auf dem Herbstball gewonnen hatte, war komplett falsch gewesen. Wie selbstverständlich sie heute barfuß mit den Kindern über das Fußballfeld gerannt war. Mit Grazia erlebte man immer was. Sie war eine Frau zum Ziegen- und Eselstehlen. Gleichzeitig hatte sie ein großes Herz und man konnte auch tiefgründige Gespräche mit ihr führen. Sie hatte Rufus gemocht. Und sie hatte sich heute ehrlich für meine Geschäftsidee begeistert. Endlich mal jemand, der nicht den Kopf schüttelte und sagte, dass er sich das nicht vorstellen konnte. Darüber hinaus war sie auch sehr feminin und sah echt scharf aus. Ich legte meine Hand an meine Wange, wo ich heute ihren Busen gespürt hatte. Mein Puls legte ein paar Takte zu. Wenn ich meine Augen schloss, konnte ich sogar ihren feinen Lilienduft noch wahrnehmen.

Ich beschloss, gleich noch Mutters Blumen zu gießen, und nahm den Gartenschlauch zur Hand. Das hatte ich Mama versprochen und die letzten Tage vernachlässigt. Meine Eltern waren immer noch auf Mallorca. Nur der volle Mond schaute mir bei meiner Arbeit zu. Er strahlte hell, fast schon golden. Genau wie das Haar meiner Ex-Frau. Doch zum ersten Mal verursachte der Gedanke an Sandra mir keinen Schmerz. Ob ich vielleicht endlich über sie hinweg war? Ich versuchte, in mein tiefstes Inneres hineinzuhorchen. Tatsächlich war der dunkelgraue Schleier aus Traurigkeit, der seit unserer Trennung alles bedeckt hatte, endlich gelüftet. Darunter war nur noch ein bisschen Wehmut, mit der ich aber umgehen konnte. Vielleicht könnten Sandra und ich nach unserer Aussprache ein neues Kapitel aufschlagen und gute Freunde werden? Sie war so lange die wichtigste Person in meinem Leben gewesen, dass sie trotzdem immer einen Platz in meinem Herzen haben würde, wenn auch an einer anderen Position als bisher. Nachdem ich alle Blumenkästen durch hatte, rollte ich den Schlauch wieder auf und ging ins Haus.

Kapitel 11: Verliebt in bester Gesellschaft

Grazia

Am nächsten Morgen erwachte ich zeitig. Sofort musste ich an den gestrigen Tag denken. Und an Bernd. Seine Stimme hallte in meinem Ohr und ich sah seine blaugrauen Augen vor mir. Der Schmetterling von gestern hatte die Nacht überlebt und sogar noch Zuwachs bekommen. Ich lächelte die vergilbte Decke über mir an und konnte es kaum erwarten, ihn wiederzusehen. Aber davor hatte ich einen äußerst wichtigen Termin, der meine gesamte Konzentration erforderte. Ich stand auf und war sicher, vor Nervosität kein richtiges Frühstück herunterzubekommen. Denn heute würde ich endlich Annette und Matthias meine Ideen bezüglich der Mittelalterausstellung vorstellen. Würde ich damit durchfallen oder könnte ich sie überzeugen? Wenn es klappte, würden wir die Geschichte zum Leben erwecken und die Menschen damit begeistern. Und natürlich der Familie Ehrenfelsen zu einem hoffentlich einträglichen Geschäft verhelfen. Bernds Hologramme würden das Herzstück der einzigartigen Ausstellung werden.

Jetzt machte ich alles gleichzeitig. Ich brühte mir Kaffee auf, biss in ein Käsebrot und schlüpfte in Jeans und ein pastellfarbenes T-Shirt. Die Haare ließ ich heute ganz einfach offen. Endlich konnte ich auch wieder Sneakers tragen, mein Zeh schmerzte nicht mehr. Ich stürzte das bittere schwarze Getränk hinunter und hastete zu meinen vierbeinigen Schützlingen. Nachdem ich den Streichelzoo versorgt hatte, holte ich rasch meine Unterlagen und brach zu meinem Treffen mit Annette und Matthias auf.

Ich beschloss, den kurzen Weg zum Büro zu Fuß zurückzulegen. Es lag ein wenig unterhalb des Hauptgebäudes im Wald. Während ich an meterhohen Fichten vorbeispazierte, sammelte ich mich noch einmal und ordnete meine Gedanken. Ich fühlte eine Nervosität, als wäre ich auf dem Weg zu einem wichtigen Vorstandsmeeting. Und Annette erschien mir wie mein Kritiker Frédéric. Trotzdem gab es einen großen Unterschied zu meinem Job als Vorstandsassistentin. Denn trotz meiner Anspannung spürte ich auch eine bis dato ungekannte Sicherheit und Begeisterung, die mir bei der Arbeit zu Hause irgendwie fehlte.

Ich fühlte mit Gewissheit, dass mein Konzept gut war. Und ich konnte mich nicht erinnern, wann ich das letzte Mal von einem Plan so überzeugt gewesen war. Bei Rochefort kam das so gut wie nie vor. Hing deshalb mein Herz so daran und war das der Grund für meine Nervosität? Es war, als würde nicht bloß eine Idee, sondern ein Teil von mir selbst zur Annahme oder Ablehnung stehen.

Als ich um zehn Uhr eintraf, waren Matthias und Annette bereits im Büro und saßen an ihren Computern. Bobby, die Riesendogge der Familie Ehrenfelsen, lag zu Matthias Füßen und wackelte bei meinem Eintreten mit dem Schwanz.

»Hallo, Grazia«, begrüßten sie mich und Matthias lud mich ein, an dem runden, grauen Besprechungstisch in der Mitte des Büros Platz zu nehmen. Annette brachte eine Kanne mit Kräutertee und dann setzten sich die Eheleute zu mir.

Mein Puls pochte bis in meine Schläfen, als ich meine Skizzen auf den Tisch legte. Etwas zögerlich begann ich, mein Konzept zu umreißen. Ich erzählte von der ungleichen Liebesgeschichte zwischen Anna und Friedrich, die allen Widrigkeiten ihrer Zeit widerstanden hatte und die den roten Faden für die ganze Schau liefern sollte. Als ich schilderte, wie die Besucher mit allen Sinnen angesprochen werden sollten, kam ich mehr und mehr in Fahrt. Hier Rosenduft, da das Spinnrad, dort die Küche mit Bratengeruch, das Schlafzimmer mit der Probeliege-Station, die Bibliothek mit Annas Schreibtisch, der Altar in der Kapelle und so weiter. Und als besondere Attraktion präsentierte ich die Hologramme, mit denen Anna, Friedrich und Annas Vater Wilhelm selbst zu Wort kommen würden. Der Bergfried sollte zu einem richtigen Erlebnisturm werden.

Immer wieder stellten Annette und Matthias Zwischenfragen, die ich ohne Zögern beantworten konnte. Nicht einmal der riesige Hund Bobby, der zu Matthias Füßen laut schnarchte, brachte mich aus meinem Redefluss. Schließlich war ich fertig. Ich sah die beiden gespannt an und mein Herz klopfte wie verrückt. Ich wollte so sehr, dass sie meine Ideen mochten. Ich wollte diese Ausstellung genau so umsetzen.

»Ich bin komplett überrascht, was du dir in den wenigen Tagen überlegt hast. Ich bin ein wenig sprachlos«, sagte Matthias. Er fuhr sich durchs braune Haar und schwieg einen Moment. Kam jetzt die Abfuhr? Unter dem Tisch ballte ich die Finger mit aller Kraft zusammen und zwang meine Lippen in eine weite U-Form. Meine Enttäuschung würde ich nicht zeigen.

»Für mich hört sich das richtig gut an. Ich mag deine Ideen. Was sagst du, Schatz?« Ein gewaltiger Steinklotz purzelte mir vom Herzen. Er mochte meine Vorschläge!

Annette strich sich mit Daumen und Zeigefinger übers Kinn. Mein Herz schien einen Trommelwirbel zu schlagen. »Hm. Ja. Das hört sich wirklich vielversprechend an. Aber was wird das alles kosten?«, fragte sie.

Das war der Knackpunkt. Ich legte das letzte Blatt auf den Tisch, auf dem ich die zusätzlichen Ausgaben aufgeschlüsselt hatte. Neben dem technischen Equipment gab es vor allem ein paar zusätzliche Innenausbauten und Tischlerarbeiten durchzuführen, die ich mir vom Generalunternehmer Sebastian Steiner hatte schätzen lassen. Außerdem der Druck von erklärenden Tafeln und Marketingmaterial. Nachdem ich alle Positionen erklärt hatte, stieß Matthias einen Pfiff aus.

Dem Aufwand gegenüber standen allerdings viel mehr Besucher, die die Einnahmen erhöhen würden.

»Mal sehen«, sagte Annette und begann, eine Kalkulation auf ihrem Mobiltelefon aufzustellen. Als sie fertig war, wiegte sie ihren Kopf hin und her.

»Unter der Annahme, dass die Ausstellung um zwanzig Prozent mehr Besucher anlocken würde, müssten wir den Ticketpreis mindestens so hoch ansetzen.« Sie zeigte uns das Ergebnis auf dem Display des Geräts. Beim Anblick der Endsumme machte Matthias ein Gesicht, als litt er unter Zahnschmerzen. »Ob die Leute bereit sind, das zu zahlen?«

»Es ist ein Risiko. Denn wenn das Konzept nicht einschlägt und die Besucher nicht so zahlreich kommen, bleiben wir auf den Kosten sitzen und schlittern in ein Problem«, sagte Annette.

»Andererseits kennen wir das Ausstellungsangebot von anderen Anlagen, die der Burg Ehrenfelsen ähnlich sind. So etwas gibt es in der ganzen Region nicht. Nicht einmal in Klagenfurt oder Graz. Deswegen könnte es richtig erfolgreich werden und sogar noch weit mehr Interessierte anlocken«, überlegte Matthias laut und rieb sich seinen Dreitagebart. »Die Zeit in den Herbstferien gehört zu den stärksten im ganzen Jahr. Da könnten wir gleich in den ersten Wochen einen großen Teil wieder hereinbekommen.«

Matthias legte seine Hand auf die seiner Frau. »Los, machen wir es. Wer ans andere Ufer gelangen will, muss ins kalte Wasser springen«, sagte er und sah sie mit einem Funkeln in seinen Augen an. Schließlich nickte Annette und Matthias beugte sich zu ihr, um ihr einen Kuss auf die Lippen zu drücken. Eine riesige Freude ergriff mich. Es hatte geklappt, meine Ausstellung würde Realität werden! Ich konnte es kaum fassen.

Da fiel mir ein, dass unser Kind noch keinen Namen hatte. Vielleicht hatten Annette und Matthias eine geniale Eingebung?

»Aber eines fehlt leider noch. Nämlich ein richtig einprägsamer Titel, unter dem die Ausstellung stattfinden wird«, sagte ich. »Er ist extrem wichtig, weil er bei der Presse und den Besuchern auf den ersten Blick Interesse wecken soll. Ich habe mir schon den Kopf zermartert, aber noch keine zündende Idee gehabt.«

Wir begannen, ein paar Vorschläge zu diskutieren, aber keiner war richtig überzeugend. *Liebesglück auf Burg Ehren-*

felsen oder *Anna und Friedrich* hörten sich ein bisschen wie sentimentale Liebesschnulzen an. *Liebe im Mittelalter* könnte falsche Vorstellungen wecken. Immerhin wollten wir auch Familien mit Kindern ansprechen. *Zeitreise ins Glück?* Hm. Da hatte man gleich irgendein verrücktes Raumschiff im Kopf. Wir wälzten immer obskurere Ideen, die uns zwar erheiterten, aber uns nicht weiterbrachten.

»*Verliebt in bester Gesellschaft*«, murmelte Annette auf einmal. »Friedrich war mittellos und in Anna verliebt, die aus der besten Gesellschaft stammte. Und es hat noch einen weiteren zusätzlichen Wortsinn: Ihre Gefühle beruhten auf Gegenseitigkeit, sie waren gleichermaßen ineinander verliebt. Also waren sie verliebt in bester Gesellschaft. Versteht ihr?« Annette sah zwischen Matthias und mir hin und her.

»Genial! Der Titel macht echt neugierig und klingt einprägsam«, rief ich und auch Matthias nickte.

»Er ist perfekt.«

Damit hatten wir endlich den Namen gefunden.

»Darauf müssen wir demnächst mit Rochefort-Champagner anstoßen«, sagte Annette und sah mich mit einem aufrichtigen Lächeln an.

Ich erwiderte es. »Das machen wir«, antwortete ich. Ob das Eis zwischen uns jetzt langsam zu tauen begann? Das hoffte ich sehr. Das Vertrauen, das sie in mich setzte, bedeutete mir viel. Und ich würde sie nicht enttäuschen.

»Dann müssen wir nur noch Estelle ins Boot holen. Aber wie ich sie kenne, wird sie begeistert sein«, sagte Annette.

»Das glaube ich auch. Aber ich werde sie sowieso morgen im Krankenhaus besuchen und ihr alles erklären«, sagte ich.

Danach besprachen wir noch weitere Details zum Zeitplan und erstellten eine To-do-Liste. Die Arbeiter des Generalunternehmers Sebastian Steiner arbeiteten mit Hochdruck am finalen Innenausbau. Annette übernahm das Marketingmaterial und ich würde mit dem Einrichten aller Ausstellungsstücke und den Hologrammen gut beschäftigt sein. Bis zum Eröffnungstermin war noch viel zu tun, aber wir würden es schaffen. Mit den nun vorliegenden, von Annette und Matthias abgesegneten Skizzen konnte ich Bernd endlich den Schaltplan bekanntgeben, auf den er wartete. Ich wollte gleich zu ihm! Rasch erhob ich mich von meinem Stuhl und verabschiedete mich von Annette und Matthias.

Als ich dann dem ausgetretenen Pfad zur Burg durch den Wald zurückfolgte, fühlte ich mich federleicht wie eines der Blätter, die der Wind hin und her bewegte. Es hatte alles genau so geklappt, wie ich es mir erhofft hatte. Annette und Matthias waren begeistert gewesen. Ich war stolz auf mich. Gleichzeitig fühlte ich jetzt den Druck auf mir, dass die Ausstellung natürlich rechtzeitig fertig und auch ein Erfolg werden musste. Ich würde alles daransetzen, dass es gelang.

Der Gedanke, jetzt gleich Bernd wiederzusehen, beflügelte mich und ich verfiel in eine Art Laufschritt.

***

Mein Herzschlag beschleunigte sich, als ich die Tür zum Bergfried aufzog.

»Bernd?«, rief ich hinauf. Bestimmt war ich noch nie so leichtfüßig die Treppen nach oben gehüpft wie jetzt, als ich jeweils zwei Stufen auf einmal nahm. Im zweiten Stock sah ich ihn endlich. Augenblicklich durchströmten mich heftige Glücksgefühle und meine Lippen legten sich in ein weites Lächeln.

»Hallo!« Ah, da waren ja auch Markus und Lukas, die gerade Leitungen in einen Schacht einzogen. Als ich an ihnen vorbei auf Bernd zueilte und er mich auch anlächelte, fühlte sich mein Magen auf einmal flau an.

»Wie ist es gelaufen?«, fragte er und der Klang seiner leicht rauen Stimme trieb meinen Puls noch weiter an.

Ich räusperte mich und gab ihm eine kleine Zusammenfassung meines Treffens mit Annette und Matthias, wobei ich so schnell sprach, dass mir beim Formulieren der deutschen Sätze möglicherweise ein paar grammatikalische Fehler unterliefen.

Bernd störte es bestimmt nicht, denn er schmunzelte sein jungenhaftes Lächeln, das ich so anziehend fand. »Ich gratuliere dir, das ist ja super! Ich hab mich heute Morgen schon im Netz nach Projektoren umgeschaut, da finden wir bestimmt was Gutes, Günstiges.«

»Günstig ist sehr gut!«, murmelte ich. Bei Budgetüberschreitung würde Annette unsere aufkeimende Freundschaft vielleicht gleich wieder aufkündigen. Ich strahlte ihn an.

»Und ich werde dir unsere Ehrenfelsener Schauspieltalente vorstellen. Wie wäre es morgen? Dann können wir alles besprechen«, schlug er vor.

»Prima! Ich freue mich schon riesig darauf, sie kennenzulernen«, antwortete ich. Bis zur Ausstellungseröffnung hatte ich noch unglaublich viel zu tun. Das schreckte mich allerdings nicht ab, sondern ich fühlte mich euphorisch. Und ich war sicher, dass mit Bernds Unterstützung alles rechtzeitig klappen würde. Besonders toll fand ich, dass wir uns ganz oft sehen würden.

»Dafür stehe ich eurem Verein beim Sportfest uneingeschränkt zur Verfügung. Solange ich nicht mit dir Fußball spielen oder tanzen muss, ist mir alles recht«, neckte ich ihn und kicherte bei dem Gedanken an unseren kleinen Unfall beim Training und unseren misslungenen Tanz auf dem Herbstball.

»Versprochen«, antwortete er und stimmte in mein Lachen ein. »Wir werden bestimmt etwas weniger Gefährliches für dich finden.« Ich tauchte in seine graublauen Augen ein, woraufhin ein Schwarm von Schmetterlingen in meinem Bauch herumwirbelte. Wir waren nur zwei Schritte voneinander entfernt und ich überlegte, wie es wäre, mich einfach so auf meine Zehenspitzen zu stellen und ihm einen Kuss auf seine einladenden Lippen zu drücken. So etwas Übermütiges hatte ich als Tochter der berühmten Rochefort-Familie noch nie gemacht. Aber hier war ich doch Grazia aus Frankreich, die Frau, die all das machen durfte. Außerdem war die Versuchung riesig, denn Bernd sah in seinem schwarzen Shirt, der dunkelgrauen Hose und mit seinen leicht verstrubbelten Haaren einfach unwiderstehlich aus. Und ich fühlte mich gerade so leicht und so euphorisch wie noch nie. Allerdings hatte ich bisher bei Männern nie die Initiative ergreifen, sondern sie eher immer nur abwehren müssen. War das, was ich vorhatte, grenzüberschreitend? Ich zögerte, senkte meinen Blick und fühlte, wie sich meine Wangen wärmten.

»Super. Dann geb ich dir später Bescheid, wann das Eh-renfelsener Casting steigt«, sagte Bernd und lächelte mich an.

»Bernd?« Markus stand auf einmal mit einem riesigen Werkzeug neben uns. »Kann ich schon mit dem Bohren anfangen?«

»Warte, ich komme besser mit und helf dir«, antwortete er und ich war froh, dass ich die Sache mit dem Kuss hatte bleiben lassen. Ich hatte völlig ausgeblendet, dass wir nicht allein waren.

Dann verabschiedeten wir uns und ich freute mich rie-sig darauf, Bernd in den nächsten Tagen häufig zu treffen. Da würde es noch jede Menge Gelegenheiten zum Flirten geben.

Kapitel 12: Extreme Sympathie, eine Woche später

Bernd

Eine Woche, nachdem Grazia von der Familie Ehrenfelsen das Okay zum Konzept ihrer Ausstellung bekommen hatte, hatten wir die drei Hologramm-Aufnahmen im Kasten. Gestern Abend hatten wir als letzten Part den des Friedrich aufgenommen. Mein Freund Georg, der Mitglied in der Ehrenfelsener Schauspieltruppe war, hatte seine Sache super gemacht.

Es war später Nachmittag und Grazia und ich waren auf dem Weg zu mir nach Hause, um das letzte Video zu schneiden. Wir erreichten das Haus meiner Eltern, die seit gestern von ihrem Urlaub auf Mallorca zurück waren. Als wir ausstiegen, sah ich sie mit unseren Nachbarn Vroni und Max auf deren Terrasse zusammensitzen.

»*Servus, Bernd!*«, rief mein Vater und winkte.

»*Habidere!*«, grüßte ich zurück.

»*A schau? A siasses Diarndel hot er do!*«, rief Max in einer Lautstärke, als würden wir nicht neben ihnen stehen. Grazia runzelte die Stirn.

»*Des is Grazia, a Kollegin. Mia miassn no a bissale orbeitn*«, sagte ich und legte meine Hand sanft an ihren Rücken, um sie rasch vorbeizulotsen. Ich fürchtete, dass sonst gleich ein Verhör beginnen würde.

»*Bonjour*«, sagte Grazia in ihrem charmanten Akzent. »Ich komme aus Frankreich. Ich verstehe Sie leider nicht.«

Na, Gott sei Dank.

»Hallo«, antworteten die Ruheständler im Chor und gafften wie ein Rudel Erdmännchen, das ein interessantes Geräusch gehört hatte.

155

»Wie schön, Sie kennenzulernen. Ich bin die Magda und das ist der Heinz. Wir sind die Eltern vom Bernd.« Mama sprach in einem geschliffenen Hochdeutsch, von dem ich nicht gewusst hatte, dass sie diesem mächtig war. Sie strahlte übers ganze Gesicht. Womöglich sah sie ein Enkelkind über den Horizont krabbeln, nur weil ich in Begleitung einer Frau war.

»Wollt ihr euch nicht zu uns setzen? Wir haben noch Reindling«, lockte Vroni mit ihrem Kuchen.

»*Ka Zeit, mia gehen eine*«, sagte ich rasch und ging zur Hauseingangstür weiter.

»*Potschasn, Bernd, vom Hudeln wern lei Kinder!*«, rief Max uns nach. *Nicht so eilig, so werden nämlich Kinder gezeugt.* Die Senioren kicherten. Haha!

»*Eppa dechta nit!*« *Hoffentlich nicht,* hielt ich dagegen.

»*Fralli wul!*« *Freilich,* konterte Max.

Zum Glück hatten wir den Eingang jetzt erreicht. »*Pfiat eich!*«, rief ich und wir traten in den Vorraum ein.

»*Tuat da Bernd bei dem Diarndel einemeiern?*«, hörte ich Max gerade noch, ehe die Haustür hinter uns ins Schloss fiel. *Flirtet der Bernd mit dem Mädel?* Ich verdrehte die Augen.

»Was bedeutet *einemeiern?*«, fragte Grazia, als wir die Treppe zu meiner Wohnung hinuntergingen.

»Dass wir intensiv zusammenarbeiten«, log ich. Normalerweise fand ich die Sprüche von Max ja ganz witzig, aber heute waren sie mir total peinlich. Grazia sollte nicht denken, dass ich von einfältigen Hinterwäldlern umgeben war.

»Ach so. Das muss ich mir merken. Ich mag den Kärntner Dialekt, der klingt so niedlich«, sagte sie.

Dabei war es doch ihr Akzent, der sich in meinen Ohren so süß anhörte, dass sich jedes Mal die Härchen in meinem Nacken aufstellten, wenn sie den Mund aufmachte. Es wurde von Tag zu Tag schlimmer. Wir hatten uns in der letzten Woche fast jeden Abend gesehen, um zu filmen oder die Hologramm-Aufnahmen nachzubearbeiten. Grazias Nähe brachte mich schrecklich durcheinander. Wenn sie ihre Hand unbedachterweise auf meinen Unterarm legte, konnte es sein, dass ich alles vergaß und nur noch wie ein Idiot grinste. Und wenn ich ihren lieblichen Lilienduft wahrnahm, musste ich an Seidenpapier denken und meine Ohren begannen zu glühen.

Unten angekommen, goss ich uns Wasser ein und holte eine Packung Manner-Schnitten aus dem Küchenschrank. Grazia mochte die Waffelkekse genauso gern wie ich. Umgekehrt hatte sie mich mit ihrer Begeisterung für Geschichte angesteckt und ich hatte viele spannende Dinge über das Mittelalter gelernt.

Ich nahm den Laptop und wir gingen hinüber in meine Werkstatt. Am Arbeitstisch begannen wir mit der Nachbearbeitung des Hologramm-Videos von Friedrich.

***

Drei Stunden später, als es draußen schon dunkel war, war Grazia endlich mit Friedrichs holografischem Auftritt zufrieden. Er war perfekt.

»Wenn es einen Preis für das beste Hologramm gäbe, hätten wir den Oscar so gut wie in der Tasche«, versicherte ich ihr, als wir fertig waren.

Ich mochte es, wie Grazia lächelte.

»Und in unserer Dankesrede würden wir erzählen, wie wir bis in die Nacht *einegemeiert* haben, damit alles rechtzeitig fertig wird«, antwortete sie.

Ich musste husten, woraufhin Grazia mir behutsam den Rücken klopfte.

Als ich mich beruhigt hatte, klappte ich den Laptop zu und begann, die Kabel einzurollen. Rufus kam herein und strich diesmal nicht um meine, sondern um Grazias Beine. Mein Kater war ganz vernarrt in sie und ließ sich sogar von ihr hochheben. Das war rührend, denn sonst war er extrem scheu. Viele Menschen fanden seine Verunstaltungen abstoßend und ich war überzeugt davon, dass Rufus deren Aversion spüren konnte. Wahrscheinlich hielt er sich deswegen von ihnen fern. Sogar um Sandra hatte er früher immer einen Bogen gemacht, fiel mir gerade ein.

Mittlerweile war ich mit dem Verstauen des Zubehörs fertig und unsere Arbeit war beendet. Ich nahm meinen Laptop und Grazia setzte Rufus auf den Boden, der leise miauend protestierte.

Wir gingen hinauf und erreichten den Vorraum im Erdgeschoss. Vom angrenzenden Wohnzimmer meiner Eltern, das durch eine Milchglasscheibe vom Flur getrennt war, drang der Klang eines Schlagers zu uns heraus. Wahrscheinlich lief gerade wieder einmal eine ihrer geliebten Sendungen mit Florian Silbereisen. Eben sang Andreas Gabalier ein Lied davon, ein Lied zu singen. Ich legte meinen Finger an meinen Mund und bedeutete Grazia, kein Geräusch zu machen. Wenn wir nicht gleich verhört werden wollten, dann sollten wir besser leise sein. Was nicht ganz einfach war, denn als meine Eltern aus voller Kehle begannen, den Refrain mitzuträllern, musste Grazia beide Hände auf ihren Mund drücken, um nicht loszulachen.

»Um was geht's in diesem Lied?«, flüsterte Grazia, nachdem drinnen wieder Ruhe eingekehrt war und sie in ihre Sneakers schlüpfte. Ich überlegte einen Moment.

»Es geht um einen Mann, der der Frau, die er liebt, mit Musik seine Gefühle gesteht«, antwortete ich mit rauer Stimme und bedauerte es zum ersten Mal, dass ich selbst kein Sänger oder Musiker war. Wenn ich nicht so ein tollpatschiger Fußballer wäre, dann würde ich mir bestimmt nicht so schwer damit tun, endlich den ersten Schritt auf Grazia zuzumachen. Immer noch wartete ich auf den perfekten Moment, aber vielleicht war das nur eine Ausrede, weil ich Angst vor ihrer Zurückweisung hatte. Denn es fiel mir nicht leicht, mein Herz zu öffnen und ich hatte ewig gebraucht, um über meine Ex-Frau hinwegzukommen. Wir standen uns mit nur einer Armlänge Entfernung im Halbdunkel des Flurs gegenüber. Ihre katzenhaften Augen leuchteten in einem tiefen, satten Grün und unsere Blicke verhakten sich. Mein Herz polterte schneller dahin als der Schlager und mir wurde klar, wie sehr ich Grazia bereits verfallen war. Ihr bezauberndes Lächeln, mit dem sie mich mit einem leichten Schmunzeln betrachtete, gab mir Mut. Doch ehe ich den ersten Schritt auf sie zu machen konnte, hatte sie sich schon in Bewegung gesetzt und näherte sich mir ganz langsam. Ging es ihr tatsächlich wie mir? Erwiderte sie meine Gefühle? Mein Puls hämmerte vor Freude und Aufregung, denn ich fühlte, dass wir uns gleich berühren würden. Nichts wollte ich mehr, als meine Finger mit ihren zu verschränken und sie dann ganz sanft auf ihre zarten Lippen zu küssen. Wie sehr hatte ich mich in den letzten Tagen genau danach gesehnt! In diesem Moment hüpfte ein riesenhafter Schatten vor der Glasscheibe vorbei, die zum angrenzenden Raum führte und die Holzdielen knackten. Grazia zuckte zusammen. O nein! Jetzt tanzten meine Eltern auch noch gemeinsam durchs Wohnzimmer! Könnten sie etwa auch unsere Umrisse durch die milchige Scheibe erkennen? Nichts wie weg. Ich machte einen Schritt zur Haustür zurück, öffnete sie für Grazia und bat sie ins Freie. Leider war der romantische Moment absolut verpatzt worden. Ich ließ die Tür hinter uns ins Schloss gleiten und begleitete Grazia noch zu ihrem Auto.

Es war windstill und die kühle Abendluft kündigte unwiderruflich den Herbst an. Die milden Spätsommernächte waren endgültig vorbei. Die helle Scheibe eines fast vollen Mondes stand am wolkenlosen Nachthimmel. Die leuchtenden Nebelschleier der Milchstraße spannten sich wie eine unwirkliche Animation über uns. Einzelne Wirbel, knopfartige, besonders hell strahlende Punkte und ganze Sternbilder waren heute zu sehen.

Wir schauten hinauf. »Man fühlt sich wie eine winzige Ameise«, sagte Grazia und stieß einen kleinen Seufzer aus, bei dem sich die Härchen auf meinem Unterarm wohlig aufbäumten. Ich fühlte mich beim Anblick des Sternenhimmels normalerweise ebenfalls immer klein und unbedeutend. Und vor allem sehr, sehr einsam. Aber heute nicht. Grazias Anwesenheit hatte eine heilende Wirkung auf mich. Während sie weiter nach oben blickte, wanderte meine Aufmerksamkeit zu ihrem Gesicht. Im schattenhaften Licht der Sterne waren ihre großen grünen Augen ganz dunkel und ich konnte ihren schön geschwungenen

Mund mit den sanft nach oben gebogenen Lippen erahnen. Ich verspürte den unwiderstehlichen Drang, sie bei der Hand zu nehmen. Nichts wollte ich mehr, als ihr endlich nahe zu sein und ihre Wärme zu spüren. Im Schutz der Dunkelheit streckte ich meine Hand langsam nach der ihren aus. In diesem Moment wurde ein Fenster im Nachbarhaus geöffnet und ein Hund bellte. Ich zog meinen Arm zurück.

»*Mach ka gschistegschaste*«, grantelte Max, der mit seinem Pudel schimpfte.

Grazia kicherte und schaute mich mit hochgezogenen Augenbrauen an.

»Der Hund soll nicht so einen Wirbel machen«, übersetzte ich und realisierte, dass ich soeben meine zweite Chance verpasst hatte.

»Ach, euer Dialekt ist so niedlich!«, sagte sie und öffnete die Tür des Minis. »Ich wünsch dir eine gute Nacht.«

»Gute Nacht.« Als die roten Rücklichter von Grazias Wagen immer kleiner wurden und schließlich hinter einer Kurve verschwanden, spürte ich ein eigenartiges Gefühl: als würde ich mutterseelenallein auf einer Eisscholle treiben.

Kapitel 13: Ins Wasser gefallen
Grazia

»Grazia? Wo bist du?«, hörte ich Annettes Stimme von unten.

»Ganz oben!«, rief ich gedankenverloren. Gerade hatte ich einer lebensgroßen Puppe ein Kleid aus grünlichblauem Seidendamast übergezogen. Es war mit roten Samtstreifen besetzt und besaß kunstvoll gepuffte Oberärmel, die ich in die richtige Position zupfte. Dann trat ich einen Schritt zurück und betrachtete mein Werk. Wow. Durch die indirekte Beleuchtung wurde das Licht widergespiegelt und ein räumlicher Effekt geschaffen, der die Gestalt betonte und sie beinahe lebendig wirken ließ. Diese Spots waren perfekt. Zwei Tage vor der Eröffnung war ich mit der Einrichtung der Ausstellung praktisch fertig. Der Bergfried war nicht mehr der muffige, gruselige Turm, den ich vor einigen Wochen das erste Mal betreten hatte, sondern ein moderner Ausstellungsort. Die Wände waren verputzt und frisch gestrichen, die Stationen und Vitrinen eingerichtet, beschriftet und stilvoll beleuchtet. Die Hologramme waren startbereit. Ich war unglaublich stolz auf das, was wir geschafft hatten. Alles war genauso, wie ich es mir ausgemalt hatte. Doch trotzdem begleitete mich schon den ganzen Tag eine große Sentimentalität und Traurigkeit, weil die schöne Zeit in Ehrenfelsen langsam zu Ende ging. Nur noch eine Woche, dann musste ich zurück. Alles hier hatte so viel Spaß gemacht. Ich war so gern einfach nur Grazia, die ganz normale Frau, ohne Titel, Geld und Champagnerfabrik gewesen. Leider hatte sich mit dem Mann, in den ich mich so heftig verliebt hatte, bislang nichts ergeben. Dass ich bald wieder nach Hause musste, machte mich sehr traurig. Ich hätte meine Zurückhaltung aufgeben und meine Komfortzone verlassen müssen. So wie Gloria die Männer, die ihr gefielen, immer um den Finger gewickelt hatte. Zumindest, bevor sie ihren nunmehr festen schottischen Freund kennengelernt hatte. Bernd sah mich oft so liebevoll an, dass ich fast sicher war, dass auch er mich sehr mochte. Obwohl es mir zu denken gab, dass er nicht die Initiative ergriff. Vielleicht irrte ich mich ja doch und meine Verliebtheit war nur eine einseitige Schwärmerei? Schon einige Male war ich kurz davor gewesen, ganz einfach seine Hand zu nehmen. Doch dann hatte ich jedes Mal gezögert oder wir waren gestört worden.

»Oh. Das sieht aber toll aus«, hörte ich Annettes Stimme hinter mir. Sie war in Begleitung von Matthias. Sie blieben am Eingang stehen und ließen die Installation auf sich wirken, in der Anna von Ehrenfelsen vor einem Altar um ein Wunder betete. Sie war verzweifelt wegen der Ungerechtigkeit der Welt. Weil sie eine Frau war, spielte ihr Wille keine Rolle. Anna stellte lediglich ein Vertragsobjekt in einem Handel dar, der zwischen Männern ausgemacht wurde, die über ihren Kopf hinweg entschieden. Sie wurde verschachert. Würde Friedrich, ihre große Liebe, trotz des Risikos kommen und für sie einstehen? Aber was würde dann mit ihm geschehen? Ihr Vater könnte Friedrich einkerkern und sogar umbringen lassen. Gott sei Dank waren diese Zeiten vorbei. Ich könnte einmal ohne jegliche Einschränkungen heiraten, wen ich wollte. Sogar Bernd könnte mein Ehemann werden, der Vater bestimmt sehr gut gefallen würde.

»Wir bekommen dich ja nur noch so selten zu Gesicht, deswegen wollten wir mal schauen, wie es dir geht. Bist du schon bei den letzten Handgriffen?«, fragte Annette.

»Ja, genau«, antwortete ich.

»Du hast so einen tollen Job gemacht. Ich bin sicher, dass die Ausstellung ein Riesenerfolg wird«, sagte sie. Obwohl ich mir da nicht so sicher war, freute mich ihr Lob sehr.

»Danke, das hoffe ich. Aber habt ihr die Wetteraussichten gelesen? Für Freitag sind sie ziemlich mies. Ich habe Angst, dass wir einen verpatzten Start haben werden.«

»Tja, darauf haben wir keinen Einfluss. Aber es wird schon nicht so schlimm werden. Solange es keine sintflutartigen Regenfälle gibt, kann es sogar positiv für uns sein. Immerhin führen die Reiseführer uns auch in der Rubrik Schlechtwetterprogramm. Und außerdem gibt's keinen Stromausfall mehr bei Regen«, sagte Matthias und grinste schief.

»Stimmt auch wieder«, antwortete ich lachend. »Hoffentlich hast du recht.«

»Ehrlich gesagt hatte ich ein paar schlaflose Nächte wegen der Ausstellung und der Frage, ob sich der große Aufwand lohnen wird. Aber jetzt, wenn ich sehe, was du Wunderbares geschafft hast, bin ich absolut zuversichtlich. Sei nicht so nervös, alle werden begeistert sein«, sagte Annette und drückte mich kurz und fest an sich. Das war so lieb von ihr.

»Irgendwie ist das hier wie mein Kind«, sagte ich und beschrieb mit meinen Händen einen kleinen Kreis im Raum. Dem richtigen Baby, nämlich dem von Estelle, ging es zum Glück gut, genauso wie der werdenden Mutter.

Wir hatten heute schon telefoniert und Estelle war auch schon mächtig aufgeregt. Sie konnte es kaum erwarten, den renovierten Bergfried und die Ausstellung mit eigenen Augen zu sehen.

Dann verabschiedeten sich meine Freunde und stiegen die Treppe wieder hinunter. In diesem Moment trommelten Regentropfen gegen die Fensterscheibe.

***

Am Freitag, dem Tag der großen Ausstellungseröffnung, baumelte der Schriftzug *Verliebt in bester Gesellschaft* schief und klatschnass unter dem Portal des Haupteingangs der Burg Ehrenfelsen. Der Sturm in der vorangegangenen Nacht hatte eine der vier Schnüre, die das Banner fixierten, aus ihrer Halterung gerissen.

»Ich hole schnell eine Leiter aus der Werkstatt, dann kann ich es wieder festmachen«, sagte Bernd und legte seine Hand auf meine Schulter. Er war extra gekommen, um mir für die Ausstellungseröffnung alles Gute zu wünschen. Am liebsten hätte ich mich sofort in seine Arme begeben. Nichts anderes könnte mich wegen des desaströsen Wetters trösten. Allerdings blieb ich einfach nur wie angewurzelt stehen.

»Kopf hoch, hörst du?« Er sah mich so eindringlich an, dass ich tatsächlich fast meine Sorgen wegen der Vernissage vergaß. Ich nickte und er machte sich auf den Weg, den Schaden gleich zu beheben. Das war so lieb von ihm, aber es würde kein einfaches Unterfangen werden. Das Wasser floss vom Himmel wie die Strahlen einer Regenwalddusche, die auf hoher Stufe lief. Über uns spannte sich eine durchgängige graue Wolkendecke, die den Weltuntergang verkündete. Genauso fühlte es sich in mir drin an. Warum nur? Es war so unfair. Laut Wettervorhersage könnte es den ganzen Tag so bleiben und die Langzeitprognose war auch sehr unbeständig. Nachdem Bernd weg war, verzichtete ich gänzlich darauf, Optimismus vorzugeben. Ich ließ meine Schultern und meinen Kopf ganz einfach hängen. Wer würde bei so einer Witterung freiwillig das Haus verlassen und sich auf den Weg zur Burg Ehrenfelsen machen? Niemand. Dabei hatten wir doch gerade in den ersten Tagen nach der Eröffnung auf große Umsätze gehofft. Es tat mir für meine Freunde schrecklich leid! Ich hatte es der Familie Ehrenfelsen so sehr gewünscht, dass der Plan funktionierte. Es war meine Schuld. Ich hätte diese Ausstellung niemals so vergrößern und verteuern dürfen. Was, wenn Matthias und Annette auf den Kosten sitzen bleiben würden? Wie sollten sie den Kredit zurückbezahlen? Meine Kehle und mein Brustkorb fühlten sich schrecklich eng an. Da erklang das Glöckchen an der Tür von Estelles Souvenirshop nebenan. Annette trat, in eine dicke Jacke gehüllt, heraus. Sie öffnete ihren Schirm und kam auf mich zu. Ihr Gesicht sprach Bände und es war unnötig, Worte zu wechseln.

»Es tut mir alles so leid«, stammelte ich trotzdem und traute mich kaum, meine Freundin anzusehen.

»Ach Quatsch, du kannst doch nichts dafür! Komm her!«, rief Annette und umarmte mich. Verrückte Welt. Jetzt tröstete sie mich, anstatt umgekehrt. Nässe lief uns über die Rücken, aber das störte uns in dem Moment nicht. Wir waren auf dem Weg, echte Freundinnen zu werden. »Und außerdem: Es ist doch erst neun Uhr. Ganz ruhig, das wird schon noch.«

In diesem Moment hörten wir Motorengeräusche, die von der Straße kamen. Wir schauten zum Tor hinaus und sahen zwei Reisebusse, die hintereinander um die Kurve krochen und den Parkplatz unterhalb der Burg ansteuerten.

»Oh!«, rief ich laut und konnte mein Glück kaum fassen. »Du hast recht. Da kommen unsere ersten Besucher.«

Direkt hinter den wuchtigen Fahrzeugen folgte noch ein grauer Kastenwagen mit einem rot-weißen Aufdruck.

»Aaaah!«, rief Annette und zog die Silbe sehr lang. »Das ist der Wagen vom Fernsehen. Lars war sich nicht sicher, ob es klappen wird. Offensichtlich sind ihnen andere Reportagen heute ins Wasser gefallen. Ich hab dir nichts davon erzählt, weil du ohnehin schon ein wenig angespannt gewirkt hast.« Die Burgherrin zwinkerte mir zu und hakte sich vergnügt bei mir unter. Estelles Verlobter arbeitete als Sportreporter und hatte sehr gute Kontakte zu einigen Medien. Er hatte alles eingefädelt.

»Das ist ja super!«, schrie ich beinahe und abermals wurde mir meine Kehle eng, aber diesmal vor Rührung und Freude. Ein Team vom Fernsehen! Aber eine Sekunde später breitete sich ein mulmiges Gefühl in mir aus. Jetzt würde es gleich ernst werden. Würde die Ausstellung Anklang finden? Oder war unsere Umsetzung doch zu dilettantisch?

***

Einige Stunden später neigte sich der erste Ausstellungstag seinem Ende zu. Es waren zwar nicht so viele Besucher hier gewesen wie ursprünglich erhofft, aber doch viel mehr, als das schlechte Wetter uns am Morgen hatte befürchten lassen. Ich verabschiedete einige Gäste an der dritten Etage des Wehrturms.

»Grazia Rochefort?«, hörte ich eine weibliche Stimme nach mir rufen.

»Ja?« Ich drehte mich um. Eine etwa vierzigjährige Frau mit dunkelbraunem, kinnlangem Bob und grauem Kostüm kam mit schnellem Schritt auf mich zu. Sie reichte mir die Hand zur Begrüßung.

»Mein Name ist Maria Baumgartner, ich bin die Direktorin des Klagenfurter Museumsverbandes«, sagte sie in resolutem Tonfall und ihr Händedruck war fest. Mit ihrer Linken zauberte sie eine Visitenkarte aus der Innentasche ihres Blazers, die sie mir überreichte. »Ich musste mich ganz schön lange nach Ihnen durchfragen, aber endlich habe ich Sie gefunden. Erst einmal: herzlichen Glückwunsch zu dieser bahnbrechenden Ausstellung.« Sie lächelte mich herzlich an. Obwohl ich den ganzen Tag mit Komplimenten und Glückwünschen überschüttet worden war, freute ich mich aufs Neue. Heute waren sogar Superlative wie *einmalig, zukunftsweisend* und sogar das Wort *sensationell* mehrmals gefallen. Ein Traum war für mich wahr geworden und alle meine kühnsten Hoffnungen waren sogar übertroffen worden. Ich bedankte mich aus ganzem Herzen bei Frau Baumgartner für ihre tolle Rückmeldung. Offensichtlich war sie eine Dame vom Fach und ich war neugierig, warum sie so hartnäckig nach mir gesucht hatte. Ehe ich sie danach fragen konnte, lenkte sie das Gespräch auf die mittelalterlichen Originale, die im Turm ausgestellt waren. Ich freute mich sehr, in Frau Baumgartner jemanden vor mir zu haben, die sich für diese Stücke offensichtlich genauso begeisterte wie ich.

Wir gingen von Vitrine zu Vitrine und bequatschten jedes einzelne Teil hingebungsvoll. Und ich fühlte mich herrlich, weil ich von einer Expertin so ein uneingeschränktes Lob für meine Arbeit bekam.

Schließlich blickte sie auf ihre Uhr und erschrak. »Jetzt muss ich aber schnell zum Punkt kommen«, sagte sie. »Hätten Sie Lust, für mich zu arbeiten?« Ich klimperte ungläubig mit meinen Augenlidern. »Ich suche eine Kuratorin, die unsere Kärntner Museen und Ausstellungen modernisiert. Wir wollen Geschichte für junge Besucher attraktiver machen und neue technische Möglichkeiten mit unseren historischen Kunstschätzen kombinieren. So, wie Sie es hier gemacht haben. Wir planen ganz viele spannende Projekte, von denen ich Ihnen gern in Ruhe erzählen würde. Was sagen Sie? Kann ich Ihre Neugierde wecken?«

Ich gewann die Kontrolle über meinen Unterkiefer zurück, der nach unten geklappt war. Das war ja der Hammer. Sie wollte mir tatsächlich Geld dafür bezahlen, dass ich meinen Spaß hatte? Das war nicht weniger wert, als hätte ein Filmproduzent dem Georg aus der Ehrenfelsener Laientruppe eine Hauptrolle in einem Kinofilm angeboten. So empfand ich es zumindest. Das war die ultimative Bestätigung, dass ich alles richtig gemacht hatte. Ich schwebte schier vor Glück.

»Vielen Dank für die Chance, die Sie mir geben wollen. Das Angebot ehrt mich und würde mich wirklich reizen. Aber ich lebe und arbeite in Frankreich. Und in wenigen Tagen muss ich schon zurück, deshalb muss ich leider absagen«, antwortete ich.

Frau Baumgartner schaute, als wäre ihr der letzte Bus in die Stadt vor der Nase davongefahren. »Ach, wie schade. Das tut mir so leid, ich hatte das Gefühl, das könnte passen mit uns beiden«, sagte sie aufrichtig bekümmert. Doch es half nichts, es blieb beim Nein. Ich musste zurück zu Rochefort und den Verpflichtungen meiner Familie gegenüber nachkommen. Zum Abschied schüttelten wir uns die Hände und ich sah ihr noch nach, wie sie hinausstürmte.

Dann blickte ich meinerseits auf die Uhr. Es war bereits Zeit, die Ausstellung zu schließen. Der Eröffnungstag war geschafft. Er war großartig gewesen. Jetzt freute ich mich auf eine Plauderei mit Estelle am Telefon und danach auf den Abend. Heute würden wir im Burgrestaurant feiern. Matthias hatte alle Mitarbeitenden und auch Bernd eingeladen. Wir wollten gemeinsam essen und uns den Beitrag des Fernsehteams über unsere Ausstellung anschauen, der im Vorabendprogramm ausgestrahlt wurde.

Der Abend wurde sehr lustig. Mir wurde bewusst, wie sehr ich mich im Kreis der Burgbewohner schon eingelebt hatte und mich sogar schon zu Hause fühlte. Bernd wich mir nicht von der Seite. Wir hatten Spaß und es gab viele tiefe Blicke zwischen uns, die mir die Wangen wärmten und mein Herz schneller schlagen ließen. Doch am Ende verabschiedete er sich wieder einmal, ohne dass wir uns näher gekommen waren.

***

Am übernächsten Morgen, dem Sonntag, fand das Sportfest statt. Wie vereinbart würde ich als Revanche für Bernds Hilfe bei den Hologrammen den ganzen Tag hier mitarbeiten. Ich machte mich um kurz vor sieben Uhr auf den Weg zum Fußballplatz. Während ich die kurvige Straße hinunterfuhr, musste ich an Bernd denken. Die Spitze von Amors Pfeil steckte fest in meinem Herzen. Wie es wohl um Bernds stand? Oft sah er mich so intensiv an, dass ich sicher war, dass auch er etwas für mich empfinden musste. Aber dann schien sich stets irgendeine unsichtbare Barriere zwischen uns aufzubauen, die ich nicht benennen konnte. Mich zu überwinden, den ersten Schritt zu gehen und an dieser Mauer zu rütteln, war mein fester Vorsatz. Wer weiß, vielleicht war sie heute endlich fällig. Denn obwohl ich bald zurückmusste, war ich sicher, dass es trotzdem einen Weg für uns geben würde zusammenzubleiben, wenn wir es wollten. Immerhin lebten wir in der Zeit von Video-Chat und Nachtzügen, die die Entfernung zwischen uns verkleinerte. Und wer weiß, vielleicht würden wir ja auch bald zusammenziehen. Ich seufzte leise, denn bislang waren das alles nur Wunschträume, die meiner Fantasie entsprangen.

Ich hatte die Straße vor dem Sportplatz erreicht und sah eine Menschengruppe, die vor einem Lastwagen zusammenstand. Beim Näherkommen erkannte ich, dass es sich um einen bunt gemischten Haufen aus Jugendlichen, Männern und auch einigen Frauen handelte. Wie mich die Einheimischen aufnehmen würden? Plötzlich verspürte ich Unsicherheit und den Impuls, wieder davonzufahren. Ich hielt meinen Rucksack umklammert, in dem ich die Utensilien für das Kinderschminken dabeihatte. Weglaufen vor unangenehmen Situationen war noch nie eine Option für mich gewesen. Ich atmete tief durch und richtete mich auf.

Da war Bernd! Er trug eine dunkelgraue Trainingshose und ein weißes T-Shirt, das seine sportliche Figur unterstrich. Sein Anblick verwandelte meine Beine in Wackelpudding. Als wir uns gegenüberstanden und ich in sein Gesicht blickte, verschwammen der Himmel, die Bäume und die Menschen im Hintergrund zu einer einzigen sonnenhellen Kulisse. Gleichzeitig verspürte ich ein flaues Gefühl in meinem Bauch, als würde ich in einem Air-France-Dreamliner abheben.

Seine blaugrauen Augen strahlten mich an. »Hallo.«

»*Bonjour.*« Meine Stimme kratzte ganz leicht.

»Komm«, sagte er und hielt mir seine Hand hin. Ich nahm sie und spürte seinen festen, warmen Griff. Er gab mir genau den Halt, den ich jetzt benötigte. Wollte er den anderen etwa zeigen, dass wir zusammengehörten? Kurz vor der Gruppe ließ er mich aber wieder los. Abermals war es nur eine freundschaftliche Geste gewesen. Ich überspielte meine Enttäuschung mit einem Lächeln.

»Das ist Grazia aus Frankreich. Sie ist eine Freundin von Estelle«, stellte Bernd mich den anderen vor.

Ich winkte in die Runde.

»*Griaß di.*« Freundliche Gesichter hießen mich willkommen.

Ein etwa fünfzigjähriger, schwarzhaariger Mann trat auf mich zu. »*Servus, i bin da Peter,* der Obmann vom Sportverein. Schön, dass du uns hilfst.« Wir schüttelten uns die Hände. Die Menschen in diesem kleinen Ort waren supersympathisch.

Dann teilte er die Umstehenden in Gruppen ein. Ich landete im Team Sitzbänke und Tische, während Bernd bei der Errichtung des Festzeltes mithalf. Hoffentlich konnte ich später Zeit mit ihm verbringen, denn ich musste endlich herausfinden, ob er mich auch mochte. Eine bessere Gelegenheit als das Sportfest würde sich vielleicht nicht mehr bieten. Als er wegging, zwinkerte er mir zu und mein Herz hüpfte.

Ich half beim Aufstellen der Holzgarnituren. Erst mussten die Bänke und Tische aufgeklappt und dann an ihre Endposition getragen werden. Klips, klaps, klack. Autsch.

»Hast du das auch noch nie gemacht?«, hörte ich eine leise Stimme neben mir. Ich schaute nach links und sah eine junge Frau, die am Möbelschloss ihrer Bank herumzerrte.

Ich nickte und lächelte sie an. »Meines klemmt«, antwortete ich.

»Und das da ist total eingerostet, es bewegt sich keinen Millimeter«, sagte sie und rüttelte an dem Gestell. »Ich bin übrigens Franziska, die Mutter von Felix aus der Kindermannschaft.«

»Und ich bin Grazia aus Frankreich, eine Freundin von Estelle«, antwortete ich und ergriff die Hand, die sie mir zur Begrüßung hinhielt. Ihre Fingernägel waren großflächig mit Strasssteinchen verziert, was mir supergut gefiel. Aber weil ich zu Hause im Job extraseriös wirken wollte, erlaubte ich mir nur die Minimalvariante mit einem einzelnen kleinen glitzernden Pünktchen, die mich immer an winzige Tränen erinnerten. Als ich an meinen Job dachte, kam es mir vor, als trennten mich Welten von meinem alten Leben.

»Die sehen toll aus«, schwärmte ich über ihr Nageldesign. Über meinen Job und mein Leben zu Hause wollte ich heute bestimmt nicht nachdenken. »Beim Aufstellen der Bänke sind sie aber keine große Hilfe, oder?«

Franziska lachte und nickte zustimmend. Mit der Zeit hatten wir den Bogen raus und steigerten unser Tempo. Es war rührend, wie die ganze Dorfgemeinschaft zusammenhalf, um etwas für die Jugend zu tun. Und es war ein tolles Gefühl, ein Teil davon zu sein.

Schon trafen die ersten Fußballspieler ein und das Turnier begann. Die Gäste des Campingplatzes vom Ehrenfelsener See waren der Einladung in großer Zahl gefolgt und sogar mit einem eigenen Team vertreten. Ich wurde als *die Grazia mit den Ziegen* überschwänglich begrüßt.

Wo war Bernd eigentlich? Ich entdeckte ihn am Rasen, wo er als Schiedsrichter gerade ein Spiel anpfiff. Später würde ich aber endlich zu ihm gehen.

Nachdem wir mit dem Platzieren der Tische und Bänke im Festzelt fertig waren, startete das Unterhaltungsprogramm für die Kinder. Franziska betreute eine Station, an der die Kids mit Wasserpistolen ein Ziel treffen mussten. Außerdem gab es Hula-Hoop, Dosenschießen und Hufeisenwerfen. Neben jeder Attraktion standen Spendenboxen, die ich im Vorbeigehen unauffällig mit ein paar Geldscheinen fütterte. Ich wollte die Jugend im Dorf finanziell unterstützen, aber nicht als Wohltäterin in Erscheinung treten. Ich war Grazia aus Frankreich, eine einfache junge Frau. Bald würde ich Ehrenfelsen wieder verlassen und in meine Welt zurückkehren müssen. Schade, denn hier hatte ich mich so herrlich frei gefühlt und irgendwie jünger und lebendiger.

Doch ich wollte nicht Trübsal blasen und meine letzte Woche genießen. Und heute mit meiner Mitarbeit am Fest die Jugend von Ehrenfelsen nicht nur mit meinem Geld, sondern auch tatkräftig unterstützen. Ich eröffnete meine Station, indem ich meine Utensilien ausbreitete: bunte Schminksets, Make-up, Pinsel, Kajalstifte, Puderquasten, Feuchttücher und einen kleinen Handspiegel. Das alles hatte ich von Isabels Mutter zur Verfügung gestellt bekommen, die für diese Aufgabe ursprünglich vorgesehen gewesen war. In der vergangenen Woche hatte ich mir im Internet ein paar einfache Motive als Vorlage herausgesucht und von Annette ausdrucken lassen. Ich wollte die Kinder in bunte Schmetterlinge, Bienen, Marienkäfer und Katzen verwandeln. Von meiner Schwester Gloria hatte ich viele Schminktricks gelernt, auch wenn ich selbst nicht ständig Make-up trug.

Um noch schnell zu üben, pinselte ich mir mithilfe des Spiegels und meiner Vorlage das Antlitz einer Katze aufs Gesicht. Mit weißer Grundierung auf den Wangen, dazu schwarzer Nase, Schnäuzchen, Barthaaren und als farblichen Kontrast kräftige, rote Lippen. Wow, das sah ja richtig gut aus. Nicht einmal Gloria hätte das viel besser hinbekommen. Aber nicht nur ich fand mein Make-up gelungen, sondern offensichtlich auch drei Mädchen im Vorschulalter, die mir völlig fasziniert zugesehen hatten.

Ich schob ihnen meine Vorlagenbilder zu und sie entschieden sich einhellig für den Schmetterling. Voller Konzentration gab ich mein Bestes, und als ich fertig war, flatterten sie zufrieden davon. Bald hatte sich eine kleine Warteschlange vor meinem Tisch gebildet, die sich von mir ihre Gesichter bemalen lassen wollte.

Der Zustrom von Menschen auf das Sportfest wurde immer größer und ich war die ganze Zeit beschäftigt. Alle waren gut gelaunt und dementsprechend oft klingelte es in meiner Spendenbox. Es war ein schöner Herbsttag mit mäßigen Temperaturen, perfekt für so ein Event. Aber es hatte sich leider noch keine Gelegenheit geboten, zu Bernd hinüberzugehen, der immer noch den Schiedsrichter machte.

Als es früher Nachmittag wurde, lag der Duft von gegrillten Bratwürsteln in der Luft.

»*Boschuar, Grazia*«, hörte ich eine helle Stimme hinter mir, als ich gerade Florian, den ich vom Fußballtraining schon kannte, in einen Kater verwandelt hatte.

»*Bonjour, Max et Annette!*«, rief ich.

»Was soll ich dir aufmalen?«, fragte ich den Kleinen und legte ihm meine Vorlagen hin. Mittlerweile hatte er seine Scheu vor mir komplett abgelegt.

»Einen Marienkäfer!«, rief er begeistert. Er setzte sich mir gegenüber und ich begann mit meiner Pinselei. Ich war bereits ziemlich routiniert und es ging mir schnell von der Hand.

»Sollen wir aus deiner Mama eine flotte Biene machen?«, fragte ich beiläufig, als ich rote Flügel über seine Augenbrauen malte.

»Nein!«, rief Annette.

»Ja!«, schrie Max und rutschte begeistert auf der Bank hin und her.

Zum Glück brauchte es nicht viel, um die Burgherrin zu dem Spaß zu überreden. Als ich ihr besonders kunstvoll gekringelte Fühler auf die Stirn tupfte, kicherten wir wie gute Freundinnen, was wir mittlerweile wirklich waren.

Aus dem Augenwinkel nahm ich wahr, wie schon wieder die nächste Person auf der anderen Seite meines Tisches Platz nahm. Als ich den letzten Strich an Annettes Wange gezogen hatte und sie sich im Spiegel bewunderte, sah ich hinüber. Hitze schoss in meine Wangen. Da saß Bernd und grinste mich mit seinem jungenhaften Lächeln an. An einer Schnur um seinen Hals baumelte seine Schiedsrichter-Trillerpfeife.

»Hey.« Gleich darauf musste ich meine Aufmerksamkeit aber von ihm abwenden, weil Annette und Maximilian sich verabschiedeten.

»Aha, von hier kommen also die vielen Schmetterlinge«, sagte Bernd, als wir allein waren.

Ich lachte. »Genau. Jeder, der sich hier hinsetzt, wird von mir in ein Insekt verwandelt.«

Mit meiner rechten Hand klopfte ich auf den Platz vor mir auf der Bank, auf der ich rittlings saß. Nach Annettes Weggang war er ja frei geworden. Es war Zeit, endlich meine Komfortzone zu verlassen und die Initiative zu ergreifen. Ich wollte herausfinden, woran ich bei Bernd war. War es eine einseitige Schwärmerei meinerseits oder mochte er mich auch? Viele Gelegenheiten würden sich nicht mehr bieten. Jetzt oder nie.

»Komm, es gibt kein Entrinnen«, sagte ich.

Wie es nicht anders von einem Fußballer zu erwarten war, war er nicht begeistert davon, eine putzige Gesichtsbemalung zu bekommen. Ganz im Gegenteil. Er zog eine Grimasse, als wäre er schlimm gefoult worden. Aber er legte keinen Widerspruch ein und näherte sich langsam. Mein Herz dribbelte los, als er sich mir gegenüber setzte. Unsere Knie berührten sich und wir waren keine Armlänge voneinander entfernt.

Ich räusperte mich und tippte auf die am Tisch ausgebreiteten Vorlagen. »Was möchtest du?«

Er sah auf die Blätter und dann betrachtete er mich schweigend. Sein intensiver Blick trieb meinen Puls höher als die Gipfel der Karawanken, die sich hinter ihm am Horizont abzeichneten. Warum sagte er nichts?

»Einen Kater«, antwortete er schließlich. Du Kater, ich Katze? Ein Pärchen! Ich war so hoffnungslos verknallt, dass ich jedes seiner Worte interpretierte.

»Gut«, sagte ich und lächelte. Während ich zu der weißen Farbtube griff, spürte ich, wie mein Gesicht sich noch weiter wärmte. Ich drückte etwas von der Paste auf das Schwämmchen. Dann hob ich verhalten meine rechte Hand und näherte mich langsam seiner Wange. Wir lächelten uns an, sprachen aber kein Wort. Mein Atem ging unnatürlich schnell. Bernd zu berühren erschien mir wie etwas, das ich nicht einfach so gedankenlos nebenher machen, sondern bewusst und mit allen Sinnen genießen wollte. Am liebsten hätte ich meine Augen geschlossen und sein herbes Aftershave tief eingesogen, das mich gemeinsam mit einer Nuance seines maskulinen Dufts umspielte. Mein Herz klopfte heftig, als ich mit dem Tuch an seiner Haut ansetzte und extrasanft darüberstrich. Ich genoss es, dass ich jetzt beim Schminken sein attraktives Gesicht aus der Nähe haargenau betrachten durfte, ohne dass es seltsam wirkte. Dessen Form war symmetrisch und markant. Bernds hohe Stirn kam durch das lässig zurückgestrichene Deckhaar zur Geltung. Seine Nase war weder groß noch klein, sondern genau perfekt. Ein paar dunkle Bartstoppel brachen bereits durch die sonst glatt rasierte Hautoberfläche. Wie ich mittlerweile wusste, würde gegen

Abend sein Gesicht von einem männlichen Bartschatten bedeckt sein. Aber bloß nicht in seine Augen sehen! Die Distanz zwischen uns war so knapp, dass ich fürchtete, vor Aufregung danach keinen einzigen geraden Pinselstrich mehr zeichnen zu können. Mit leichtem Druck trug ich die restliche helle Grundierung rechts und links oberhalb seines Mundwinkels auf. Sie waren meist leicht nach oben gebogen und luden zum Küssen ein. Ich schluckte und musste mir mit der Linken ein wenig Luft zur Kühlung zu fächern. Aber jetzt weiter. Nun pinselte ich die Barthaare auf seine Wangen. Zuletzt kam das schwarze Näschen dran. Die Berührung mit dem Stift kitzelte Bernd wohl, denn er begann leise zu lachen. Ich stimmte sofort mit ein und das half mir, mich zu entspannen. Auf den roten Lippenstift, den ich als Kätzchen trug, verzichtete ich bei meinem Kater. Noch ein paar Striche oberhalb der Brauen. Seine blaugrauen Augen schienen etwas dunkler als sonst und hatten diesen verwegenen Ausdruck, den ich so mochte. Entgegen meinem Vorsatz konnte ich meinen Blick nun doch nicht abwenden. Er hielt dem meinen stand und auf einmal schien die Zeit stillzustehen. Die Umgebung verschwamm zu einem einzigen hellen Grün und der Lärm um uns verstummte so abrupt, als hätte jemand den Stecker einer Lautsprecherbox gezogen. Ich sah nur noch Bernds Augen, die mich an die tiefen Farben des Sees an einem stürmischen Tag erinnerten. Mein Blick pendelte zwischen seinen Augen und seinem Mund hin und her, den ein leichtes Lächeln umspielte. Unsere Köpfe näherten sich in Zeitlupe einander an und waren nur noch eine Handbreit voneinander entfernt. Ich spürte, dass die unsichtbare Mauer, die zwischen uns bestanden hatte, gefallen war. In der Gewissheit, dass er mich gleich küssen würde, pochte mein Herz auf das Heftigste, aber in einem gleichmäßigen Takt. Ich konnte mir nichts vorstellen, was ich in diesem Moment dringender herbeisehnte als die Berührung seiner Lippen. Er nahm meine Hand in seine und wir verschränkten unsere Finger ineinander. Glücksgefühle fluteten meinen Körper und ich schloss meine Lider. Einen Moment später fühlte ich endlich den Druck seiner rauen Lippen auf meinen. Sie umspielten mich sanft wie die Liebkosung eines neugeborenen Kätzchens. Aber es waren gerade diese hauchzarten, einfühlsamen Berührungen, die einen heftigen Sturm in mir auslösten. So etwas hatte ich noch nie empfunden. Es kribbelte von meinen Zehenspitzen bis hin zu meinen Haarwurzeln. An meinen Seiten war die Empfindung so heftig, dass es schmerzte. Ich wusste: Linderung könnte nur Bernds Nähe bringen. Als ob er meine Gedanken hatte lesen können, schlang er seine Arme um mich und zog mich näher an sich. Dazu hob er meine Beine ein wenig an, sodass sie über seine Knie rutschten. Jetzt ging das Küssen so richtig los.

»Bäh!«

»Igitt.«

Wir lösten uns voneinander, als wären wir mit den Lippen an eine zu heiße Bratwurst geraten. Und genau so brannten meine Wangen.

Kapitel 14: Ketchup
Bernd

Vor uns stand die Ehrenfelsener Kinderfußballmannschaft. Florian hielt sich die Hand vor den Mund, Lukas gab Würgegeräusche von sich und Hannah schürzte angewidert die Lippen. Der Rest starrte uns einfach nur schockiert an.

Als Grazia noch weiter von mir abrücken wollte, verhinderte ich es, indem ich ihre Hand mit sanftem Druck festhielt.

»Hab ich Lippenstift im Gesicht?«, fragte ich meine Schützlinge und drehte mich ihnen zu. Bestimmt hatte ich einiges von Grazias roter Farbe abbekommen.

»Ja«, stöhnte das Team im Kollektiv.

»Du siehst aus wie meine dreijährige Schwester, wenn Mama sie allein Pommes mit Ketchup essen lässt«, sagte Florian weinerlich.

Grazia und ich sahen uns an und lachten. Ich näherte mich ihr und wir küssten uns wieder. Als wir das nächste Mal hochschauten, war die Meute verschwunden.

»Komm, ich mach dir die Tomatensoße weg«, sagte Grazia und zog grinsend ein Feuchttuch aus einer Packung, die auf dem Tisch lag.

»Aber nur das Rot entfernen«, sagte ich. »Sonst will ich verkatert bleiben.«

Grazia lachte und nickte. Dann machte sie sich daran, meinen Mund von der Schmiererei zu befreien. Selbst das machte sie mit so sinnlichen Bewegungen, dass sich die Hitze in mir staute. Dabei lächelte sie ununterbrochen und ich hoffte, dass sie so glücklich war wie ich in diesem Moment. Wir hatten uns geküsst! Und es war tausendmal aufregender gewesen als alle großartigen Ereignisse, die ich mir gerade vorstellen konnte. Zum Beispiel, wenn Österreich bei einer Fußball-EM gewinnen würde. Ich fühlte mich losgelöst wie Major Tom. Das Läuten meines Handys in der Gesäßtasche meiner Shorts riss mich aus meiner Blase. Ich wurde zu meinem nächsten Spiel gerufen.

»Ich muss leider wieder los«, sagte ich. Allerdings traf sich das gar nicht mal schlecht, denn zwei Mädchen sahen sich gerade neugierig die Vorlagenblätter an.

»Bis bald«, sagte ich. Noch ein letzter Kuss, ein tiefer Blick und ein Lächeln. Dann riss ich mich los und machte mich auf den Weg quer über den Rasen. Mein Gang fühlte sich aber wie ein Schweben an. Grinsend konterte ich die blöden Kommentare, die meine Kumpels über meinen Katzenbart schoben.

***

Ich konnte mich kaum auf das Spiel konzentrieren. War der Ball im Aus gewesen oder nicht? Das war mir noch nie passiert, denn normalerweise war ich absolut entscheidungssicher. Am liebsten hätte ich dem Publikum die Rote Karte gezeigt, das mich doch tatsächlich wegen einer angeblichen Fehlentscheidung ausbuhte. Mein niedliches Katergesicht trug wohl auch dazu bei, dass ich bei dieser Partie nicht für voll genommen wurde. Aber mich interessierte vor allem, was Grazia machte, und ich suchte immer wieder mit den Augen nach ihr.

Am späten Nachmittag war sie mitsamt ihrem Schminktisch plötzlich verschwunden. Ich vermutete, dass Peter sie und die anderen Mitarbeitenden jetzt ins Bierzelt beordert hatte, denn alle Kinderstationen waren verwaist und aus dem Festzelt wummerte Musik.

***

Die Flutlichtanlage war bereits eingeschaltet, als das Turnier vorbei war und ich endlich zum Schlusspfiff des Tages ansetzte. Danach beeilte ich mich, auch ins Festzelt hinüber zu kommen. Die meisten Besucher befanden sich bereits drinnen und feierten. Die Tische waren brechend voll besetzt und die Stimmung bierselig. Auf einer kleinen Bühne spielte die Ehrenfelsener Schlagerband und die ersten Tanzpaare fragten sich eng umschlungen, warum sie nicht Nein gesagt hatten.

Ich entdeckte Grazia hinter der Schank, wo sie die Bestellungen der Kellner entgegennahm und für sie die Getränke vorbereitete.

»*Bernd, mir san do.*« Mein Freund Georg, der auch schon ein paar Bier intus zu haben schien, schwankte auf mich zu und legte seinen Arm um meine Schultern. Er wollte mich mit sich zu einem Tisch ziehen, wo unsere Kumpels zusammensaßen.

»*I´ kumm glei*«, antwortete ich und schob seinen Arm hinunter. Denn zuerst wollte ich zu Grazia. Mit klopfendem Herzen näherte ich mich ihr. Ich hoffte, dass Peter ihr bald freigeben würde und wir den Abend dann zusammen verbringen könnten. Ich blieb vor der Bar stehen, hinter der es ziemlich hektisch zuging. Grazia und die anderen Freiwilligen hatten alle Hände voll zu tun. Ihr T-Shirt war nass geworden und die Katzenbarthaare auf ihren Wangen waren zu einer einheitlichen grauen Masse verwischt. Wenn ich ein Kater wäre, würde ich sie einfach nur zum Schnurren finden, so zuckersüß sah sie aus. Als sie hochsah und mich entdeckte, legte sich ihr Mund in ein weites Lächeln und mein Herz klopfte auffällig.

Sie kam näher und lehnte sich über die Bar zu mir. Der Lärmpegel um uns war oktoberfestwürdig.

»Es tut mir leid, dass du die Hologramme so schwer abarbeiten musst!«, rief ich ihr zu. Immerhin war sie schon seit sieben Uhr morgens hier und schuftete für unseren Fußballverein.

Sie legte den Kopf schief und lächelte. Ich umfasste ihre Fingerspitzen mit meinen. »*Non.* Das war mit Abstand der beste Tag, den ich seit sehr Langem hatte«, raunte sie in mein Ohr und kitzelte damit die feinen Härchen in meinen Gehörgängen, die sich wohlig aufstellten. Ihr bester Tag seit langer Zeit! Wow!

Mein Gehirn arbeitete auf Hochtouren, um eine passende Antwort zu diesen liebevollen Worten zu finden. »*Merci, Chérie*«, sagte ich schließlich und beugte mich zu ihr, um sie zu küssen. Ob es nach den paar Stunden mit mir schon zu früh für so einen besitzergreifenden Kosenamen war? Danke, mein Schatz, bedeutete das. Zum Glück lächelte Grazia und schien nicht irritiert darüber.

»*Bernd, ned jetzt!*«, rief Peter. Er legte seine Hände auf unsere Nacken, um uns voneinander zu trennen. »*I brauch unser Grazale no.*« Im Kärntner Dialekt wurde alles und jeder mit dem Anhängsel *ale* verniedlicht und Grazia bekam da keine Ausnahme. Unter Peters festem Griff war nicht mehr als ein flüchtiger Kuss drin.

Es blieb mir nichts anderes übrig, als neben Georg am Tisch bei meinen Kumpels Platz zu nehmen. Normalerweise war ich total gern mit ihnen zusammen, aber heute war meine Aufmerksamkeit meistens bei der Schank. Ich setzte mich so, dass ich halbwegs freie Sicht auf Grazia hatte, und so konnten wir Blicke tauschen, wenn sie Zeit hatte. Mir wurde bewusst, dass ich wegen Grazia heute auch einen der schönsten Tage seit Langem erlebt hatte. Und zwar mit haushohem Abstand. Warum war mir das vorhin nicht eingefallen? Das hätte ich ihr sagen sollen. *Merci, Chérie* war aber auch nicht ganz schlecht gewesen. Ich bestellte Bratwürstel und Bier und stieß mit meinen Freunden an.

***

Eine Stunde später war die Stimmung im Bierzelt am Überkochen. Etliche Leute tanzten auf den Tischen, grölten die Lieder mit und hinter der Bar kamen sie kaum mit dem Ausschenken der Bierkrüge hinterher.

»Da bist du ja!« Mein Herz setzte einen Schlag aus. Wie aus dem Nichts stand Sandra auf einmal neben mir.

»Hallo«, grüßte sie in die Runde, aber sie lächelte nur mich an. Ich hatte seit unserer Begegnung am Fußballplatz kaum noch an sie gedacht und ihr unerwartetes Erscheinen versetzte mich neben die Spur. Sprachlos rückte ich zur Seite, um für sie Platz zu machen. Da die Bank schon vor ihrem Kommen fast voll war, mussten wir sehr nahe beieinander sitzen. Normalerweise wäre ich darüber überglücklich gewesen und bis vor Kurzem hatte ich mir nichts sehnlicher gewünscht. Aber nach dem heutigen Tag? Alles war jetzt anders, obwohl ich noch keine Gelegenheit gehabt hatte, darüber nachzudenken, wie es zwischen Grazia und mir weitergehen würde. Mein rechter Arm wurde gegen Sandras linken gedrückt, genau wie unsere Beine unter dem Tisch. Himmel, das fühlte sich falsch an. Ich wollte aufstehen und weggehen. Aber halt! Das wäre ja wieder einmal typisch für meine Art, erwachsener Kommunikation aus dem Weg zu gehen. Das hatte Sandra mir früher auch gern vorgeworfen. Also würde ich schön sitzen bleiben. Georg hatte schon wieder eine Runde Schnaps bestellt. Diesmal lehnte ich nicht ab und alle stießen ihre Gläser in der Mitte zusammen. Ich stürzte die durchsichtige Flüssigkeit hinunter, die so sehr in meiner Kehle brannte, dass ich mit Bier nachspülen musste.

»Was hast du da?« Sandra stützte sich ein wenig unbeholfen mit ihrem Ellbogen am Tisch ab und kam mit ihrem Gesicht nahe an meins heran, um mich genau zu betrachten. Ihre Augen hatten dieses unvergleichliche himmelblaue Strahlen, das mich immer schon so sehr fasziniert hatte. Es war mir unmöglich, mich ihrem Blick zu entziehen.

»Kater«, antwortete ich mit kratziger Stimme und versuchte, vor ihr zurückzuweichen. Doch Georg auf der anderen Seite machte sich breit und legte angeheitert seinen Arm um mich. Grrr.

Meine Ex-Frau schmunzelte und nippte schon am nächsten Getränk, irgendeinem Longdrink. Erstaunlich, denn Sandra trank doch selten Alkohol. Sie ließ den Blick nicht von mir. Warum sah sie mich so an? Ich war doch kein Beutetier oder so. Ich nahm noch einen Schluck Bier.

»Stimmt das, was alle sagen?«, fragte sie.

Da ich nicht wusste, was sie meinte, sah ich sie mit angehobenen Augenbrauen an.

»Dass du mit dieser Französin zusammen bist!«, rief sie so laut, dass Georg den Arm von mir herunternahm und mich auch anstarrte. »Die auf dem Campingplatz im Ziegenstall arbeitet und mit dir beim Fuschballtraining war.«

Sandra nuschelte. Heiliger Bimbam, meine Ex-Frau hatte einen sitzen!

Waren Grazia und ich ein Paar? »Das weiß ich nicht«, antwortete ich wahrheitsgemäß. Wir hatten uns heute zum ersten Mal geküsst. Sie musste doch sicher bald nach Frankreich zurück? Ich hatte keine Ahnung, wie es mit uns weitergehen würde.

»Gut, weil …«, sagte Sandra und ihre blauen Augen näherten sich. Was machte sie denn da? War sie wirklich so betrunken? So lange hatte ich mich nach ihr verzehrt und sie hatte mich ignoriert. Kaum war ich dabei, mich in eine andere Frau zu verlieben, wurde sie anscheinend eifersüchtig und … Wollte sie mich jetzt etwa küssen?

»*A geht da vua?*« *Spinnst du?* Ein dunkelblonder Mann in weißem Hemd und heller Hose hatte Sandra am Handgelenk gepackt und zerrte sie grob von der Bank. Sie taumelte und verlor das Gleichgewicht, da griff der Typ sie am Ellbogen und verhinderte so gerade noch ihren Sturz. Ihr schönes Gesicht war vor Schmerz verzerrt, als sie seinen derben Griff abschütteln wollte. Sandra! Hitze, Wut und Zorn explodierten in mir.

Kapitel 15: Mambo
Grazia

Mein Blut pulsierte im Takt des Mambos, der gerade durch das Zelt dröhnte. In dem Song ging es neben Monika, Erika, Rita, Tina und Jessica, ausgerechnet auch um eine Sandra. Das musste Zufall sein oder das Schicksal erlaubte sich einen kleinen Witz. Ich stützte mich an der Theke ab. Gleichzeitig konnte ich meinen Blick nicht von der Szene abwenden, die sich wenige Schritte vor mir abspielte. Bernd stürzte sich auf den Mann, der Sandra schlagartig losließ. Er parierte den Angriff und schubste zurück. Bernd packte ihn an den Armen. Die beiden rangen miteinander, eine Faust flog in Bernds Gesicht. Er schwankte und fiel zu Boden, sein Kontrahent landete auf ihm. Mein Herz pumpte Adrenalin durch meinen Körper, das meine Beine aber offensichtlich nicht erreichte, denn sie fühlten sich zu schwach an, um mein Gewicht weiterhin tragen zu können. Meine Sicht auf die beiden Kontrahenten wurde durch Bernds Kumpels behindert, die aufgesprungen waren und versuchten, die beiden Kampfhähne auseinanderzuzerren. Jetzt mischten sich andere ein, die anscheinend auf der Seite von Bernds Gegner standen und ihn aus dem Griff von seinen Kumpels befreien wollten. Zwei der Raufenden krachten der Länge nach auf einen benachbarten Tisch mit Unbeteiligten. Frauen schrien und ein Glas klirrte. Die Situation geriet außer Kontrolle.

»*Lei låsn!*«, donnerte Peter, der neben mir auf die Theke geklettert war. Das hörten die Raufenden nicht, weil der Mambo um Erika, Rita, Tina und Jessica alles überdröhnte. Aber den eiskalten Sodawasserstrahl nahmen sie wahr, den der Vereinsobmann auf die Köpfe der Meute spritzte. Sie ließen voneinander ab und rieben sich die Augen. Gleichzeitig tauchten Uniformierte auf. Ein Trupp der Freiwilligen Feuerwehr! Sie griffen sich die miteinander Ringenden und trennten sie. Es war, als müssten sie ein verworrenes Knäuel aus Testosteron und Schweiß auflösen. Bernd und ein paar andere besonders Hitzige wurden an den Oberarmen festgehalten und dann unsanft in Richtung Ausgang eskortiert. Gerade als sie die Theke passierten, drehte Bernd sich zur Bar um und suchte meinen Blick. Nur einen Moment blieb uns Zeit, uns anzusehen. Ich konnte seine ehrliche Zuneigung in seinen Augen lesen und eine große Portion Schuldbewusstsein über das, was gerade passiert war. Dann wurde er von Männern, deren Schulterumfänge Profi-Wrestlern geschmeichelt hätten, weitergeschoben.

»*Grazale, is besser du schaust noch eam*«, sagte Peter und nahm mir das Glas aus der Hand, um das sich meine Finger krampften. Er deutete mit dem Kopf zum Ausgang, wo die Gruppe gerade verschwand.

***

Bernd war von den Feuerwehrleuten auf die Straße eskortiert worden, wo sie ihn auf der Bordsteinkante sitzend zurückließen. Ich näherte mich ihm langsam. Als er mich erkannte, stand er auf und kam auf mich zu.

»Es tut mir so leid«, stammelte er. »Ich hab mich noch nie in meinem ganzen Leben geprügelt.«

Bernd war keiner von den halbstarken Machos, die Meinungsverschiedenheiten mit Fäusten austrugen oder sich besser fühlten, wenn sie sich prügelten. Das wusste ich. Er hatte eine Frau verteidigt, die von einem Kerl grob angefasst worden war, und obwohl ich Gewalt natürlich ablehnte, imponierte es mir sehr, dass er eingeschritten war. Und zwar so sehr, dass mein Herz sich sehnsuchtsvoll zusammenzog und mich ein wahrer Schmetterlingsschwarm in meinem Bauch kitzelte. Genau so einen Mann wollte ich an meiner Seite haben: der liebevoll war, aber auch aufstand und eingriff, wenn es nötig war. Dass er jetzt augenscheinlich ein schlechtes Gewissen deswegen hatte, sprach auch für ihn. Zufälligerweise war die Person, um die es gegangen war, seine Ex-Frau gewesen. Das beunruhigte mich aber nicht, denn sein Blick sagte mir ganz deutlich, dass sein Herz für mich schlug. Die Schmetterlinge in meinem Bauch fächerten sich gegenseitig frische Luft zu, als er mich anlächelte. Ein warmes Gefühl und eine Welle des Glücks durchströmten mich.

»Deinen sanften Katzenbabyblick nehm ich dir nicht mehr ab«, sagte ich in gespieltem Tadel und musste schmunzeln, weil er ihn so gut draufhatte.

Er lachte leise. »Solche Bierzelt-Schlägereien sieht man sonst nur in seichten Komödien, oder?« Seine Hand suchte unsicher nach meiner.

»Ja, genau. Dass euer Sportfest langweilig wäre, kann wirklich niemand behaupten«, antwortete ich und wehrte mich nicht, als sich seine Finger mit meinen verschränken wollten.

Unsere Gesichter näherten sich langsam. Dann berührten sich unsere Lippen und wir setzten dort fort, wo wir am Nachmittag aufgehört hatten. Seine Küsse schmeckten nach Bier und ganz viel Leidenschaft. In mir entzündete sich ein Verlangen, das ich so heftig noch nie nach einem Mann empfunden hatte. Ich wollte ihn spüren. Als ich meine Hände unter den Saum seines Pullovers gleiten ließ und sie sich langsam nach oben arbeiteten, stöhnte er wohlig auf. Sein Oberkörper hob und senkte sich, als würden meine Fingerspitzen ihm die schlimmste Folter bereiten. Er zog mich ganz nahe an sich und dann zuckte er plötzlich zurück. Im fahlen Licht der Straßenlaternen erkannte ich, dass die Haut unter seinem Auge dort lilafarben schimmerte, wo wir uns gerade berührt hatten.

»Ui, das sieht schlimm aus. Tut es sehr weh?«, fragte ich mit kratziger Stimme.

Er schüttelte den Kopf, allerdings kniff er gleichzeitig seinen Mund verkrampft zusammen. »So etwas wie Schmerz kenne ich nicht«, presste er zwischen den Zähnen hervor, worauf ich leise gluckste.

»Hm. Vielleicht wäre es trotzdem besser, etwas Kühles aufzulegen. Möchtest du mit zu mir kommen, dann könnte ich deine Wunden untersuchen. Und versorgen.« Ich saugte an meiner Unterlippe und mein Herz wummerte in meiner Brust. Gloria wäre stolz auf mich. Sonst ging ich nie in die Offensive, aber gerade wollte ich nichts mehr auf der ganzen Welt, als die Nacht mit Bernd zu verbringen. Das körperliche Verlangen nach ihm war schier unerträglich. Ihn dringend spüren zu müssen, war meine Wunde, mein Schmerz.

Er strahlte, als könne er sein Glück kaum fassen. »O ja, lass uns gehen, ich brauch dringend Hilfe.« Er stöhnte und küsste mich fest. Dann nahm er meine Hand und zog mich hinter sich her, in Richtung meines Autos.

»Halt!«, rief ich, worauf Bernd mich enttäuscht und entsetzt gleichermaßen ansah.

»Safety first«, sagte ich. »Hast du …?«

Sein Gesicht erhellte sich, als er verstand. »Bei den WCs gibt es einen Automaten …« Er rannte davon und war in weniger als einer Minute mit einem kleinen bunten Päckchen zurück.

Kapitel 16: Fleur de Lys
Bernd

Unsere Arme und Beine waren verwoben wie die Wurzeln der hundertjährigen Eichen, deren Ausläufer im Ehrenfelsener Wald die Wege furchten. Ich schloss meine Augen und drückte meine Nase sanft an Grazias Hinterkopf. So konnte ich ihren Lilienduft noch stärker wahrnehmen. Er kam von ihrem Lieblingsshampoo, wie sie mir gestern Nacht erzählt hatte. Es hieß *Fleur de Lys*. Allein dieser zauberhafte Name sagte alles. Es war der Duft, der mich um meinen Verstand brachte. Grazia war unglaublich. Ich hatte nicht geahnt, dass eine Frau all das sein konnte: zärtlich, liebevoll und atemberaubend sinnlich. So sexy, dass es für einen Mann, der länger allein gelebt hatte, kaum zu ertragen war. Gleichzeitig war sie lustig und klug. Aber sie war auch so wunderschön, dass ich sie ständig betrachten mochte. Ich öffnete meine Augen und sah ihr dichtes braunes Haar und ihren schmalen Hals vor mir. Bei ihrem Anblick empfand ich eine Zuneigung, die so groß und tief war, dass ich kaum Worte fand. Ich war schon lange in Grazia verliebt, aber heute Nacht hatte ich mein Herz an sie verloren. Und Grazia? Nachdem wir gestern das erste Mal miteinander geschlafen hatten, hatte sie ihr Gesicht ganz fest an meine Brust gedrückt. Zu meinem großen Schrecken hatte ich Nässe an meiner Haut gespürt und ich hatte furchtbare Angst bekommen, dass ich ihr wehgetan haben könnte. Doch sie hatte mir versichert, dass alles in Ordnung war. Ganz im Gegenteil, sie war emotional berührt worden, hatte sie mir mit Worten und Küssen überzeugend versichert. Ich hatte ihre Tränen weggeküsst und sie ganz fest gehalten. Dann hatten wir die halbe Nacht lang miteinander geflüstert, gelacht und uns geliebt. Wir hatten uns über alles unterhalten, was uns gerade in den Sinn kam. Zum Beispiel über unsere Eltern, die gemeinsam hatten, dass sie immer hinter uns standen, egal, was wir machten. Grazia liebte es, Haferflocken und Beeren zu frühstücken, und trank ihren Kaffee immer schwarz. Ihre Schwester Gloria und Estelle Ehrenfelsen waren ihre besten Freundinnen. Aber auch Annette war zu einer Freundin für sie geworden. Auch ich hatte ihr ganz viel von mir erzählt, obwohl ich mich normalerweise nicht gern öffnete.

Ich drückte ihr einen sanften Kuss auf den Hinterkopf. Grazia seufzte herzzerreißend niedlich und rekelte sich. Als sie erwachte, realisierte sie, dass ihre Arme und Beine mit jenen eines anderen Menschen verwoben waren. Ich spürte, wie ihr Körper verkrampfte, aber den Bruchteil einer Sekunde später entspannte sie sich wieder. Sie drehte mir ihren Kopf zu, sah mich an und lächelte. In dem Moment wurde es sonnenhell. Dann wandte sie mir ihren Körper zu. Wir waren uns ganz nah, Gesicht an Gesicht.

»Guten Morgen, *Chérie*«, sagte ich mit leicht rauer Stimme. Ihr offenes Haar umrahmte ihr Gesicht, das nach der kurzen Nacht ein wenig blass war. Ihre grünen, katzenhaften Augen blinzelten mich aus leicht geschwollenen Lidern an. So verschlafen sah meine französische Schönheit zuckersüß aus.

»*Bonjour*«, antwortete sie und ließ sich von mir küssen. Dann musterte sie mein Gesicht. Sie legte ihre Hand an meine Wange und strich hauchzart mit ihrer Daumenspitze über die Haut unter meinem Auge, auf das ich gestern im Zelt eins draufbekommen hatte.

»Sehe ich sehr schlimm aus?«, fragte ich mit kehliger Stimme.

»Wie Rocky Balboa nach einem verlorenen Kampf«, sagte sie leise. Dabei grinste sie mich frech an, woraufhin ich sie zur Strafe an der Seite kitzelte. Dabei entlockte ich ihr total niedliche französische Quiek-Laute, die ich noch nie gehört hatte. So sexy!

»Wolltest du sagen, ich sehe wie ein Filmstar aus?«, fragte ich und kitzelte sie weiter, bis sie nicht mehr ihren Kopf schüttelte, sondern kichernd zustimmte.

Danach küssten wir uns erst leicht und neckend, dann immer intensiver und bald wurde es Zeit für das erste Kondom dieses Tages.

***

»Ich habe versprochen, dass ich beim Wegräumen helfe«, sagte ich, als es zehn Uhr wurde. Ich hatte gerade in der vorsintflutlichen Badewanne geduscht. Nun saß ich am Bettrand und zog mir meine Socken an.

»Kann ich mitkommen?«, fragte Grazia.

»Wirklich, willst du? Das wäre echt toll. Beim Wegräumen am nächsten Tag nach einem Fest kommen immer viel weniger Freiwillige als beim Aufbauen. Aber du weißt, dass du das nicht machen musst?«, antwortete ich und fasste aber bereits nach ihren Händen, um sie aus dem Bett zu ziehen.

»Jaja, das weiß ich«, sagte sie lachend. »Aber weil die Hologramme soooo toll geworden sind, hänge ich noch ein paar Stunden als Draufgabe dran.«

Schade, dass sie nicht gesagt hatte, dass sie mithalf, weil sie den Tag mit mir verbringen wollte. Das hätte ich viel lieber gehört, aber ich ließ es mir nicht anmerken. »Super, dann komm«, antwortete ich einfach nur.

Während sie duschte, schaltete ich mein Handy ein. Ich setzte mich auf das kleine Sofa in der Wohnküche und checkte mein WhatsApp. Einige ungelesene Mitteilungen leuchteten mir entgegen.

Die erste war von Mutter, die sie vor einer halben Stunde gesendet hatte: *Bua? Du host di prügelt? Is ollas oke?* Haha, der Dorffunk verbreitete Nachrichten sogar noch schneller als WhatsApp. Ich beruhigte Mama mit einer kurzen Antwort.

Die nächste Mitteilung war von Peter, der vor einer Stunde Fotos in unsere Sportvereinsgruppe gepostet und geschrieben hatte:

Das Fest war ein großer Erfolg! Unsere neue Jugendmannschaft ist fix. Es gab nur einen kleineren Zwischenfall, sonst war alles friedlich. ☺ Danke, dass ihr zahlreich zum Wegräumen um 10 Uhr erscheint.

Mitten in der Nacht, um drei Uhr fünfzehn, hatte Georg geschrieben: *Olta, wo steckst du?* Ich schüttelte grinsend den Kopf.

Oh! Da war ja auch eine Mitteilung von Sandra! Seit ich nach der Prügelei mit Grazia mitgegangen war, hatte ich überhaupt nicht mehr an sie gedacht. Schlechtes Gewissen machte sich in mir breit. Ob es ihr gut ging? Hoffentlich hatte sie dieser Kerl gestern Nacht in Ruhe gelassen. Und wer war das überhaupt gewesen? Ihr neuer Freund etwa? Mit leicht erhöhtem Puls öffnete ich ihre Nachricht, die sie um ein Uhr morgens gesendet hatte. Sie hatte geschrieben:

Bernd, danke für deine Hilfe!

Die App zeigte an, dass sie jetzt offline war.

Ich antwortete trotzdem: *Ist alles okay? Wer war der Typ?*

»Gehen wir?«, fragte Grazia, die in Jeans und weitem Pulli vor mir stand. Sie sah in allem, was sie trug, einfach toll aus.

»Klar«, antwortete ich. Ich steckte mein Mobiltelefon ein, stand auf und streckte meinen Arm nach ihr aus. Dann gingen wir Händchen haltend los.

***

Am späten Nachmittag war alles erledigt und die letzten Spuren des Sportfestes waren weggeräumt. Jetzt saßen Grazia und ich auf der Wiese am Ufer des Ehrenfelsener Sees und schauten aufs Wasser. Auf den sanften Wellen, die sich in einem dunklen Grünblau immerfort auf uns zubewegten, tanzten helle Lichtreflexionen, die die späte Nachmittagssonne auf ihnen erzeugte. Wenn sie erst einmal hinter dem Gebirgszug verschwunden war, würde es zu dämmern beginnen und die Abendtemperaturen empfindlich sinken. Der Herbst war da. Grazia legte ihren Kopf auf meine Schulter und lächelte ein wenig müde, aber auch glücklich, wie ich fand.

Als ich sie nahe an mich heranzog, fühlte sich ihre Berührung schon sehr vertraut und herrlich leicht an. Wir küssten uns und dann legte ich meinen Arm um sie. Vor einem Monat noch hätte ich mir im Traum nicht vorgestellt, dass sich mein Leben derart verändern könnte. Jetzt war alles anders. Ich hatte mich in Grazia verliebt und fühlte mich so glücklich wie seit vielen Jahren nicht.

Ein kleines Ruderboot, das gerade die Mitte des Sees passierte, zog meine Aufmerksamkeit auf sich. Könnte ich den Schiffbruch meines Lebens, den ich erlitten hatte, tatsächlich überwinden und doch noch einen sonnigen

Hafen erreichen? Ja, ich war mir sicher: Mit Grazia könnte ich es. Ich wollte mit ihr zusammenbleiben. Aber wollte sie das auch? Und wie sollte das gehen? Mit der Arbeit an der Ausstellung im Bergfried war Grazia nun fertig. Ihre Schwester Gloria würde morgen anreisen, um Estelle fortan zu unterstützen. Grazia würde eine Woche später wieder nach Hause zurückkehren. Eine graue Wolke hatte sich vor die untergehende Sonne geschoben und die Szenerie um die kleine Barkasse am See wirkte nicht mehr friedlich, sondern ein wenig dramatisch. Würde es bei Grazia und mir auch dramatisch werden? Die Zukunft hing wie eine unbeständige Wetterfront über uns. Ich würde ihr gerne sagen, was ich für sie empfand und dass ich mir nichts sehnlicher als eine gemeinsame Zukunft mir ihr wünschte. Aber ich konnte Grazia doch nicht nach einer einzigen Nacht, die wir zusammen verbracht hatten, bitten, dass sie ihre Familie, ihren Job und ihre Heimat für mich aufgab, um mit mir in einer Kellerwohnung zu leben. Nein, nein. Das kam mir geradezu lächerlich vor. Und außer Schulden und Zukunftsvisionen, die im Moment noch nicht mehr als Luftschlösser waren, konnte ich ihr nichts bieten. Vielleicht könnten wir anfangs eine Fernbeziehung führen? Und ich würde mich extra anstrengen, bald alle meine Schulden abzubezahlen, damit ich mir ein eigenes Heim leisten konnte. Dann könnte ich sie fragen, ob sie zu mir ziehen würde. Ich nahm mir vor, das Thema bald anzusprechen.

Der letzte Zipfel der kreisrunden, rötlichen Sonnenscheibe verschwand hinter den Karawanken und das kleine Ruderboot hatte den sicheren Steg am Ufer erreicht.

Wir beschlossen, zu Grazias Apartment zu fahren, wo wir die Nacht wieder zusammen verbringen wollten. Sandra hatte sich nicht mehr gemeldet und meine Nachricht auch nicht gelesen, was mir ein wenig Sorgen bereitete. Ob es ihr gut ging? Aber wenn ihr etwas zugestoßen wäre, hätte ich es über den Dorffunk bestimmt bereits erfahren.

***

Den nächsten Tag hatte ich bei einem neuen Auftraggeber auf einer Baustelle in Klagenfurt verbracht. Jetzt war ich auf dem Heimweg und hoffte, dass Grazia heute zu mir kommen würde. Am Morgen war sie so aufgeregt gewesen, weil sie ihre Schwester Gloria erwartete. Mittlerweile musste sie längst eingetroffen sein. Sie hatten vorgehabt, Estelle im Krankenhaus zu besuchen, und dann wollte Grazia ihre Schwester in ihre neuen Aufgaben im Streichelzoo einweisen. Aber wenn es möglich wäre, würde sie abends zu mir kommen, hatte sie versprochen. Ich hatte Ehrenfelsen erreicht und bog in unsere Straße ein. Meine Eltern waren nicht da, wie ich an der zugesperrten Tür feststellte.

Ich bin jetzt zu Hause, Chérie. Kommst du? Ich koche uns Spaghetti, schrieb ich auf WhatsApp, nachdem ich sie per Telefon nicht hatte erreichen können. Danach schlüpfte ich unter die Dusche. Gerade als ich, nur mit einem Badetuch um die Hüften, den Inhalt meines Kühlschranks inspizierte, klopfte es schon an der Tür. Da war Grazia aber schnell gewesen. Oder war es doch meine Mutter?

»Komm rein!«, rief ich.

»Hallo, Bernd.« Im Eingang stand Sandra. Sie sah irgendwie verändert aus. Wie ein Schatten ihrer selbst. Ihr

Haar, das sonst das Strahlen ihrer blauen Augen hervorhob, unterstrich heute eine erschreckende Blässe in ihrem Gesicht. Sie wirkte zerbrechlich und fast ein wenig krank.

»Was ist los?«, fragte ich erschrocken. »Ich zieh mir nur schnell was an.« Am Kleiderschrank zog ich mir in Windeseile ein T-Shirt über den Kopf und schlüpfte in eine Jogginghose. Irgendwie hatte ich unterbewusst gefühlt, dass mit Sandra nicht alles in Ordnung war. Hoffentlich steckte dieser Kerl vom Fest nicht dahinter. In diesem Fall könnte ich für nichts garantieren, falls er mir noch einmal über den Weg laufen sollte.

Sandra betrachtete unser Hochzeitsfoto, das immer noch an zentraler Stelle an der Wand meines Wohnraumes hing. »Es tut mir leid«, sagte sie und drehte sich langsam zu mir um.

»Weinst du etwa?«, fragte ich schockiert, als ich einen verräterischen Schimmer in ihren geröteten Augen entdeckte. Wut und Sorge trieben meinen Puls in die Höhe. Ich blieb mit nur einer Armlänge Abstand vor ihr stehen.

»Oje, dein Auge«, stammelte sie und musterte mein Gesicht.

»Kein Thema.« Ich winkte ab. »Aber was ist mit dir? Sag's mir ehrlich, wenn dieser Typ dahintersteckt, dann …« Meine Wangenknochen verspannten sich und ich knirschte leise mit den Zähnen.

»Sascha? Nein. Er ist zwar ein krankhaft eifersüchtiger Grobian, aber er hat es zum Glück hingenommen, als ich noch im Zelt mit ihm Schluss gemacht habe«, antwortete sie.

»Dann bin ich ja beruhigt«, sagte ich und entspannte mich. »Komm, setzen wir uns doch.«

Sie folgte mir zur Couch und wir nahmen nebeneinander Platz. Ich konnte ihr ansehen, wie sie mit den Worten rang. Was war bloß los mit ihr?

Schließlich begann sie leise zu sprechen. »Mein ganzes Leben ist ein einziges Chaos, alles ist verfahren. Es geht mir nicht gut.« Sie schluckte, dann seufzte sie tief. »Als wir noch verheiratet waren, empfand ich unseren Alltag zum Schluss als ein nicht enden wollendes Drama. Du weißt schon: unser verlorenes Haus, die neue Wohnsituation hier im Keller, unsere ausweglosen Finanzen, die andauernden Streitereien. Unsere Träume waren in unerreichbare Ferne gerückt. Ich konnte nicht mehr. Nachdem ich mich von dir getrennt hatte, wollte ich einfach wieder mal die Sonne sehen. Ich sehnte mich nach der Leichtigkeit und Unbeschwertheit, die wir hatten, als wir jung waren. Ich wünschte mir, glücklich zu sein und mich neu zu verlieben.« Ihre Stimme war wackelig. »Aber mir war kein Glück beschieden. Ich bin mutterseelenallein in einer Wohnung in der Stadt gestrandet, die nicht größer ist als deine Kellerwohnung. Dafür kostet sie mich ein Vermögen. Der Mann, mit dem ich nach dir zusammen war, hat mich nach zwei Monaten betrogen und ein anderer hat sich von heute auf morgen ganz einfach nicht mehr gemeldet. Und Sascha … den hast du ja live erlebt.«

Sie senkte ihren Blick. Ihre Gestalt wirkte so zart und zerbrechlich wie eine dieser kleinen Waldelfen-Figuren, die Mutter so hingebungsvoll sammelte. Dass es Sandra so schlecht ergangen war, tat mir leid. Ihre blauen Augen, die sonst immer so lebendig strahlten, waren ein Ozean aus Traurigkeit, der an meinem Herzen rührte. Ein starker Impuls in mir wollte Sandra wie früher in meine Arme schließen und trösten, aber ich saß einfach nur wie versteinert neben ihr. Es schien eine kleine Ewigkeit zu vergehen, bis sie weitersprach. »Einen Hauch jener Unbeschwertheit und jenes Glücks, nach dem ich mich sehne, habe ich erst wieder gefühlt … als ich dich unlängst am Fußballplatz wiedersah.« Sie legte ihre Hände vor ihr Gesicht. Mit gebrochener Stimme sprach sie weiter: »Dich zu verlassen, war der größte Fehler meines Lebens. Es tut mir alles so leid.« Ihre Stimme war nur noch ein Flüstern. Sie nahm die Hände von ihrem Gesicht weg und schüttelte kraftlos den Kopf, als könnte sie die Wendung, die das Schicksal ihren Gefühlen beschert hatte, selbst nicht glauben. Mein Herz verkrampfte sich, als ich die Tragweite ihrer Worte erfasste. Mir wurde schlagartig übel. Warum jetzt und nicht ein paar Wochen früher? Sandra sah mich mit diesem zärtlichen Blick an, der mir so vertraut war und den ich früher geliebt hatte. Oder tat ich es immer noch? Mein Herz zersprang. Bis vor Kurzem war ich der unerschütterlichen Überzeugung gewesen, dass Sandra meine erste und einzige Liebe wäre und bis zum Rest meines Lebens sein würde. Dass ich mich nach ihr nie mehr wieder in eine andere Frau verlieben könnte, war für mich wie in Stein gemeißelt gewesen. Und dann war Grazia in mein Leben getreten und hatte alles durcheinandergewirbelt. Doch unsere Zukunft war ungewiss. Sie lebte in Frankreich und wir kannten uns erst wenige Wochen. Hatte Sandras und meine Liebe, die unsere erste gewesen war, eine zweite Chance verdient? Könnte der Traum von einer glücklichen Familie und unserem Heim, den wir so lange geteilt hatten, etwa doch noch wahr werden?

»Es hat mich fast um den Verstand gebracht, als ich die Gerüchte hörte«, sagte Sandra leise.

»Und ich dachte, du wärst total betrunken gewesen und hättest das nicht ernst gemeint«, antwortete ich mit rauer Stimme. Ihr bekümmerter Blick bezeugte das Gegenteil. Ich lachte bitter. In mir herrschte ein riesengroßes Chaos. Was sollte denn nun werden?

Da klopfte es an der Tür. Ich war unfähig zu antworten. Nach einiger Zeit wurde noch einmal geklopft und dann zögerlich geöffnet. Grazia schaute durch den Spalt herein.

Kapitel 17: Abschied
Grazia

»*Chéri?*«, rief ich und schob die Tür ganz auf. Als ich Bernd auf der Couch im Wohnzimmer sitzen sah, ging mein Herz vor Zärtlichkeit auf. Meine Mundwinkel flogen förmlich nach oben und ich trat ein. Doch er war nicht allein. Neben ihm saß Sandra, seine Ex-Frau. Warum war sie hier? Vermutlich, um sich wegen seiner Hilfe im Festzelt zu bedanken. Das war ja nett von ihr. Ins Gespräch vertieft, hatten sie mein Klopfen nicht gehört.

»Hallo, Liebling! Hallo, Sandra, ich bin Grazia aus Frankreich«, sagte ich und ging mit ausgestrecktem Arm auf sie zu, um sie zu begrüßen. Ich schenkte ihr ein Lächeln, aber sie sah mich an, als wäre ich der Geist aus ihrem schlimmsten Albtraum. Ich ließ meine Hand sinken. Nanu, was war denn los? Auch Bernd schaute mich so verstört an, dass ich wie angewurzelt stehen blieb. Ich hatte ihn den ganzen Tag über vermisst und mich nach seiner Umarmung gesehnt. Aber nun ließ mich sein Blick innehalten.

»Bernd«, sagte Sandra jetzt und wandte sich ihm zu. Sie sah ihn ganz fest an. »Dann sage ich es jetzt geradeheraus. Ich liebe dich immer noch. Wenn du uns eine zweite Chance gibst, wäre ich die glücklichste Frau der Welt.«

Was? Ich schnappte nach Luft. Ich hatte ihre Worte zwar gehört, aber sie erschienen mir so unmöglich, dass ich meinen Ohren nicht traute. Das war das absolut Lächerlichste, was ich jemals in meinem Leben gehört hatte. Bernd liebte mich. Das wusste ich genauso, wie ich wusste, dass ich Grazia Rochefort war. Ich hatte seine Hingabe und wahrhaftige Zuneigung in unserer ersten Nacht gespürt. Dieses Gefühl war größer gewesen als alle Worte und es überstieg jede Vernunft. Bernd war der erste Mann, der mein Herz berührt hatte, und deswegen hatte ich es ihm zum Geschenk gemacht. Er war meine große Liebe und ich die seine. Das hatte ich schon seit Wochen gefühlt und seit zwei Tagen war ich mir sicher. Also, was erlaubte sie sich? Meine anfängliche Betretenheit über ihr Geständnis schlug in Verärgerung um. Ich suchte Bernds Blick und forschte in seinem Gesicht nach seinem Lächeln und der Bestätigung, dass Sandra übergeschnappt war. Ihr Benehmen war geradezu empörend. Sie hatte jede Grenze überschritten, die es gab.

Aber Bernd sagte nichts, sondern sah Sandra weiterhin in die Augen. Mein Herz verkrampfte sich. Nein! Nein!

»Bernd«, flüsterte ich und ging zu ihm. Hatte Sandra ihn unter Drogen gesetzt? Das war die einzig vernünftige Erklärung für sein Nicht-Reagieren. Ich ging in die Hocke und umfasste seine Finger mit meinen, die auf seinen Oberschenkeln ruhten. Er ließ es geschehen und sah mich endlich an, aber sein Blick war traurig und leer. Er erwiderte den Druck meiner Hand nicht.

»Grazia. Gib mir ein klein wenig Zeit. Bitte«, sagte er leise und schien mich zum ersten Mal, seitdem ich den Raum betreten hatte, wirklich wahrzunehmen. Sein Blick versetzte mir tausend schmerzhafte Stiche in meinem Herzen. Das Unvorstellbare war eingetreten. Ich ließ seine Hand los und erhob mich. Dann verließ ich fluchtartig das Zimmer. Auf der Treppe begann ich zu rennen.

***

Die Tür des Souvenirshops fiel hinter mir ins Schloss. Annette war gerade dabei, Gloria in das Sortiment an

Ehrenfelsener Kaffeetassen und Tellern einzuweisen, die in Estelles kleinem Laden zum Verkauf standen.

»Himmel! Was ist los mit dir?« Ein Blick auf mich hatte genügt, um meine Schwester in Alarmzustand zu versetzen. Sah ich so aus, wie ich mich fühlte? Mein Anblick musste einer Frau entsprechen, die unter einer Mischung aus schwerer Magen-Darm-Grippe und Migräneattacke litt.

»Setz dich.« Annette sah mich ebenso besorgt an und gemeinsam schoben sie mich auf einen der beiden Stühle, die hinter dem Kassentresen standen. Kraftlos ließ ich mich darauf sinken. Es schien, als wäre alle Energie aus meinem Körper gewichen.

»Ich will nach Hause«, sagte ich leise und bedeckte meine Augen mit meinen Handflächen. Mir war so schrecklich übel und ich verspürte den Wunsch, mich in Luft aufzulösen.

»Was hat er gemacht?«, fauchte Gloria. Sie hatte sofort erraten, dass mein Zustand etwas mit Bernd zu tun hatte. Zu dem Schock, der mich noch immer zu einem Teil lähmte, erfüllte mich nun auch eine bleischwere Trauer. Außerdem eine Portion Scham. Denn den ganzen Tag hatte ich Annette und Gloria von Bernd vorgeschwärmt und darüber getönt, wie glücklich und unsterblich verliebt ich war. Und jetzt war ich von meiner Wolke sieben gepurzelt und hart auf dem Boden der Wirklichkeit aufgeschlagen. Bernd hatte sich nicht zu mir bekannt und erwiderte meine Zuneigung nicht. Er hatte sich nicht gegen das Liebesgeständnis seiner Ex-Frau verwehrt, sondern es mit verklärtem Gesichtsausdruck akzeptiert. Ich war noch nie in meinem Leben so verletzt worden. Mein Herz war in tausend Stücke zerbrochen und mein Gehirn erschüttert. Als hätte mich ein steinharter Fußball mit sehr hoher Geschwindigkeit am Kopf getroffen.

»Erzähl genau, was passiert ist«, bat Annette, die immer alles analytisch anging, in ihrem mütterlichen Tonfall. Gloria hatte sich auf den zweiten Stuhl neben mich gesetzt und streichelte liebevoll meine Hand. Ich räusperte mich. Meine Kehle war so eng, dass mein Hals beim Schlucken schmerzte. Mit dünner Stimme gab ich stockend die Geschehnisse wieder, die sich in Bernds Kellerwohnung abgespielt hatten. Als ich fertig war, rollten zwei dicke Tränen über meine Wangen.

»Ich kann nicht noch eine Woche hierbleiben. Ich möchte nach Hause«, wiederholte ich schluchzend. Ich wollte zurück nach Frankreich und mich ins Bett legen. Für die nächsten zehn Jahre.

Gloria umarmte mich. »*Ce connard*«, schimpfte sie. Während sie mir über den Rücken streichelte, bedachte sie Bernd mit weiteren Schimpfwörtern. Annette verstand diese mangels Sprachkenntnisse nicht, aber dass es keine Nettigkeiten waren, konnte sie sich wohl denken.

»Was hat er ganz zum Schluss noch mal zu dir gesagt?«, fragte die Burgherrin unbeirrt. Bereitete es ihr Vergnügen, mich zu foltern, indem sie es noch einmal hören wollte?

»Gib mir ein klein wenig Zeit«, flüsterte ich, Bernds letzte Worte wiederholend.

»Dieser *******. Wir packen jetzt sofort deine Koffer und du blockierst seine Nummer!«, rief Gloria mit grimmigem Gesichtsausdruck und scrollte auf ihrem Handy. »Ich sehe gleich nach, wann der nächste Flug oder Zug nach Paris geht. Von dort nimmst du dir ein Taxi nach Hause.«

Annette legte den Kopf schief und sah mich eindringlich an. »Ich verstehe, dass es dich trifft, dass er auch nur eine Sekunde gezögert hat, sich zu dir zu bekennen. Oder dass er dir nicht gleich nachgeeilt ist. Aber überleg doch mal: Vielleicht stand er wegen der unerwarteten Offenbarung von Sandra selbst unter Schock. Und nun will er seiner geschiedenen Frau behutsam und unter vier Augen beibringen, dass er jetzt mit dir zusammen ist. Das ist für seine Ex bestimmt nicht leicht zu verdauen. Deswegen finde ich, du solltest das machen, worum er dich gebeten hat: Ihm ein bisschen Zeit geben, bevor du Hals über Kopf verschwindest.«

Gloria schnaubte wie ein Rennpferd in einer Startbox. »Was? Der Herr braucht Zeit, um sich zu entscheiden? Und wie lange, bitte schön?« Das wusste Annette auch nicht und zuckte mit leidender Mine mit ihren Schultern.

»Ich sage: maximal bis morgen früh. In der Zwischenzeit packen wir deine Koffer. Wenn er bis acht Uhr nicht mit dem allergrößten Blumenstrauß und auf allen vieren hier angekrochen gekommen ist, dann nimmst du den ersten Flug nach Paris«, blökte meine Schwester. Ich sah zwischen ihr und Annette hin und her, die mir wie Engelchen und Teufelchen erschienen.

Annette schüttelte den Kopf. »Gib ihm die Zeit, die er braucht. Und vor allem: sprecht miteinander. Ich kann euch nur aus meiner eigenen Erfahrung sagen, dass es das Allerwichtigste ist, dass man immer miteinander redet, um Missverständnisse auszuräumen. Und erinnert euch doch an Estelle und Lars. Weil sie sich damals, zu Beginn ihrer

Beziehung, nicht ausgesprochen hatten, wäre es fast aus zwischen ihnen gewesen«, ermahnte sie mich sanft. »Und jetzt sind die beiden so glücklich miteinander. Natürlich bis auf die Sorgen um ihr Baby, die hoffentlich bald überstanden sind.«

Ein kleiner Hoffnungsschimmer glomm in mir auf. Vielleicht hatte Annette recht und Bernd würde jede Minute hereingestürmt kommen. Dann hätte er sicher die perfekte Erklärung für sein Zögern. Und wir würden irgendwann unseren Enkelkindern lachend davon erzählen, wie ich vor Sorge fast vom Stuhl gefallen wäre.

»Ich warte bis morgen früh, bis der erste Flug nach Paris geht. Aber dann bin ich weg«, entschied ich matt.

»Komm, Lieblingsschwester!«, rief Gloria und fasste meine Hände, um mich auf die Beine zu ziehen. »Du hast es nicht nötig, auf diesen Affen zu warten. Was glaubt er denn, wen er vor sich hat? Du bist die Comtesse Grazia Rochefort de Saint-Pierres, Mitglied einer der angesehensten Familien Frankreichs.«

»Nein, ich bin nur Grazia aus Frankreich«, flüsterte ich. »Bernd weiß nichts über unseren Background. Er denkt, dass ich aus einer verarmten Adelsfamilie stamme.« Mein Herz zog sich schmerzhaft zusammen, als mir die ganze bittere Wahrheit bewusst wurde. Ich fühlte mich keinen Tag jünger als fünfundneunzig. Die Nur-Grazia-aus-Frankreich hatte nicht genügt, um ihrer selbst willen von Bernd geliebt zu werden. War es der High-Society-Grazia vorherbestimmt, dass sie wegen ihres Geldes immer nur von Glücksrittern umschwärmt wurde? Annette und Gloria stöhnten im Duett auf und wir umarmten uns zu dritt.

»Komm mit«, sagte Gloria bestimmt. Dann brachte sie mich auf mein Zimmer, wo wir begannen, meine Koffer zu packen.

In dieser Nacht machte ich kaum ein Auge zu. Immer wieder schreckte ich hoch, in der Hoffnung, Bernds Schritte oder Stimme auf dem Gang zu hören. Aber er kam nicht.

***

Um fünf Uhr morgens erwachte ich erschöpft und überprüfte als Erstes mit klopfendem Herzen mein Mobiltelefon. Doch es gab keine eingegangenen Mitteilungen. Matt ließ ich mich auf meinen Kopfpolster zurücksinken. Bernd hatte sich nicht gemeldet. Er liebte Sandra und nicht mich. Es war vorbei, ehe es richtig angefangen hatte. Mein Herz war gebrochen und die Sehnsucht nach Maman, Papa und Aveline wurde übermächtig. Und nach meinem vertrauten Zuhause. Allerdings fröstelte es mich beim Gedanken an das, was mich in der Firma erwartete. Dem Hickhack mit Frédéric fühlte ich mich im Moment überhaupt nicht gewachsen. Wenn ich an die nächsten Vorstandssitzungen, Präsentationen und Deckungsbeitragsanalysen dachte, wollte ich mir nur noch die Bettdecke über den Kopf ziehen und weinen.

Es dauerte fast eine halbe Stunde, bis ich bereit war, aufzustehen. Ich erhob mich und schlüpfte in Jeans und Pullover. Gotte sei Dank hatte mir Gloria gestern mit meinem Gepäck geholfen. Es wartete fertig und bereit zur Abreise an der Tür und ich musste mich jetzt nicht mehr damit beschäftigen.

Zum letzten Mal stieg ich die Treppe hinunter und ging über den Burghof zum Bergfried. Dessen vertraute Silhouette, die in der Morgendämmerung aus der Finsternis hervorbrach, entlockte mir ein Lächeln. Wie ein geheimnisvoller, grauer Zauberer stand er da und erwartete mich. Oft hatte ich überlegt, was er erzählen würde, wenn er sprechen könnte. Von Krieg, Frieden und Liebe. Und unendlich vielen Dramen, die sich im Laufe der Jahrhunderte hier abgespielt hatten. Und jetzt war noch ein weiteres hinzugekommen. Von Bernd und Grazia aus Frankreich, die ihr Herz zu leichtfertig verschenkt hatte. Wenn er könnte, würde der alte Turm den Kopf über meine Dummheit schütteln.

Ich öffnete die knarzende Eingangstür. Innen war alles noch still und verlassen. Bald würden die Besucher in Scharen kommen so wie jeden Tag seit der Eröffnung. Der Andrang der Menschen in der ersten Woche hatte unsere kühnsten Erwartungen übertroffen. Während ich langsam hinaufging, dachte ich daran, wie wir das alte Gemäuer vom hässlichen Entlein in einen modernen Publikumsmagneten verwandelt hatten. Dass ich daran hatte mitwirken dürfen, machte mich stolz und tröstete mich ein wenig über meinen Schmerz mit Bernd. In den vergangenen Wochen war ich an der Aufgabe gewachsen und richtig aufgeblüht. Ich blieb vor einem Gemälde stehen, das Anna von Ehrenfelsen zeigte. Mein Mut reichte lange nicht an ihren heran. Aber durch meine Ausstellung würde ihre Geschichte nicht in Vergessenheit geraten. Annas Schicksal und ihre Geschichte hatten viele Besucherinnen berührt und inspiriert, wie sie mir erzählt hatten. Ihnen war bewusst geworden, welche beinahe unbegrenzten Möglichkeiten und Freiheiten jede und jeder Einzelne von uns heute im Vergleich zum dunklen Mittelalter besaß. Während ich mich stumm vom Wehrturm verabschiedete, durchdrangen mich diese Gedanken. Auch ich hatte alle Freiheit der Welt. Über die mir geschenkte Lebenszeit konnte ich allein bestimmen und tun oder lassen, was *ich* wollte. Und auf einmal wurde mir klar, dass ich nicht zurückkehren musste, um mich weitere Jahre mit Frédéric zu duellieren und unseren Konkurrenzkampf auszutragen. Nur, um meinen Cousin vielleicht irgendwann auszubooten und Geschäftsführerin bei Rochefort zu werden. Und wozu das alles? Um dann noch mehr und immer noch mehr Champagner zu verkaufen und Geld für das Unternehmen zu scheffeln. Ich musste das nicht tun. Denn anders als im Mittelalter war ich eine freie Frau, die machen konnte, was sie wollte. Und jetzt wusste ich auch mit einem Schlag, was das war: eine Kuratorin sein und den Menschen von heute unsere Geschichte vor Augen führen. Ihnen zeigen, woher wir kamen. Und ich wollte noch mehr: Ich wollte nicht mehr Grazia Rochefort sein, die auf ihr Geld und ihre Herkunft reduziert wurde. Ich könnte meinen Namen ändern und wegziehen. Vielleicht in die französischen Alpen, denn ich hatte erkannt, dass ich die Berge liebte. Irgendwohin, wo es auch einen See gab. Dort würde ich mir als Einfach-nur-Grazia einen Job als Kuratorin suchen und ganz neu anfangen. Im Zimmer wurde es hell, der Morgen dämmerte. Und es war, als würde nicht nur vor den Fenstern des Bergfrieds, sondern auch in mir die Sonne aufgehen. Mit einem Mal fühlte ich mich befreit. Auch wenn die Trauer wegen Bernd noch genauso stark war und mein Herz vielleicht für immer gebrochen sein würde, fühlte ich einen starken Trost. Ich war bereit, nach Hause zu fahren und mein Leben in die Hand zu nehmen.

Ich warf noch einen letzten Blick auf Anna von Ehrenfelsen und hob meinen Kopf, genau wie sie. Dann drehte
ich mich um und stieg die Treppe hinab.

Kapitel 18: Château Rochefort
Bernd

Ich klopfte gegen die massive Tür. Ich wollte mich bei Grazia für gestern entschuldigen. War es zu früh, schlief sie noch? Um diese Zeit war sie doch sonst schon auf den Beinen?

»Grazia!«, rief ich und mein Herz pochte noch schneller, als die Trommelschläge meiner Faust gegen das Kirschholz es taten. Meine Hoffnung verwandelte sich allmählich in Verzweiflung. Grazia war offensichtlich nicht in ihrem Apartment. Wo war sie? Meine Sorge trieb mich an und machte meine Hand unempfindlich gegen den Schmerz, den die steinharte Oberfläche meinen Fingergelenken zufügte.

Vielleicht war sie irgendwo im Bergfried oder oben bei Annette und Matthias? Oder im Souvenirladen oder mit ihrer Schwester schon auf dem Campingplatz? Oder bei Estelle im Krankenhaus? Es gab zu viele Möglichkeiten. Eigentlich hatte ich vorgehabt, sie persönlich um Verzeihung zu bitten, weil ich sie gestern einfach so hatte weggehen lassen.

Aber da ich nicht wusste, wo sie steckte, würde ich Grazia jetzt doch besser anrufen. Ich atmete tief durch und meine Beine fühlten sich ein wenig schwach an. Hoffentlich hatte sie aus der Situation, die sie bei mir im Keller mit Sandra erlebt hatte, keine falschen Schlüsse gezogen. Und aus meiner Bitte, dass ich Zeit benötigte. Aber ich hatte die Stunden gebraucht, um mich mit Sandra auszusprechen und einen endgültigen Schlussstrich zu ziehen. Es war für uns beide ein schmerzhafter Abend gewesen, aber er hatte eine befreiende Wirkung gehabt. Auch Sandra hatte erkannt, dass unser altes Leben mit den Träumen, die wir in einem früheren Leben geteilt hatten, endgültig vorüber war. Wir hatten uns verändert und konnten die Zeit nicht zurückdrehen. In Sandras Leben würde eine neue Liebe treten. Und ich hatte meine, die ganz große, gefunden. Mit der ich ein neues Kapitel aufschlagen wollte. Eines, das hoffentlich bis zum Ende unserer Leben reichen würde. Ich liebte Grazia und wollte mit ihr zusammen sein.

Ich stieß ein kleines Gebet aus, atmete tief durch und wählte mit leicht vibrierenden Fingern ihre Nummer. Dann hielt ich die Luft an. Unendliche lange Sekunden rauschte es in der Leitung. Ich hörte Läuten. *Dumm, dumm, dumm,* wummerte mein Herz. Knacks.

»*The number you have dialed is not available*«, informierte mich eine leidenschaftslose Tonbandstimme. So ein Mist! Ich legte auf und steckte mein Mobiltelefon ein. Auf einmal befiel mich Panik, dass es zu spät sein könnte. Bleib ruhig. Ich würde sie überall suchen, so lange, bis ich sie gefunden hatte. Als Erstes bei Annette. Wie ich wusste, wohnte sie mit Matthias im darüberliegenden Stockwerk. Los. Ich eilte die steinerne Treppe hinauf. Am Eingang der Wohnung der Burgherren klopfte ich.

Gott sei Dank. Nach kurzer Zeit vernahm ich Schritte. Mein Atem raste. Die Tür öffnete sich und da war Annette, die den kleinen Max auf dem Arm trug. Sie prallte bei meinem Anblick einen Schritt zurück.

»Bernd?« Die Art, wie sie meinen Namen aussprach, ließ Alarmglocken in mir angehen. Als wäre ich ein verlorener Sohn, der allerdings etwas Schlimmes ausgefressen hatte.

»Ist Grazia da? Ich muss dringend mit ihr sprechen. Ihr Telefon ist abgeschaltet!«, rief ich hastig und versuchte, einen Blick an ihr vorbei in den Raum zu werfen. Allerdings war da niemand zu sehen. Nur die Riesendogge Bobby stand im Flur und wedelte mit dem Schwanz.

Annette verzog ihr Gesicht, als würde sie schrecklich leiden. »Es tut mir so leid, Bernd. Aber sie ist weg«, sagte sie. »Seit einer Stunde.«

»Was meinst du damit? Wo ist sie hin?«, fragte ich. Meine Gedanken überschlugen sich. Annettes Worte klangen gerade so, als wäre Grazia für immer weg. Und das war doch nicht möglich? Wir hatten uns doch noch gestern Nachmittag bei mir in der Wohnung gesehen. Auch wenn dieses Treffen schrecklich gewesen war.

»Sie ist zurück nach Frankreich geflogen«, sagte Annette und klang traurig. »Mit der ersten Maschine heute Morgen. Sie war komplett aufgelöst wegen dem, was zwischen dir und deiner Ex-Frau vorgefallen ist.«

Rums. »Das ist ein Missverständnis!«, rief ich. Es fühlte sich an, als wäre eine tonnenschwere Kirschholztür auf mir gelandet. Ich brauchte eine Sekunde, um das Gehörte auch zu verstehen. Grazia war weg. Weil sie irrtümlich dachte, ich hätte mich für Sandra entschieden. »Kannst du mir bitte ihre Adresse geben? Ich muss ihr sofort hinterherfahren und ihr alles erklären.«

Ihr Gesicht verriet widersprüchliche Gefühle. »Bernd, du wirst doch einsehen, dass ich das nicht ohne ihr Einverständnis machen kann«, antwortete sie schließlich. Ich hatte den Eindruck, dass Annette mir gern helfen wollte, aber nicht konnte. »Warum wartest du nicht, bis sie deinen Anruf entgegennimmt?« Nach ihrem Gesichtsausdruck schien die Burgherrin allerdings selbst unsicher darüber zu sein, ob das jemals der Fall sein würde. Sie setzte Max, der in ihren Armen unruhig zu strampeln begonnen hatte, auf den Boden. Er lief in die Wohnung zurück.

»Ist alles in Ordnung mit dir?«, fragte sie mich besorgt. »Du siehst ja auf einmal so blass aus.«

Ich schüttelte den Kopf. Gar nichts war in Ordnung. »Ich bin so ein Depp, ich hätte sie nicht gehen lassen dürfen, als sie gestern aus meiner Wohnung gerannt ist. Aber ich musste unbedingt mit meiner geschiedenen Frau klären, dass es endgültig aus und vorbei zwischen uns ist. Weil ich Grazia liebe«, antwortete ich und rieb mir die Stirn. Eigentlich wollte ich mit der flachen Hand dagegen schlagen. Ich hätte doch wissen müssen, wie verletzend mein Verhalten für Grazia sein musste. Idiot.

Nach einem Moment kam mir eine Idee. »Dann gehe ich eben zu ihrer Schwester Gloria. Sie wird mir bestimmt helfen. Wo kann ich sie finden? Auf dem Campingplatz oder im Souvenirladen?«, fragte ich und wollte sofort los.

»Ähm … das würde ich an deiner Stelle bleiben lassen. Ich fürchte, Gloria ist gar nicht gut auf dich zu sprechen«, sagte Annette und bedachte mich mit einem mitfühlenden Blick. Sie schien fast so zu leiden wie ich. Einige Sekunden schwieg sie, dann erhellte sich ihre Miene. »Hm. Übrigens ist es kein Geheimnis, wenn ich dir verrate, dass es sich bei der Wohnadresse der Rocheforts gleich verhält wie bei den Ehrenfelsens.« Sie sah mich mit einem listigen Funkeln in den Augen an.

Wie? Was sollte das bedeuten? Ich drehte und wendete ihre Worte in meinem Kopf. »Ist der Wohnort etwa der Familienname?«, riet ich schließlich ins Blaue.

Annette vollführte eine pantomimische Meisterleistung: Sie grinste, zuckte mit den Schultern und nickte gleichzeitig mit dem Kopf.

»Annette, du bist die Beste! Das heißt, wenn man diesen in Google Maps eingibt …?«, fragte ich und ließ das Ende des Satzes offen.

»Bingo«, sagte sie und grinste verschlagen. »Ich wünsch dir viel Glück und hoffe das Beste für euch.«

»Danke!«, rief ich und nahm schon die ersten beiden Stufen der Treppe.

»Bernd?«, rief Annette mir nach. »Bleib stark und lass dich nicht einschüchtern.«

»Klar«, antwortete ich und wunderte mich ein wenig über den eigenartigen Tipp.

»Und mach einen großen Bogen um Gloria«, hörte ich noch, als ich schon im Erdgeschoss angekommen war.

Ich lief schnurstracks zu meinem Auto und gab Grazias Familienname in den Routenplaner meines Mobiltelefons ein. Als mir die App das *Château Rochefort N°1* vorschlug, hatte ich mein Ziel gefunden. Es lag in der Nähe von einem Ort namens Châlons-en-Champagne.

Ich startete den Transporter und stieg aufs Gaspedal.

***

Lahme Ente! Ich schimpfte mit meinem alten Auto, das mir sonst so treue Dienste leistete, und trommelte mit den Fingern auf dem Lenkrad herum. Während der langen Fahrt, die ich mit nur kurzen Pausen bewältigte, hatte ich dreimal versucht, Grazia zu erreichen. Doch sie hatte ihr Handy weiterhin ausgeschaltet. Da ich meinem Ziel ohnehin nahe war, würde ich es jetzt bleiben lassen. Meine Aufregung steigerte sich mit jedem zurückgelegten Kilometer. Ich hatte keine Vorstellung, was mich in Rochefort erwartete. Aber mittelalterliche Burgen sahen wohl überall in Europa annähernd gleich aus. Unwillkürlich tauchte die unheimliche Sequenz aus der TV-Sendung »Paranormal Investigation« vor meinem geistigen Auge auf. Ein klobiger Bau aus grauem, grobem Stein, zuckende Blitze und Donnergrollen, das eine unmissverständliche Warnung aussprach: *Hau ab, solange es noch geht.* Prompt stellten sich die Härchen auf meinen Unterarmen auf und ich schüttelte mich. Aber für Grazia würde ich alles tun. Sogar um Mitternacht über einen Friedhof oder durch die Hölle gehen. Sobald ich Grazia in Kürze gegenüberstand, würde ich ihr alles erklären. Und ihr gestehen, wie sehr ich mich in sie verliebt hatte und mir eine Zukunft mit ihr wünschte. Und dass ich nichts mehr wollte, als mit ihr zusammenzuziehen, sobald ich meine Schulden abbezahlt hatte. Vielleicht könnten wir einen alten Bauernhof günstig kaufen und selbst renovieren. Mit viel Platz, sodass ich auch mein Business dort aufziehen könnte. Bei dem Gedanken wurde mir ganz warm ums Herz. Ich hatte mit unumstößlicher Sicherheit gespürt und in ihrem Blick gesehen, dass unsere Gefühle auf Gegenseitigkeit beruhten. Ich flehte inbrünstig, dass ich das Missverständnis ausräumen und meinen Fehler wieder gutmachen können würde.

Mittlerweile hatte ich die Autobahn verlassen und raste auf einer Landstraße zwischen bewaldeten Hügeln und kleineren Ortschaften dahin. Bestimmt könnte ich mich im Château Rochefort auch gleich irgendwie nützlich machen. Zum Glück hatte ich im Transporter mein ganzes Werkzeug dabei. Wenn ich schon mal da war, könnte ich vielleicht die eine oder andere Leitung neu verlegen oder zumindest ein paar Lampen oder Steckdosen montieren. Wenn sie es erlaubte, könnte ich sogar ein paar Tage bleiben und bei der Weinernte helfen, die im Herbst stattfand. Die Landwirte heutzutage hatten doch immer zu wenige Leute. Mein Mund wurde staubtrocken und mein Herzschlag beschleunigte sich, als ich auf einem Straßenschild las: Rochefort, acht Kilometer.

***

»Sie haben Ihr Ziel erreicht«, behauptete die Stimme von Google Maps. Die App musste mit ihren Koordinaten durcheinandergekommen sein, denn ich konnte in der Nähe nichts ausmachen, das nach dem Château Rochefort aussah. Auf der Straße hinter dem meterhohen, schmiedeeisernen Tor, vor das mich das Navi geführt hatte, befand sich ein malerischer Barockgarten, bei dem es sich bestimmt um eine Touristenattraktion handelte. Ornamental angeordnete Rasenflächen, üppige Blumenrabatte und kunstvoll geschnittene Buchsbäume wurden in der Dunkelheit durch stilvolle Leuchten romantisch in Szene gesetzt. In der Ferne konnte ich ein feudales Schloss in den Ausmaßen von Schönbrunn ausmachen. Die Sehenswürdigkeit wurde von goldgelben Außenscheinwerfern angestrahlt und wirkte so edel, als würde Ludwig XIV persönlich jeden Augenblick in einer goldenen Kutsche vorfahren. Ich stieg wieder ins Auto, denn ich hatte eine ganze Reihe von Kameras registriert, die am Zaun und am Tor angebracht waren. Ich hatte keine Lust, von Polizei oder Security gefragt zu werden, warum ich hier herumlungerte. Die hätten was zu lachen, wenn ich gestehen müsste, dass ich aus Österreich kommend, fast tausend Kilometer schnurstracks zum falschen Château gefahren war. Ich klopfte mit der Faust gegen meine Stirn und fühlte mich schon wieder sehr dumm. Hoffentlich war die richtige Burg nicht so weit entfernt von hier. Ich hätte vor dem Losfahren mein Ziel genauer recherchieren sollen, aber mein Fuß war dem Drängen meines Herzens gefolgt und zu schnell auf dem Gaspedal gewesen. Jetzt, wo Grazia wieder in unbestimmte Ferne gerückt war, fühlte ich mich auf einmal erschöpft und sehr einsam. Ich öffnete den Internetbrowser auf meinem Mobiltelefon und tippte *Château Rochefort* ein. Ich scrollte die Einträge entlang nach unten, aber es tauchten auf vielen Seiten immer wieder nur unterschiedliche Perspektiven des Schlosses und des Gartens auf, den ich hier vor mir sah. Einen Moment lang regte sich ein Verdacht in mir, den ich aber gleich wieder beiseitewischte. Konnte es vielleicht doch sein, dass ich hier richtig war? Ich musste weiterrecherchieren. Im Internet gab es Einträge zu fast allem und jedem, also vielleicht auch zu Grazia? Eventuell könnte ich so ihren Wohnort ausfindig machen. Nachdem ich die Suche gestartet hatte, tauchten seitenweise Artikel und Bilder auf. Als Erstes zog ein Foto meine Aufmerksamkeit auf sich, in der Grazia neben drei Männern stand, von denen mir einer sehr bekannt vorkam. Oha. Das war tatsächlich der langjährige Staatspräsident Frankreichs, Emmanuel Macron! Schockiert scrollte ich weiter. Die Texte waren in französischer Sprache, aber die Bilder sagten ohnehin mehr als tausend Worte. Ich sah Grazia vor einer Fabrik, deren enorme Tanks sich im Hintergrund gegen den Horizont abzeichneten. Und vor einer Produktionsanlage, auf deren Abfüllband Hunderte oder gar Tausende Champagnerflaschen vorbeirollten. Grazia wie ein Star auf einem roten Teppich, bei einem feudalen Empfang, auf einer riesigen Jacht und bei einer Weinverkostung. Und Grazia im Garten des *Château Rochefort,* wo sie für den Fotografen vor einem blühenden Rosenstrauch posierte. Ich ließ mein Mobiltelefon sinken. Was? Grazia war nicht die, für die ich sie gehalten hatte. Ich war fälschlicherweise davon ausgegangen, dass ihre Familie ähnlich situiert war wie die Ehrenfelsens. Was für ein Irrtum! Ich ließ die Gespräche geistig Revue passieren, die wir über ihr Zuhause geführt hatten. Dabei wurde mir bewusst, dass sie mich nicht direkt angelogen, sondern mich nur in meiner falschen Annahme gelassen hatte, dass sie aus einer verarmten adeligen Familie stamme. Ich hatte mich aber auch nicht genauer für ihre Herkunft interessiert. Selbst schuld. Jetzt hatte ich gelernt, dass sie Teil der französischen High Society war. Die Adresse hier war richtig, aber *ich* war der falsche Mann. Ich startete den Wagen, wendete und stieg abermals aufs Gaspedal.

***

Zehn Minuten später saß ich bei einer Tasse Kaffee in einem Schnellrestaurant. Ich versuchte, das, was ich eben aufgedeckt hatte, zu verdauen. Mein Kopf fühlte sich so bleiern an, dass ich ihn auf meine Handballen stützen musste. Noch viel schwerer wog mein Herz, denn nach dem ersten Schock dämmerte mir die Konsequenz aus dem, was ich herausgefunden hatte: Grazia und ich konnten niemals zusammen sein. Denn ich war bloß ein geschiedener Elektriker, der Fußball liebte und in einem kleinen Dorf auf dem Land bei seinen Eltern im Keller lebte. Und der einen Berg Schulden abstotterte. Und Grazia war nicht nur die schönste, talentierteste, liebevollste und witzigste Frau, die ich jemals kennengelernt hatte, sondern sie stammte auch noch aus der besten Gesellschaft. Sie war eine von den oberen Zehntausend und ich einer von den untersten. Die Schicht, die uns trennte, war so dick, dass sie von keiner Liebe der Welt zu durchdringen war. Sie war eine Überfliegerin und ich ein Loser. Nicht auszudenken, was los wäre, wenn sie bei ihrer Familie und ihren Freunden mit einem armen Würstchen wie mir ankäme. Alle würden glauben, dass ich ein Goldgräber wäre, der es bloß auf ihr Geld abgesehen hatte. Der sich von ihr aushalten ließ. Und der sich erst zu ihr bekannt hatte, nachdem er herausgefunden hatte, dass sie reich war. Genau das musste Grazia von mir denken. Mein Verhalten ließ keinen anderen Schluss zu. Zum Glück hatte ich sie noch nicht gefragt, ob sie sich ein Leben mit mir in Ehrenfelsen vorstellen könnte. Und gemeinsam mit mir einen alten Hof mit unseren eigenen Händen renovieren wollte. Schmutzig, verschwitzt und in Gummistiefeln. Nachdem ich Grazia in ihrer mondänen Welt gesehen hatte, war die Vorstellung absolut absurd. Ich lachte heiser in meinen Kaffee. Dabei war mir viel eher zum Heulen zumute als zu einem Heiterkeitsausbruch. Meine Zukunft erschien mir auf einmal wie ein unwirtlicher, eisiger Berggipfel, der in dichten Nebel gehüllt war. So schwer zu erreichen und gleichzeitig nicht erstrebenswert, überhaupt einen Schritt in seine Richtung zu gehen. Lieber wollte ich meinen Kopf hier auf den Tisch der Raststätte legen und nie mehr wieder aufstehen. Doch das ging nicht. Die Kellnerin schaute schon so misstrauisch zu mir herüber. Ich beschloss, mich für ein paar Stunden auf der Ladefläche meines Transporters auszuruhen, ehe ich weiter in Richtung Kärnten fuhr. Meine Heimat, die ich eigentlich über alles liebte, kam mir ohne Grazia wie ein schrecklich einsamer, trauriger Ort vor. Und obwohl ich meinen Job mochte, konnte ich mir auf einmal nicht mehr vorstellen, in dem Tempo der letzten Monate weiterzuarbeiten. Sogar mein Reparaturbusiness, von dem ich schon so lange geträumt hatte und dass mich sonst immer motivierte weiterzumachen, ließ mich kalt. Ohne Grazia war alles sinnlos.

Im Laderaum meines alten Autos richtete ich mir auf ein paar Planen eine provisorische Schlafstätte ein. In der Gewissheit, dass ich in jeder Beziehung am Tiefpunkt meines Lebens angelangt war, schloss ich die Augen.

***

Das Läuten meines Handys riss mich aus dem Dämmerschlaf. War das Grazia? Sofort war ich wieder hellwach und setzte mich auf. Doch auf dem Display leuchtete mir nur eine unbekannte österreichische Nummer entgegen. Enttäuscht ließ ich mich wieder zurücksinken. Dummkopf. Warum sollte Grazia mich anrufen? Aber wer war der penetrante Anrufer, der es immer weiterläuten ließ und mich damit nervte? Schließlich hob ich ab.

»Bernd?« Ich erkannte Annettes Stimme sofort und murmelte eine matte Begrüßung. »Wo bist du? Wie ist es gelaufen? Ich habe den ganzen Tag an euch gedacht. Grazia hat ihr Handy ausgeschaltet.«

Ich erklärte ihr mit kurzen Worten, was ich über Grazia herausgefunden hatte. Dabei wurde mir bewusst, wie naiv ich mich in Annettes Ohren anhören musste.

Sie schien aber gar nicht überrascht darüber zu sein, dass ich erst jetzt die Wahrheit über ihren Background herausgefunden hatte. »Und was machst du jetzt?«, fragte sie, als ich geendet hatte.

»Ich schlafe kurz und dann fahre ich wieder nach Hause«, antwortete ich.

»Was?«, rief sie entsetzt. »Ohne mit Grazia gesprochen zu haben? Das darfst du nicht, ihr müsst miteinander reden!«

Ich lachte bitter. »Was gibt es da noch zu bereden? Es ist vorbei. Was soll sie von mir anderes denken, als dass ich ein Glücksritter bin, der hinter ihrem Geld her ist? Es sieht für sie doch so aus, als hätte ich sie zuerst gehen lassen und würde erst dann wieder angekrochen gekommen, nachdem ich erfahren habe, wer sie ist. Nämlich eine Frau, die in Kreisen verkehrt, von denen Leute wie ich nur in der Zeitung lesen. Es ist zu spät«, sagte ich leise.

»So ein Quatsch, das stimmt doch gar nicht. Ich bitte dich inständig: Geh zu Grazia und sprich mit ihr. Mach nicht denselben Fehler, den Estelle und ich gemacht haben. Wir hätten unsere Lieben fast verloren, nur weil wir nicht miteinander gesprochen haben. Das ist doch Wahnsinn.« Annettes Stimme konnte man beinahe als Flehen bezeichnen. Und dann setzte sie etwas bedächtiger fort: »Ich weiß, wie klein man sich fühlt, wenn man vor den Mauern des Châteaus Rochefort steht. So ist es mir auch einmal gegangen. Aber da musst du durch, sonst wirst du es dein Leben lang bereuen.« Ein Moment lang herrschte Stille in unserer Telefonverbindung.

Ich schüttelte den Kopf. »Die Unterschiede zwischen uns sind einfach zu groß. Es ist aussichtslos.« Wenn ich bei Grazia im Schloss auftauchen würde, würde sie mich hochkant und zu Recht wieder rauswerfen. Annette schnaufte resigniert. Na endlich hatte sie es auch eingesehen. Da ich jetzt wieder putzmunter war, konnte ich gleich aufstehen und weiterfahren.

Kapitel 19: Ritter

Grazia

Wir saßen im blauen Salon und Papa füllte unsere bauchigen Gläser noch einmal mit dem dunkelroten Châteauneuf-du-Pape. Aveline und Mama sahen so mitgenommen aus, dass ich fast ein schlechtes Gewissen bekam. Seit dem späten Nachmittag unterhielten wir uns über meine vergangenen Wochen in Österreich. Ich hatte erzählt, wie glücklich mich die Arbeit als Kuratorin gemacht und dass ich darin meine Berufung gefunden hatte. Und ich hatte ihnen gestanden, dass ich unser Heim, das wunderschöne Château Rochefort, in Wirklichkeit als goldenen Käfig empfand, sowie meinen Familiennamen als Bürde. Deswegen wollte ich künftig meinen eigenen Weg gehen und frei davon sein. Das zu verdauen, war für meine Liebsten nicht leicht. Auch von Bernd hatte ich erzählen wollen, aber es war mir nicht recht gelungen. Es hatte zu sehr geschmerzt. Deshalb hatte ich mich darauf beschränkt zu erklären, dass ich einen Mann kennengelernt hatte, mit dem es aber leider nicht geklappt hatte. Es bedurfte nicht vieler Worte, damit sie verstanden, wie es um mich bestellt war. Bestimmt hatten auch die Tränen dazu beigetragen, die ich nicht hatte aufhalten können.

Ich musste mich einen Moment sammeln und schwieg. Aveline legte die Hand auf meinen Unterarm und Maman sah mich an, wie eine Mutter das eben tut, wenn ihre Tochter den schlimmsten Liebeskummer ihres Lebens hat. Ich liebte die beiden so sehr. Und meinen Papa auch, der mir auch diesmal keine Steine in den Weg legte, sondern mich unterstützte und stolz auf mich war. Und der zu jedem Anlass immer den besten Rotwein hatte. Der

Châteauneuf-du-Pape vor uns war schwer und etwas für bedeutungsvolle Momente wie diesen.

Da betrat Etienne, unser Sicherheitsmann, den Salon.

»Trinkst du ein Glas mit?«, fragte mein Vater. Auch er arbeitete wie Aveline schon so lange bei uns, dass er quasi zur Familie gehörte. Um die Sicherheit musste man sich bei uns keine Sorgen machen. Die vielen Kameras und Vorrichtungen der supermodernen Alarmanlage sahen sehr abschreckend aus und funktionierten perfekt.

»Ja, gern. Allerdings … da steht ein Mann am Tor?«, informierte er uns und war darüber selbst so überrascht, dass er die Feststellung als Frage formulierte. Dass jemand unangemeldet nach Einbruch der Dunkelheit läutete, kam sehr selten vor. »Den kenne ich nicht!«

Vater warf einen Blick auf das Display des Handys, das sein Freund und Mitarbeiter ihm hinhielt. »Ich auch nicht.«

Spät abends verirrten sich nur selten Touristen zu uns, die dachten, dass wir ein Hotel wären und Zimmer vermieteten. Einen Moment lang tauchte die ganz unglaubliche Hoffnung in mir auf, dass es sich bei dem geheimnisvollen Fremden vielleicht um Bernd handeln könnte. Der wie ein Ritter in einem Märchen gekommen war, um mich zurückzugewinnen. Aber so was passierte nur in romantischen Hollywoodfilmen, nicht im echten Leben. Das Klischee mit dem rettenden Kavalier war zu schön, um wahr zu sein. Bernd hatte sich gegen mich entschieden. Punkt. Je eher ich das akzeptierte, umso besser.

»Ich frag mal, was er will?«, schlug Etienne vor.

Vater hob die Augenbrauen und nickte. »Sag ihm, dass alle Zimmer belegt sind. Aber er kann auf ein Glas Wein reinkommen.«

»Sehr witzig«, brummte unser Sicherheitsmann. Mit der modernen Smarthome-Steuerung konnte unser Security-Beauftragter von überall aus direkt mit dem Einfahrtstor kommunizieren. Er räusperte sich.

»*Oui, s'il vous plait?*«, fragte er via Mobiltelefon. *Ja, bitte?*

Eine Sekunde lang war es still. »Ähm. *I am looking for Grazia Rochefort.*«

Bernd! Mein Herz setzte einen Schlag aus. Er war es tatsächlich! Vor Überraschung und Freude war ich keiner Reaktion fähig. Tausende Gedanken schwirrten gleichzeitig in meinem Kopf umher und setzten meine Fähigkeit, mich zu bewegen, außer Kraft. Zumindest eine Sekunde lang, dann sprang ich auf die Beine. Was machte er hier?

»Kennst du ihn?«, fragte Etienne.

»Ja, ich gehe ans Tor!«, rief ich und war schon auf dem Weg. Ich flog die Treppe hinunter zum Atrium und weiter zum Ausgang. Dort bremste ich meinen Schritt. Ich zwang mich dazu, langsam und huldvoll über die geschotterte Straße im Garten hinüber zum schmiedeeisernen Portal zu schreiten. Dort, nur einen Steinwurf von mir entfernt, stand Bernd und schaute mir entgegen. Meine Beine vergaßen, wie das Gehen funktionierte, und ich blieb wie angewurzelt stehen. Mein Pulsschlag überstieg jenen Bereich, den man noch als gesund bezeichnen konnte. Eine Sekunde später gab ich mir einen festen Ruck und setzte mich wieder in Bewegung. Ich verzichtete auf damenhaftes Schreiten und eilte ihm entgegen. Nur noch wenige

Meter trennten uns voneinander. In dem Moment ertönte ein Surren und das Tor öffnete sich. Etienne musste den Öffnungsmechanismus geistesgegenwärtig von oben aus in Gang gesetzt haben.

»Grazia«, murmelte Bernd und in seinem Blick las ich Unsicherheit. Er trat durch das geöffnete Tor und kam langsam auf mich zu, bis wir uns zwei Schritte voneinander entfernt gegenüberstanden. Ich drohte, in seinen graublauen Augen zu versinken. Eine Welle von Liebe und Wärme wollte mich hinwegtragen. Allerdings rief ich mich zur Ordnung. Ich traute der Ritterversion meiner Träume nicht und wagte nicht zu hoffen, dass er tatsächlich gekommen war, um mich zurückzugewinnen. Ich überlegte, was der Grund seines Auftauchens sein könnte. Hatte ich vergessen, ihm irgendetwas zurückzugeben? Ein Ladekabel oder irgendwas die Hologramme betreffend vielleicht?

»*Est-ce que tout va bien?*«, rauschte Etiennes Stimme aus dem Lautsprecher, der am Tor angebracht war. *Ist alles in Ordnung?*

»*Tu le vois. Éteins cette chose*«, hörte ich Avelines Stimme scharf und schneidend. *Das siehst du doch. Schalte das Ding aus.* Dann knackste es und es war mucksmäuschenstill um uns herum.

»Bitte, hör mir zu«, sagte Bernd mit leicht kratziger Stimme, die heftig an mir rührte. Er kam noch einen Schritt näher. Der Anblick seines vertrauten Gesichts, dessen Bekümmerung von dunklem Bartschatten noch unterstrichen wurde, verengte meine Kehle. Konnte ein Mann wegen eines Ladekabels so traurig gucken? Ich wollte über seine Wange streichen und ihn in den Arm nehmen.

»Es tut mir so leid, aber ich brauchte gestern ein wenig Zeit, um alles mit Sandra zu klären«, sagte er und mein Herz pochte hoffnungsvoll. Dann erzählte er stockend, dass Sandra an jenem Abend aus heiterem Himmel bei ihm aufgetaucht war und ihm völlig unvermittelt ihre Liebe gestanden hatte. Er wäre absolut schockiert darüber gewesen und hatte sich unverzüglich mit ihr aussprechen müssen. Nur darum hatte er mich um ein wenig Zeit gebeten. Heute Morgen hatte er mich auf der Burg Ehrenfelsen vergebens gesucht. Als er erfuhr, dass ich nach Hause geflogen war, hatte er sich sofort ins Auto gesetzt und war mir gefolgt, um mich zurückzugewinnen. Wie ritterlich und romantisch! Meine Mundwinkel begannen, ein weites U zu formen und ich strahlte durch und durch.

»Aber dann, nachdem ich hier angekommen war und das pompöse Château Rochefort gesehen hatte … bin ich wieder ins Auto gestiegen und zurück in Richtung Österreich gefahren.«

»Was?«, rief ich schockiert. »Warum denn das?«

»Weil ich gedacht hatte, dass du aus einer eher ärmlichen Familie stammst und mich für einen Glücksritter oder Goldgräber halten musst. Der erst angekrochen kam, als er erfuhr, dass du sehr reich bist. Aber damit hat das nichts zu tun. Du bist für mich …«, stockte er und rang nach Worten. »… der großartigste Mensch, dem ich jemals begegnet bin. Und die schönste, wundervollste Frau, die ich kenne. Erst später habe ich erkannt, dass ich mich vom ersten Augenblick an in deine grünen Augen, deinen Duft nach Fleur de Lys und in deinen zauberhaften französischen Akzent verliebt habe. Ich kann mir ein Leben ohne dich nicht mehr vorstellen.« Seine Augen ruhten voller

Hoffnung auf mir und es entging mir nicht, wie der Abstand zwischen uns dahinschmolz.

»Es tut mir leid«, sagte ich völlig ernst. Prompt zuckte er zusammen und schaute mich erschrocken an. Kleiner Scherz! Sofort fuhr ich fort: »Aber ich habe es in Österreich so sehr genossen, eine ganz normale Frau sein zu dürfen, ohne das alles hier.« Ich deutete mit meiner rechten Hand auf den goldenen Käfig hinter mir. Ich lächelte Bernd glücklich an und er entspannte sich sichtlich wieder. »In Kärnten durfte ich einfach nur ich selbst sein: Grazia aus Frankreich. Deswegen habe ich meine Herkunft nicht an die große Glocke gehängt. Und dann habe ich mich in dich verliebt. Als wir zusammengekommen sind, war ich die glücklichste Frau der Welt. Weil ich absolut sicher war, dass du mich meiner selbst willen magst. Und das glaube ich dir auch jetzt. Ich weiß, dass Geld für dich nebensächlich ist und dass du kein Goldgräber bist.«

Jetzt leuchteten seine Augen so glücklich, wie ich sie noch nie gesehen hatte, und er lachte erleichtert. Dann tat er den letzten kleinen Schritt auf mich zu. In dem Moment, indem seine Hände die meinen umfassten, hob ein inwendiger Schmetterlingsherbststurm in mir ab. In meinem ganzen Körper kribbelte es vor Aufregung und Glück. Unsere Blicke versanken ineinander und ich versuchte, mir diesen Moment für immer einzuprägen. Ich war sicher, dass es der schönste in meinem ganzen Leben war. Unsere Gesichter näherten sich wie in Slow Motion aneinander an. Endlich spürte ich seine rauen Lippen auf meinen und ich erwiderte seine Berührungen voller Hingabe. Nach dem schönsten Kuss meines Lebens lösten wir uns voneinander und er betrachtete mich glücklich.

Aber eine Sache nagte noch an mir. »Du hast gesagt, dass du schon auf dem Heimweg nach Österreich gewesen bist? Was hat dich letztendlich dazu bewogen, doch wieder umzukehren?«, fragte ich.

»Annette«, antwortete er. »Sie hatte mich angerufen und wollte wissen, was mit uns beiden los war. Als ich ihr sagte, dass es aussichtslos sei und ich nach Ehrenfelsen zurückkehren wollte, hat sie mir den Kopf gewaschen. Sie hat mich an den armen Ritter Friedrich von Walsee aus deiner Ausstellung erinnert. Der sogar sein Leben aufs Spiel setzte und von Annas Vater direkt in den Kerker geworfen wurde. *Das* nannte Annette aussichtslos. Und ich erkannte, wie recht sie hatte. Obwohl mir die Vorstellung des Korbes, den du mir verpassen könntest, am allergrausamsten erschien. Außerdem fürchtete ich, dass ich es mein Leben lang bereuen und mich mit der Was-wärewenn-Frage quälen würde, wenn ich nicht wenigstens versuchen würde, mit dir zu sprechen.«

Wie wunderschön und romantisch war das denn? Ich nahm sein Gesicht in meine Hände und küsste ihn zärtlich. Ich fühlte mich einfach nur leicht und unsagbar glücklich. Auf einmal knackste es hinter uns.

»Ton invité souhaite venir prendre un verre de vin?«, hörte ich Vaters Stimme durch den Lautsprecher am Tor. *Möchte dein Gast auf ein Glas Wein reinkommen?*

Epilog: Ein Jahr danach, auf einem alten Bauernhof in Ehrenfelsen

Grazia

»Gloria?«, flüsterte ich und lauschte ins Halbdunkel. Vom anderen Ende des Zimmers war ein leises, gleichmäßiges Fauchen zu hören. Wegen der zugezogenen Vorhänge war es in dem kleinen Raum duster, obwohl es schon halb neun am Morgen und draußen strahlend hell war. Die ungewohnte körperliche Arbeit gestern hatte meiner Schwester zugesetzt und sie war am Abend komplett erschöpft ins Bett gefallen. »Gloria?« Ich zog die Gardinen zur Seite und öffnete das Fenster.

Da verstummte das leise Schnarchen und ich hörte das Knarzen des Lattenrosts.

»*Hein?*«, schnaubte meine Schwester und schreckte hoch. Offensichtlich musste sie sich erst orientieren.

»Gloria, steh auf. Wir wollen doch heute die Tapeten im Gästezimmer weiter abziehen«, sagte ich in aufmunterndem Tonfall.

»Bitte nicht«, jammerte meine Schwester. »Dafür gibt es doch Leute, die man bezahlen kann.«

Ich schüttelte den Kopf und grinste. »Es macht aber Spaß, es selbst zu machen. Außerdem ist man hinterher unglaublich stolz auf das, was man geschafft hat. Das ist etwas ganz anderes, als wenn man es machen lässt«, widersprach ich. Denselben Dialog hatten wir gestern schon zwei- oder dreimal geführt. »Lass uns frühstücken und dann arbeiten wir weiter. Heute ist doch Sonntag und am Nachmittag bekommen wir Besuch.«

»Okay«, murmelte sie schließlich, setzte sich im Bett auf und rieb sich die Augen.

Ich ging in die bereits fertig renovierte Küche und begann, den Frühstückstisch zu decken. Wir hatten den alten Bauernhof vor acht Monaten günstig erwerben können und erneuerten ihn seither stückweise nach unseren Vorstellungen. Das war einerseits jede Menge Arbeit, aber es machte andererseits so viel Spaß. Ich blickte aus dem Fenster, das ich mir genau an dieser Stelle über der Spüle gewünscht hatte. Denn von hier aus konnte ich die Burg Ehrenfelsen sehen, die sich auf der Anhöhe gegenüber befand. Der Anblick zauberte mir ein Lächeln ins Gesicht. Der Bergfried schien mich wie jeden Morgen stumm zu begrüßen. Dazwischen lag der herrliche graublaue Ehrenfelsener See wie ein glatter Zauberspiegel. Jetzt strich Rufus um meine Beine herum und ich hob ihn hoch, um ihm seine Streicheleinheiten zu geben. Er war so süß.

»Hab dich auch lieb«, versicherte ich ihm und drückte ihm einen Kuss auf sein Köpfchen, ehe ich ihn wieder auf den Boden setzte.

Dann ging ich hinaus, um Bernd zum Frühstück zu rufen. Draußen war die Luft herrlich frisch und angenehm kühl. Bis auf das Gackern unserer Hühner war es still und friedlich. Es roch nach Blättern und dem Wald, der uns umgab. Auf dem Weg zu meinem Liebsten hielt ich am Zaun des Ziegenstalls und gab Hexe und Rosi ihr Futter. Wie immer meckerten sie laut und stürzten sich gierig auf ihre Äpfel.

Dann ging ich weiter und öffnete das Tor zur Werkstatt, das in dem ehemaligen, komplett sanierten und umgebauten Kuhstall untergekommen war. Darüber war in bunter Schrift Bernds Motto aufgemalt: *Repariert statt ausrangiert.*

Auch eine angeschlossene Lagerhalle gab es, in der Bernd seine Ersatzteile untergebracht hatte. Er zahlte seine Altschulden weiterhin ab, aber es war ihm trotzdem bereits möglich gewesen, sein Reparatur- und Servicegeschäft zu starten. Und es lief sehr gut, nicht zuletzt deswegen, weil in Österreich wie in manchen anderen europäischen Ländern ein sogenannter Reparaturbonus ins Leben gerufen worden war, der einen Zuschuss auf das Reparieren kaputter Geräte von staatlicher Seite förderte. Nach kurzer Zeit hatte sich Bernd einen sehr guten Ruf erarbeitet und Kunden aus der ganzen Region brachten ihre defekten Elektrogeräte vorbei, um ihnen ein zweites Leben zu schenken. Jeder liebte Bernds Geschäftsidee, mit der sowohl die Ressourcen unserer Erde als auch die Geldbeutel seiner Kunden geschont wurde.

»Bonjour, *Chérie*«, begrüßte mich Bernd, der eifrig Französisch lernte. Mein Herz hüpfte freudig, als er lächelnd auf mich zukam.

»*Griaß di*«, sagte ich zärtlich, als wir uns gegenüberstanden. Auch ich hatte bereits Fortschritte beim Erlernen der lokalen Sprachvariante gemacht. Bernd fand meinen Akzent ebenso süß wie ich den seinen im Französischen. Wir küssten uns hingebungsvoll. Dann gingen wir Hand in Hand ins Haupthaus hinüber, um gemeinsam mit Gloria zu frühstücken.

Zum Glück verstanden sich die beiden mittlerweile prächtig, nachdem die Missverständnisse ausgeräumt worden waren, die uns vor einem Jahr fast auseinandergebracht hätten.

***

Nachdem wir tagsüber fleißig gewesen waren, traf am Nachmittag unser Besuch ein. Wir hatten vor dem Haus Kaffee und Kuchen auf einem rustikalen Holztisch vorbereitet. In der herbstlichen Nachmittagssonne war es heute sogar warm genug, um noch draußen zu sitzen.

»*Bonjour*, Estelle«, schloss ich meine Freundin in die Arme. »Und hallo, süße Charlotte.« Die gemeinsame Tochter von Lars und Estelle war bereits zehn Monate alt und gluckste vergnügt in den Armen ihres Vaters. Gott sei Dank war während der restlichen Schwangerschaft und der Geburt alles gut gegangen und die beiden waren Eltern einer wundervollen, kerngesunden Tochter geworden. Deren Halbschwester Hanna war auch dabei und hatte ihren Fußball mitgebracht, den sie unterm Arm geklemmt festhielt.

Dann trafen auch schon Annette, Matthias, der kleine Maximilian und die Riesendogge Bobby ein, die sich vor Rufus unter dem Tisch versteckte. Seit ich in Kärnten lebte, sah ich meine Freundinnen fast täglich, aber dass Gloria zu Besuch war, war außergewöhnlich.

Nach der Kuchenjause begannen die Männer und Hannah, im Garten Fußball zu spielen. Wir beobachteten sie träge vom Kaffeetisch aus.

Estelle lehnte sich gemütlich zurück. Es gab nichts Herrlicheres, als alle meine Freundinnen um mich zu haben und aus Herzenslust zu quatschen. Die kleine Charlotte war gerade in ihrem Kinderwagen eingeschlafen.

»Wie geht es dir bei deinem neuen Projekt?«, fragte Annette.

Sofort war ich Feuer und Flamme und berichtete von dem neuen Auftrag, den ich von Maria Baumgartner letzte Woche erhalten hatte. Unsere Zusammenarbeit klappte hervorragend. Nachdem klar gewesen war, dass ich zu Bernd nach Kärnten ziehen würde, hatte ich sie kontaktiert und seither arbeitete ich auf freiberuflicher Basis für sie. Bei meiner aktuellen Aufgabe ging es darum, das Klagenfurter Handwerksmuseum zu modernisieren und für Jung und Alt interessanter zu gestalten.

»Gott sei Dank muss ich mich nie mehr wieder mit Frédéric herumschlagen«, sagte ich und lachte aufrichtig glücklich. Von Rochefort weggegangen zu sein, hatte ich bisher keine Sekunde lang bereut.

In dem Moment kam der Fußball angerollt. Ui, da hatte jemand ganz schön danebengeschossen. Einen Moment später kam Bernd der Kugel nachgelaufen. Ich hob sie auf, hielt sie hinter meinem Rücken versteckt und ging meinem Freund entgegen.

»Ich glaub, der war im Aus«, neckte ich ihn und hielt ihm statt des Balls mein Gesicht für einen Kuss hin.

Er lächelte jungenhaft und in seinen Augen funkelte es, als er sich mir näherte. Ich schloss die Augen und ließ mich von ihm in die Arme nehmen. Als ich seine Lippen auf meinen spürte, durchflutete mich ein wunderbares Gefühl von Wärme, Liebe und Geborgenheit.

Ich war von meinen Liebsten umgeben und ich wusste, dass ich hier meinen Platz im Leben gefunden hatte. Und zwar in der allerbesten Gesellschaft, die es auf der ganzen Welt gab.

FIN / ENDE

Nachwort und Dank

Liebe Leserinnen und liebe Leser!

Vielen Dank, dass ihr meinen neuen Roman *Verliebt in bester Gesellschaft* gelesen habt. Ich hoffe, dass euch die Geschichte von Grazia und Bernd gefallen hat und ihr schöne Lesestunden auf der Burg Ehrenfelsen verbracht habt. Mir hat die Rückkehr an diesen besonderen Ort und das Schreiben an diesem Buch sehr viel Spaß gemacht!

Ein ganz großes Dankeschön geht an meine liebe Lektorin Katharina Wittlage, die mich wieder einmal zum Happy End begleitet hat. Der Weg dahin war diesmal ein besonders langwieriger und ich habe diesen Roman zweimal geschrieben☺. Außerdem bedanke ich mich bei meiner Korrektorin Sara Münster für das Ausmerzen meiner Fehler und die Nachsicht beim Überziehen der Deadline.

Weiters danke ich:

-den Teilnehmerinnen der Leserunden auf Lovelybooks und den Buchbloggerinnen, die mich mit Rezensionen unterstützen

- den lieben Menschen, die mir auf Amazon, Instagram oder Facebook folgen, oder sich über Mail mit mir austauschen: danke für eure Rückmeldungen! Über Nachrichten freue ich mich sehr. Sie erreichen mich via E-Mail (maggie@uhmann.at), Instagram (maggie_uhmann_autorin) oder Facebook (Maggie Uhmann)

Über eine Weiterempfehlung, Bewertung oder sogar Rezension, auch wenn sie kurz und knapp ausfällt, würde ich mich riesig freuen!

Viele liebe Grüße! *Pfiat eich!*
Eure Maggie Uhmann, im September 2024

Kärntnerisch - super Mini Crashkurs für daheim:
Ale=unviersal einsetzbare Verkleinerungsform, z.B.: Katzale, Hundale, Kindale, Grazale
Habidere = hallo
Pfiati=tschüss
vom Hudeln wern lei Kinder = nur kein Stress (vom Herumstressen wird man schwanger)
Lei låsn= nur mit der Ruhe
Måch ka gschistegschaste=reg dich nicht auf
Podschasne=langsam
Eppa dechta nit=hoffentlich nicht
Fralli wul=sicher
Bei jemanden einemeiern=mit jemandem flirten

In der »Feudal verliebt« -Reihe sind bisher erschienen:
»Feudal verliebt: Ein Burgherr zum Küssen« (2021)
»Vanillekipferl für zwei: Winterglück im kleinen Souvenirladen« (2022)
Weitere Bücher von Maggie Uhmann:
Ein Strandhotel zum Verlieben (2023)
Korallenträume und Floridaliebe (erschienen im Flamingo-Tales-Verlag, 2022)
Herz ausser Takt (2021): Romantasy